영원한 아담―단편집

영원한 아담 — 단편집

김석희 옮김

열림원

인간의 끝없는 욕망이
채워지는 날이 과연 올까?

| 차례 |

1. 영원한 아담 ...7
2. 공중의 비극 ...73
3. 시계 장인 자카리우스 ...117
4. 옥스 박사의 환상 ...187
5. 질 브랄타르 ...293

■ 해설 ...309

영원한 아담

1

 차르토크 조프르-아이-스르('닥터 조프르 101세')는 하르스-이텐-슈('네 바다 제국')의 수도 바시드라의 대로를 천천히 걷고 있었다. 실제로 이 광대한 나라의 영토는 튀벨론(북쪽), 에온(남쪽), 스폰(동쪽), 메론(서쪽)의 네 바다에 둘러싸여 있었다. 매우 불규칙한 형태를 가진 나라인데, 그 끝은 각각 (독자에게 친숙한 척도로 표시하면) 경도로는 동경 4도에서 서경 62도까지 이르고, 위도로는 북위 54도에서 남위 55도에 이르렀다. 네 바다의 면적에 대해서는 어떻게 재야 좋을지 헤아릴 수가 없었다. 바다는 모두 이어져 있기 때문에, 항해자가 어느 해안을 떠나 항해를 계속하면 반드시 정반대 위치의 해안에 도달하게 된다. 왜냐하면 지구에는 하르스-이텐-슈 이외의 다른 대륙이 없기 때문이다.

 조프르 박사는 천천히 걷고 있었다. 어쨌든 무척 더웠기 때문이다. 동해안에 면해 있고 적도에서 북쪽으로 20도 정도밖에 떨어져 있지 않은 바시드라에는 그때 마침 중천에 접어든 태양이 강렬한 빛을 폭포처럼 퍼붓고 있었다.

 하지만 박학다식한 조프르 박사의 걸음이 느린 데에는 더위나 피로보다 더 큰 이유가 있었다. 박사는 기계적인 손짓으로 이마의 땀을 훔치면서 방금 끝난 의식의 상황을 머리에 떠올리고 있었다. 그 의식에서는 박사도 영광스럽게 한몫 거들었지만, 언변 좋은 연설자들이 제195회 제국건국기념일을 온갖 미사여

구로 축하했다.

어떤 이는 제국의 역사, 즉 인류의 역사를 더듬어보았다. 마하르트-이텐-슈('네 바다 대륙')는 처음에는 서로 그 존재도 모르는 수많은 미개 종족에게 분할되어 있었다. 가장 오랜 관습을 가진 것은 이들 종족이었다. 그 이전의 사실에 대해서는 아는 사람도 없고, 자연과학이 과거의 암흑 속에 겨우 희미한 빛을 던지고 있는 상황이었다. 어쨌든 멀리 떨어진 이 시대는 역사적 시야가 미치지 않는 곳에 있었다. 역사적 관념의 기본적 재료라고는 여기저기 산재해 있는 미개 종족에 관한 막연한 관념뿐이었다.

800년이 넘게 거슬러 올라가는 마하르트-이텐-슈의 역사는 시간이 흐르고 시대가 바뀔수록 점점 더 완전하고 정확한 모습을 나타내게 되지만, 거기에는 투쟁과 전쟁의 기록밖에는 없었다. 싸움은 우선 개인 간에 일어나고, 다음에는 가족 간의 싸움으로 번지고, 급기야는 부족 간의 충돌로 확대되고, 각 개인과 각 집단은 대소를 불문하고 경쟁 상대를 억압하고 자신의 최고 권위를 확립함으로써 경쟁자들을 자신의 지배에 예속시키려고 애썼다. 그리하여 여러 가지 운명을 겪고 자칫하면 비운에 빠지는 결과에 이르게 되었다.

800년 이후에는 인류의 발자취가 조금 확실해진다. 마하르트-이텐-슈의 역사는 보통 네 시대로 구분되는데, 제2기가 시작될 무렵에는 전설이 역사라는 이름으로 부르기에 어울리는 형태를 취하기 시작한다. 물론 역사라고 하든 전설이라고 하든 이야기의 내용은 조금도 변하지 않았다. 물론 이제는 부족 간의 싸움만이 아니라 민족 간의 싸움도 벌어지게 되었지만, 여전히 학살과 살육이 되풀이되었다는 점에서 결국 제2기는 제1기와 별로 다르지 않았다.

제3기에도 사정은 마찬가지였다. 이 시기는 600년 가까이 지속되다가 200년쯤 전에 겨우 끝났는데, 이 시기에 인류는 수많은 전투 집단으로 나뉘고 지칠 줄 모르는 광포성에 사로잡혀 대지를 피로 물들였기 때문에, 제3기는 제1기와 제2기보다 훨씬 잔인한 시대였다고 말할 수 있을 것이다.

사실 조프르 박사가 바시드라의 대로를 걷고 있었던 날보다 800년쯤 전에 인류는 대변동에 직면해 있었다. 그 무렵 이미 무기와 포화와 폭력이 그 필연적인 효과를 나타내고 있었고, 약자는 강자 앞에 굴복하고, 마하르트-이텐-슈의 주민들은 동질적인 세 나라를 형성하고 있었다. 그리고 시간이 지나면서 각 나라의 내부에서는 과거의 승자와 패자가 눈에 띄지 않게 되어갔다. 그때 이 나라들 가운데 하나가 이웃 나라를 복속시키려고 했다. 마하르트-이텐-슈의 한복판에 있는 안다르티-하-삼고르('청동 얼굴 사람')가 정열적이고 번식력이 강한 종족을 가두고 있는 국경을 넓히려고 무자비한 싸움을 시작한 것이다. 수세기에 걸친 전쟁이라는 대가를 치르고 그들은 남쪽에 사는 안다르티-마하트-호리스('눈 나라 사람')와 북쪽에서 서쪽에 걸쳐 제국을 형성하고 있는 안다르티-미트라-프쉴('붙박이 별 사람')을 차례로 정복했다.

두 종족이 저항을 시도했지만 그 노력은 피바다 속으로 사라지고 대륙이 간신히 평화로운 시대를 맞이한 뒤 벌써 200년에 이르는 세월이 지나고 있었다. 이것이 역사의 제4기다. 세 국가를 대신하여 유일한 국가가 생겨났고, 모든 사람이 바시드라의 법률에 따라 살고 있었기 때문에 정책적으로는 이들 종족의 융합이 이루어졌다. 이제 청동 얼굴 사람이나 눈 나라 사람이나 붙박이 별 사람에 대해 이야기하는 사람은 없었고, 대륙에는 이런 이민족을 통합한 유일한 민족인 안다르트-이텐-슈('네 바다 사람')만이 존재하게 되었다.

그런데 이제 200년에 걸친 이 평화로운 시대에 이어 제5기가 시작될 것처럼 보였다. 어디선가, 그리고 언제부턴가 불온한 소문이 퍼지고 있었다. 이미 잊고 있었던 선조들의 기억을 사람들의 마음속에 불러일으키는 사상가가 나타나고 있었다. 민족이라는 낡은 감정이 새로운 형태를 띠고 되살아났고, 그것을 특징짓는 새로운 말이 생겨나고 있었다. '유전'이니 '친족'이니 '민족성'이니 하는 낱말이 일상 대화에서 쓰이게 되었다. 그것들은 모두 최근에 새로 만들어진 말이었지만, 필요에 따라 생긴 말이었기 때문에 당장 시민권을 획득해버렸다. 출신, 용모, 기질, 이해관계, 또는 단순히 지역이나 기후의 공통점에 따라 몇 개의 집단이 형성되고, 그것은 점점 확대되어 활동을 시작한 것처럼 보였다. 이렇게 생겨난 운동은 앞으로 어떤 전개를 보일까? 이제 막 형성된 제국이 분해되는 것은 아닐까? 마하르트-이텐-슈는 과거에 그랬던 것처럼 수많은 나라로 쪼개져버리지는 않을까? 아니면 통일을 유지하기 위해, 수천 년 동안이나 이 땅을 시체 안치장으로 바꾸어버린 그 무서운 대살육에 또다시 호소해야 할까?

조프르 박사는 머리를 한 번 흔들고 이런 생각을 떨쳐버렸다. 앞일은 그만이 아니라 어느 누구도 알 수 없다. 확실치 않은 일을 생각하며 슬퍼해봤자 무슨 소용이 있겠는가? 그리고 오늘은 이런 불길한 생각을 하면 안 된다. 오늘이야말로 하르스-이텐-슈의 제12대 황제, 강력한 왕권을 행사하여 세계를 눈부신 운명으로 이끌어가고 있는 모가르-시 황제의 위대함을 생각해야 하지 않을까?

게다가 박사에게는 기뻐해야 할 이유가 여러 가지나 있었다. 마하르트-이텐-슈의 연대기를 서술한 역사가 외에도 한 무리의 학자들이 이 숭고한 기념일에 즈음하여 각자 자신의 전문 분야에서 인간 지혜의 총결산을 보여주고, 인류가 수세기 동안 노력한 결과 도달하게 된 점을 명확히 밝혀주었기 때문이다. 역사가는 인류가 얼마나 완만하게 구불구불한 길을 지나서 그 원시적인 야수성에서 벗어났는가를 이야기하여 어느 정도까지는 슬픔을 주었지만, 다른 학자들은 청중에게 정당한 긍지를 품게 하는 마음의 양식을 주었다.

그렇다. 인간이 이 땅에 알몸으로 태어났을 때의 상태와 현재의 상태를 비교해보면 확실히 찬탄하지 않을 수 없다. 수세기 동안이나 인간은 형제끼리 서로 반목하고 미워하면서 잠시도

자연에 대한 투쟁을 멈추지 않고 끊임없이 그 승리의 폭을 넓혀왔다. 처음에는 완만했던 그 승리의 발걸음도 지난 200년 동안은 놀랄 만큼 속도가 빨라졌다. 치세가 안정되고 세상이 차분해져 과학의 비약적 발전을 재촉했기 때문이다. 인류는 이제 팔다리만이 아니라 두뇌를 사용하게 되었고, 무의미한 전쟁에 정력을 소비하는 대신 생각을 하게 되었기 때문이다. 그래서 지난 200년 동안은 지식과 물질의 순화를 향하여 계속 급속한 발전을 이룩할 수 있었다.

조프르 박사는 작열하는 태양이 내리쬐는 바시드라의 긴 도로를 걸으면서 인류의 승리가 남긴 흔적을 마음속에 그려보고 있었다.

우선 인류는 자신의 생각을—시간의 흐름 속으로 사라졌다고는 하지만—확고부동한 것으로 만들기 위해 문자를 발명했다. 뒤이어 500년쯤 전에는 책으로 만들고 수많은 부수를 인쇄하여, 글로 쓰인 말을 후세에 전할 수 있는 수단을 찾아냈다. 실제로 다른 모든 발명은 이 문자의 발명이 이루어졌기 때문에 생겨났다. 이 때문에 뇌가 자극을 받고, 각자의 지능이 이웃의 지능을 흡수하여 풍요로워지고, 이론적인 분야에서도 실제적인 방면에서도 발견이 비약적으로 증대했다. 그 수는 이제 헤아릴 수 없을 정도가 되었다.

인류는 땅속으로 깊이 파고들어가 석탄을 발견하여 양질의 에너지 자원으로 삼았고, 물의 잠재력을 끌어냈다. 그 후 증기를 이용하여 선로 위에서 무거운 열차를 끌거나 정교하고 정확한 기계를 움직였다. 이런 기계들 덕분에 인간은 식물 섬유를 짜거나 금속과 암석을 마음대로 가공할 수 있게 되었다. 이만큼 구체적인 분야가 아니더라도, 그 발견이 당장 직접적으로 응용되지 않는 경우에도 인간은 점점 수의 신비 속으로 깊이 파고들거나 수학에서 수없이 이어지는 진실의 세계를 계속 더 깊이 탐구해왔다. 그 결과 인간의 사색은 하늘 높이 뛰어다니게 되었다. 그리하여 인간은 태양이 그 작열하는 궤도에 일곱 행성*을 거느리고 엄밀한 법칙에 따라 우주 공간을 돌고 있는 하나의 별에 불과하다는 것을 알게 되었다. 또한 인류는 어떤 종류의 무기물을 화합하여 그 재료와는 아무 관계도 없는 새로운 물질을 만들어내거나 다른 물질을 그 원래의 구성요소로 분해하는 기술을 터득했다. 또한 소리나 열이나 빛을 분석하여 그것들의 성질이나 법칙을 결정하기 시작했다. 50년 전에 천둥과 번개가 그것의 무서운 존재 증명인 그 힘을 어떻게 만들어내는가를 알게 되자, 인간은 당장 그것을 자기 마음대로 다루게 되었다. 이미 그 신비로운 힘은 글자로 적힌 생각을 터무니없이 먼 곳에까지 전달하고 있고, 내일은 소리를, 다음에는 아마 빛까지도 전달할 수 있게 될 것이다.†

'……그래, 확실히 인간은 위대해. 광대한 우주보다 더 위대해.

---

* 〔원주〕 당시에 안다르트-이텐-슈는 해왕성의 존재를 알지 못했다.
† 〔원주〕 조프르 박사가 이런 생각을 품고 있는 것을 보면, 당시 안다르트-이텐-슈 사람들은 전신기에 대해서는 알고 있었지만 전화나 전기는 아직 몰랐다는 것을 알 수 있다.

가까운 장래에 우주를 그 주인으로서 지배하게 될 거야…….'

그렇게 되면 완전한 진실을 파악하기까지는 최후의 문제만 해결되지 않은 채 남게 될 것이다―'세계의 지배자인 이 인간은 누구였을까? 어디에서 왔을까? 지칠 줄 모르는 노력은 어떤 미지의 결말을 지향하고 있을까?'

조프르 박사가 방금 마치고 나온 의식에서 논한 것은 바로 이 광대한 문제였다. 물론 그것은 문제를 살짝 건드린 것에 불과했다. 어쨌든 현재 상황에서는 이렇게 큰 문제를 해결할 수 없었고, 아마 앞으로도 언제까지나 미해결 상태로 남겨질 것이기 때문이다. 하지만 희미한 빛이 그 수수께끼를 비추기 시작하고 있었다. 그리고 그 희미한 빛들 속에서도 가장 강한 빛을 내고 있었던 것은 바로 조프르 박사가 아니었을까? 박사는 선학들의 꾸준한 관찰과 자신의 생각을 조직화하고 체계화하여 생물 진화의 법칙을 확립했다. 그것은 현재 일반적으로 인정되고 있는 법칙이었고, 거기에 반대하는 사람은 아무도 없었다.

이 이론은 세 개의 토대 위에 세워져 있었다.

첫째는 지질학이었다. 이 학문은 땅속의 발굴이 진행되면서 차츰 완성되어갔다. 그 때문에 지각은 완전히 알려져, 나이는 400만 년으로 추정되었고 마하르트-이텐-슈 대륙이 오늘날과 같은 형태를 갖추게 된 것은 2만 년 전이라고 단정하기에 이르렀다. 그 전에는 해저의 평평한 바위를 가득 뒤덮고 있는 진흙이 보여주듯 대륙은 해수면 아래에서 잠자고 있었다. 도대체 어떤 메커니즘으로 대륙이 바다 위에 모습을 나타낸 것일까? 아마 지구가 냉각되면서 수축했기 때문일 것이다. 어쨌든 그 이유가 무엇이든, 마하르트-이텐-슈가 바다 밑에서 수면 위로 출현한 것은 확실하다고 생각할 수밖에 없었다.

또한 자연과학은 육상과 해저의 동식물 사이에 긴밀한 관계가 존재한다는 것을 입증하여, 조프르의 이론에 다른 두 가지 근거를 제공했다. 조프르는 한 걸음 더 나아가 현존하는 식물은 거의 다 해저 식물의 자손이고, 지상이나 공중에 사는 동물은 모두 해저 동물의 자손이라는 것을 증명했다. 이들 해저 동물은 완만하고 끊임없는 진화를 통해 처음에는 당초의 생활환경에서 아주 가까운 환경에, 다음에는 꽤 멀리 떨어진 환경에 점점 순응하는 과정을 거쳐서 육지나 하늘에 살고 있는 대부분의 생물을 낳았다.

불행히도 이런 교묘한 이론에도 결점이 없지 않았다. 지상의 동식물이 해저 동식물의 자손이라는 것은 거의 모든 사람에게 인정되었지만, 모든 사람이 승복한 것은 아니었다. 실제로 수중 생물과 결부지어 생각할 수 없는 동식물이 조금은 존재하고 있었다. 여기에 그 이론의 두 가지 약점 가운데 하나가 있었다.

그리고 조프르도 숨기지 않았지만, 인간 자체가 그 이론의 또 다른 약점이었다. 인간과 수생 동물을 아무래도 연관시킬 수가 없었기 때문이다. 확실히 호흡이나 영양 섭취, 운동 같은 본질적인 기능이나 속성은 동일하고, 똑같이 작용하거나 상당히 비슷한 형태로 작용하긴 했지만, 기관의 형태나 수나 배치에서는 인간과 수생 동물 사이에 넘을 수 없는 심연이 가로놓여 있었다. 연결 고리가 하나도 빠짐없이 갖추어져 있다고 해도 좋은 하나의 사슬로 대부분의 동물을 바다에서 올라온 조상과 연관시킬 수 있었지만, 인간에 관한 한 이런 관계는 인정하기 어려웠다. 따라서 진화론을 온전한 형태로 유지하기 위해서는 수생 생물과 인간의 공통된 조상을 가정할 필요가 있었지만 그것은 근거 없는 상상이었고, 그런 과거의 존재를 증명하는 사실은 전혀 없었다.

한때 조프르는 그 자신의 편중된 생각에 유리한 증거를 땅속에서 발견할 수 있으리라고 기대했다. 박사의 가르침과 지도 아래 오랫동안 발굴이 진행되었지만, 그 결과는 주창자가 예상했던 것과는 정반대가 되어버렸다.

현재 날마다 볼 수 있는 동식물과 유사한 생물의 부패로 생긴 부식토의 얇은 층을 파보면 두꺼운 진흙층에 이르고, 여기서는 과거의 유적이 그 자연의 모습을 바꾸고 있었다. 이 진흙 속에서는 현존하는 동식물의 흔적을 전혀 볼 수 없고, 주로 해중 식물의 화석이 엄청나게 퇴적해 있는 것만 보일 뿐이었다. 그와 같은 종류의 동물은 아직도 마하르트-이텐-슈를 둘러싼 바다 속에서 흔히 볼 수 있었다.

이런 사실에서 어떤 결론을 끌어낼 수 있을까? 지질학자들이 대륙도 과거에는 이와 똑같은 바다의 밑바닥에 있었다고 주장하는 것도 옳고, 조프르가 현존하는 동식물의 해양기원설을 주장하는 것도 옳을까? 기형으로 간주되는 희귀한 예외를 제외하고 물속에 사는 수서형(水棲型)과 육지에 사는 육서형(陸棲型)이 지구에 흔적을 남기고 있는 단 두 개의 생존 형태라면, 후자가 전자에서 생겨난 것은 필연적이었다.

이런 이론의 보편화에 즈음하여 불행하게도 또 다른 발견이 이루어졌다. 부식토의 모든 층에서부터 진흙의 최상층부에 이르기까지 수많은 인골이 산재해 있다는 사실이 밝혀졌기 때문이다. 이들 골편의 구조에는 예외적인 점이 전혀 없어서, 조프르는 자신의 이론을 입증해줄 중간적 생물을 찾아내는 것을 단념할 수밖에 없었다. 그런 뼈들은 분명 인류의 것이고, 그 밖의 어떤 동물도 아니었다.

하지만 그러는 동안 곧 상당히 두드러진 한 가지 특징이 인정되기에 이르렀다. 약 3천 년 전까지 거슬러 올라가는 동안은 뼈가 오래될수록 발견된 두개골은 작았다. 그런데 이 시기보다 더 과거로 거슬러 올라가면 비례는 반대가 되어, 과거로 거슬러 올라갈수록 두개골 용적은 커지고 따라서 그 안에 있는 뇌수의 크기도 커졌다. 아주 드물기는 했지만, 진흙의 상층부에서 발견된 잔해 속에서 최대의 두개골이 발견되었다. 그 귀중한 유해를 면밀히 조사해보니, 먼 옛날에 살았던 사람들이 조프르 박사의 동시대인을 포함하여 후세의 사람들보다 훨씬 발달한 두뇌를 갖고 있었던 것은 의심할 여지가 없었다. 즉 160세기부터 170세기 사이에 퇴화가 이루어졌고, 그 후 새로운 진화가 시작되었다는 이야기가 된다.

조프르는 이런 이상한 사실을 알고 혼란에 빠져, 조사를 계속

진행하기로 했다. 가장 온건하게 보아도 진흙층은 끝에서 끝까지 최소한 1만 5천 내지 2만 년에 걸쳐 퇴적한 두께를 갖고 있었다. 이 지층을 지나면 놀랍게도 오래된 부식토층의 희미한 흔적이 발견되고, 다시 이 부식토층 밑에서는 조사 장소에 따라 여러 가지로 다른 암반이 발견되었다. 게다가 더욱 놀라운 일은 분명히 인체의 것으로 여겨지는 유물이 신비하게도 이런 깊은 곳에서 발굴되었다는 것이다. 발굴된 것은 인골의 일부, 무기나 기계의 파편, 도기 파편, 미지의 언어로 쓰인 비문의 단편, 정교하게 세공된 단단한 돌 등이었고, 개중에는 조각이 새겨진 석상이 거의 손상되지 않은 상태로 남아 있는 경우도 있었고, 섬세하게 세공된 기둥머리가 발견되기도 했다. 이렇게 발굴된 유물에서는 논리적으로 이런 결론을 끌어낼 수 있었다. 약 4만 년 전, 즉 현재 인류의 시조가 어디선가 어떻게든 출현했을 때보다 2만 년 전에 이미 인류는 이 땅에 살고 있었고, 매우 진보한 문명 단계에 이르러 있었다는 것이다.

사실 이것은 일반적으로 인정된 결론이었다. 하지만 거기에 반대하는 사람이 적어도 한 명은 있었다.

그 반대자는 다름 아닌 조프르였다. 자손과의 사이에 2만 년이나 되는 깊은 골짜기를 두고 다른 인류가 먼저 이 지구에 살고 있었다는 사실을 인정하는 것은 박사의 의견에 따르면 완전히 미친 짓이었다. 만약 그게 사실이라면, 그런 옛날에 소멸한 조상의 자손들은 도대체 어디서 왔단 말인가? 그들을 잇는 어떤 끈도 없지 않은가? 이런 어처구니없는 가정을 인정할 바에는 앞으로의 연구를 기대하는 편이 훨씬 낫다. 하지만 이런 기묘한 사실을 설명할 수 없다고 해서 설명이 불가능하다고 결론지으면 안 된다. 언젠가는 해석할 수 있을지도 모르기 때문이다. 그때까지는 그런 것은 무시하고 확실히 조리가 서 있는 다음의 대원칙에 충실하면 된다.

지구의 역사는 두 단계로 나뉜다. 인류 이전과 인류 이후다. 제1단계에서 지구는 끊임없이 변동하고 있는 상태였고, 그 때문에 사람이 살 수 없는 세계였다. 제2단계에서 지표는 안정을 약속할 수 있는 응집도에 도달했다. 이어서 확고한 기층을 갖게 되자 당장 생명이 태어났다. 생명이 처음에는 지극히 단순한 형태를 취하고 있었지만, 차츰 복잡해져서 마침내 마지막 단계에서 가장 완전한 최후의 형태인 인간이 태어났다. 인간은 지구상에 모습을 나타내자마자 곧바로 진보하기 시작했고, 끊임없이 진보를 계속했다. 완만하지만 확실한 걸음으로 인류는 우주를 완전히 알고, 그것을 절대적으로 지배하기 위해 그 목적을 향하여 계속 걸었다…….

조프르는 자기 확신의 열기에 들뜬 나머지 어느새 집 앞을 지나쳐버렸다. 그는 투덜거리면서 갔던 길을 되짚어왔다.

'무슨 소리야!' 그는 생각했다. '4만 년이나 전에! 설령 그게 오늘날 우리가 누리고 있는 문명보다 뛰어나다고는 말할 수 없다 해도 그것과 비견할 수 있는 문명에 도달했고, 게다가 그 지식이나 성과가 아무런 흔적도 남기지 않은 채 소멸했고, 그 때문에 후손들은 아무도 없는 세계의 개척자로서 다시 기초부터 일을 시작해야 한다고? ……하지만 그건 미래를 부정하는 것이고, 우리의 노력은 다 쓸데없는 짓이고, 진보 따위는 모두 해수면에 생기는 거품처럼 덧없고 불안한 것이라고 선언하는 거나 마찬가지잖아!'

조프르는 자기 집 앞에 멈춰 섰다.

'아니야! 그게 진실이야! 인류는 만물의 영장이잖아!' 그는 현관문을 밀면서 중얼거렸다.

***

조프르 박사는 잠시 휴식을 취한 뒤, 왕성한 식욕으로 점심을 먹고 나서 일과인 낮잠을 자기 위해 드러누웠다. 하지만 집으로 돌아오는 길에 마음속에 솟구친 문제가 계속해서 그를 붙잡고 들볶는 바람에 졸음이 달아나버렸다.

비난받지 않을 만큼 완벽한 자연론을 구축하고 싶다는 박사의 소원이야 어떻든 간에, 인간의 기원과 형성이라는 문제에 접근하기에는 그의 체계가 얼마나 허약한지를 깨닫지 못할 만큼 그의 비판 정신이 결여되어 있지는 않았다. 하지만 미리 세운 가정에 맞도록 사실을 왜곡하는 것은 남을 설득하는 데에는 유효한 수단일지 모르지만 자신을 납득시킬 수는 없었다.

조프르가 학자도 아니고 특별히 뛰어난 박사도 아닌 무지몽매한 사람이었다면 이렇게 곤란하지는 않았을 것이다. 사실 일반인들은 생각을 깊이 파고들면서 시간을 낭비하는 일도 없이, 아버지한테서 자식한테로 옛날부터 전해 내려온 오랜 전설을 그대로 받아들이며 만족하고 있었다. 그 전설은 수수께끼를 다른 수수께끼로 설명하는 것이었고, 인간의 생성 기원을 초인간적 의지의 작용에서 찾고 있었다. 어느 날 이 지구 바깥에 있는 권능이 무에서 '에돔'과 '이바'라는 최초의 남자와 여자를 만들어냈고, 그 자손들이 지상에서 살게 되었다는 것이다. 이렇게 하면 만사가 모두 간단히 귀결되었다.

'너무 간단해!' 조프르는 그렇게 생각했다. '무언가를 이해하는 데 절망했다는 이유로 당장 신성(神性)을 들고 나오는 것은 매사를 너무 간단하게 생각하는 거야. 이런 식이면 문제는 설정되자마자 사라져버리기 때문에, 우주의 수수께끼를 해명하려고 애쓰는 것은 쓸데없는 짓이 되어버려.'

항간의 그 전설이 확실한 근거를 갖고 있다면 그래도 낫다! 그런데 아무 근거도 없다. 그것은 무지몽매한 시대에 생겨나 시대에서 시대로 전승되어온 하나의 가설에 불과했다. '에돔'이라는 이름도 안다르트-이텐-슈어(語)의 고유한 낱말이라고는 생각되지 않는다. 외래어의 울림을 가진 이 야릇한 말은 도대체 어디에서 왔을까? 이 사소한 문헌학상의 난제만 해도 수많은 학자들이 만족할 만한 해답을 찾아내지 못해 새파랗게 질려 있었다. ……그렇다 해도! 이런 건 박사의 주의를 끌 가치가 없는 실없는 이야기다.

조프르는 짜증이 나서 정원으로 내려갔다. 언제나 그 시각에 정원에 내려가는 것이 그의 버릇이었다. 기울기 시작한 태양이 대지에 아까만큼 뜨겁지는 않은 빛을 쏟아 붓고, 미지근한 산들바람이 스폰-슈에서 불어오고 있었다. 박사는 나무 그늘이 드리운 산책길을 거닐었다. 동쪽 바다에서 불어오는 바람을 받아 나뭇잎이 흔들리면서 희미한 소리를 내고 있었다. 차츰 신경이 여느 때의 평정을 되찾고 있었다. 박사는 골치 아픈 생각을 떨쳐버리고 조용히 대기를 들이마시며 정원의 재산인 과일이나 정원의 장식인 꽃에 관심을 보일 수 있었다.

박사는 산책하는 도중에 몇 번이나 집 쪽으로 돌아가려고 하면서, 많은 도구가 뒹굴고 있는 깊은 구덩이 가장자리에 멈춰 섰다. 조만간 그곳에 새 건물의 토대가 생기고, 박사의 연구실 면적은 두 배가 될 터였다. 하지만 축제일인 이날은 노동자들도 일을 쉬고 놀러 나갔다.

조프르는 이미 완성된 부분과 아직 완성되지 않은 부분을 번갈아 바라보고 있었다. 그때 어두컴컴한 구덩이 속에서 뭔가 반짝이고 있는 것이 그의 주의를 끌었다. 박사는 호기심에 이끌려 구덩이 바닥으로 내려가 땅에 4분의 3쯤 묻혀 있는 그 묘한 것을 끌어냈다.

구덩이에서 나온 박사는 땅에서 파낸 것을 주의 깊게 조사했다. 그것은 표면이 도돌도돌한 미지의 회색 금속으로 이루어진 일종의 상자였고, 오랫동안 땅속에 묻혀 있어서 광택은 사라져 있었다. 세로의 3분의 1쯤 되는 곳에 이음매가 있어서, 상자는 두 부분을 끼워 넣는 방식으로 되어 있다는 것을 알 수 있었다. 조프르는 상자를 열려고 했다.

그러자 오랜 세월 동안 풍화된 금속이 산산이 부서지면서 안에 들어 있던 물체가 나타났다.

그 물체도 그때까지 그것을 보호하고 있던 금속과 마찬가지로 박사에게는 아주 새로운 것이었다. 그것은 얇은 종이를 여러 겹 겹쳐서 만 것이었고, 그 종이는 이상한 기호로 빽빽이 메워져 있었다. 그 기호들은 규칙적인 점으로 미루어보아 문자인 게 분명했다. 하지만 그것은 조프르가 지금까지 그와 비슷한 것조차 본 적이 없는 미지의 문자였다.

박사는 흥분한 나머지 몸을 떨면서 서재로 뛰어들어가 그 귀중한 자료를 조심스럽게 펼쳐놓고 뚫어지게 들여다보았다.

그렇다. 그것은 분명 문자였다. 틀림없었다. 하지만 그 문자가 유사 이래 지상에서 사용된 어떤 문자와도 전혀 비슷하지 않은 것 또한 사실이었다.

이 문서는 어디에서 왔을까? 무엇을 기록한 것일까? 이것이 조프르의 마음속에 생겨난 두 가지 의문이었다.

첫 번째 의문에 대답하려면 아무래도 두 번째 의문이 풀려야 한다. 따라서 우선 문자를 해독하고 다음에는 그것을 해석할 필요가 있었다. 그 자료의 언어는 문자와 마찬가지로 미지의 것이라고 '선험적으로' 단언할 수 있었기 때문이다.

불가능한 시도가 아닐까? 그러나 조프르 박사는 그렇게 생각하지 않고, 곧바로 정신을 집중하여 일에 착수했다.

연구는 몇 년이나 계속되었다. 조프르는 지칠 줄 몰랐다. 그 불가해한 문헌을 꾸준히 체계적으로 연구하여, 해명을 향해 한 걸음 한 걸음 나아갔다. 마침내 어느 날 조프르는 수수께끼의 열쇠를 손에 넣을 수 있었고, 또다시 많은 주저와 고심을 거듭한 끝에 그 문헌을 '네 바다 사람'의 언어로 해석하기에 이르렀다.

그날이 왔을 때, 조프르-아이-스르 박사는 다음과 같은 글을 읽었다.

2

2***년 5월 24일, 로사리오에서—

나는 이 이야기를 이 날짜에 쓰기 시작하기로 한다. 이 이야기는 실은 최근에 다른 장소에서 쓴 것이지만, 이런 소재를 다룬 이야기는 일의 경위가 매우 중요하게 여겨지기 때문에 그날그날 쓴 '일기'라는 형식을 취하기로 한다.

그 무서운 사건이 시작된 것은 5월 24일이다. 내가 여기서 그 사건을 이야기할 마음이 든 것은 나중에 올 사람들에게 도움이 되기 위해서이고, 인류가 아직도 어떤 의미에서 미래를 기대할 수 있다고 생각하기 때문이다.

그런데 어떤 언어로 써야 할까? 내가 유창하게 구사할 수 있는 영어나 스페인어로 써야 할까? 아니다! 내 모국어인 프랑스어로 쓰기로 하자.

그날 5월 24일에 나는 로사리오에 있는 내 별장에 친구 몇 명을 초대했다.

로사리오는 태평양 연안, 캘리포니아 만보다 남쪽에 있는 멕시코의 도시다. 아니, 도시였다. 10년쯤 전에 나는 내가 소유하고 있는 은광산의 채굴을 감독하기 위해 이 도시에 왔다. 내 사업은 경이적인 번영을 누리고 있었다. 나는 부자가 되었다. 큰 부자—이런 말은 오늘날의 나에게는 가소롭기 짝이 없는 것이긴 하지만—라고 해도 좋았다. 그리고 나는 조만간 고향인 프랑스로 돌아갈 계획을 세우고 있었다.

내 별장은 사치스럽기 이를 데 없었고, 바다를 향해 기울어지다가 갑자기 100미터가 넘는 높이의 절벽으로 끝나는 넓은 정원의 가장 높은 곳에 서 있었다. 내 별장 뒤쪽에서는 땅이 계속 높아져서, 구불구불한 길을 더듬어 가면 1500미터가 넘는 산꼭대기에 닿을 수 있었다. 그것은 아주 기분 좋은 산책길이었기 때문에 나는 종종 승용차를 타고 그 길을 올라갔다. 35마력의 4인승인 내 차는 성능이 좋을 뿐만 아니라 보기도 좋은 파에톤 차였고, 프랑스에서는 최상급에 속하는 차였다.

나는 스무 살이 되는 잘생긴 아들 장과 함께 로사리오에 살고 있었다. 그 후 나와 친한 먼 친척이 죽고, 그의 딸 헬렌이 유산도 없이 고아로 버려져 있었기 때문에 집으로 데려오게 되었다. 그로부터 5년이라는 세월이 흘렀다. 아들 장은 스물다섯 살이 되었고, 피후견인인 헬렌은 스무 살이었다. 나는 마음속으로 두 아이를 결혼시키기로 결심하고 있었다.

우리 집안의 모든 일은 하인인 제르맹과 재빠른 운전수인 모데스트 시모나, 정원사인 조지 롤리와 그의 아내 안나, 그리고 그들의 딸들인 에디스와 메리라는 두 하녀가 맡고 있었다.

그날 5월 24일에 우리 여덟 명은 정원에 설치된 발전기를 전원으로 하는 램프 불빛 아래에서 식탁을 둘러싸고 앉아 있었다. 집주인과 아들, 피후견인과 다섯 명의 손님. 그 손님들 가운데 세 명은 영국인이었고, 나머지 두 명은 멕시코인이었다.

배서스트 의사는 전자에 속했고, 모레노 의사는 후자였다. 넓은 의미에서 그들은 둘 다 학자였지만, 그것은 두 사람의 의견이 어쩌다 한 번씩 일치하지 않는 것을 방해하지는 않았다. 요컨대 둘 다 선량한 사람들이고, 이 세상에서 가장 좋은 친구들이었다.

다른 두 명의 영국인은 로사리오의 큰 어장 주인인 윌리엄슨과 교외에 속성 재배 채소밭을 만들어 지금 한창 떼돈을 벌고 있는 롤링이라는 다소 건방진 사내였다.

마지막 한 사람은 로사리오 법원장인 멘도사 씨였는데, 인품이 고결하고 폭넓은 교양을 갖춘 공명정대한 판사였다.

우리는 별로 이렇다 할 사고도 없이 무사히 식사를 마쳤다. 그때까지 어떤 이야기가 나왔는지는 잊어버렸다. 반면에 식후 잠깐 쉬게 되었을 때의 이야기는 머릿속에 또렷이 남아 있다.

그것은 화제 자체가 특별히 중요했기 때문이 아니라, 거기에 대해 곧 난폭한 주석이 가해지고 이야기에 사람을 흥분시킬 만한 신랄한 점이 있었기 때문이다. 그 때문에 나는 그때의 대화

식후 잠깐 쉬게 되었을 때의 이야기는……

를 잊을 수가 없다.

화제는—왜 그렇게 되었는지, 그런 것은 아무래도 좋다—인류가 이룩한 진보로 넘어갔다. 배서스트 의사가 문득 이런 말을 했다.

"아담(그는 물론 영국인답게 '애덤'이라고 발음했다)과 이브(당연히 그는 '이바'라고 발음했다)가 지상으로 돌아왔다면 분명히 둘 다 깜짝 놀랄 겁니다!"

이것이 논쟁의 시작이었다. 열렬한 진화론자이고 자연도태의 신봉자인 모레노는 배서스트에게 그러면 당신은 실낙원의 전설을 곧이곧대로 믿느냐고 빈정거리는 투로 물었다. 그러자 배서스트는 적어도 자기는 신을 믿고 있고 성서가 아담과 이브의 존재를 확인하고 있는 이상 거기에 대해 왈가왈부하는 것은 삼가고 싶다고 말했다. 거기에 대해 모레노는, 자기는 적어도 반대자와 같은 정도로 신을 믿고 있지만 최초의 남녀라는 생각은 신화나 우화에 불과하며, 따라서 성서는 그런 이야기를 통해 신이 최초의 인간에게 숨을 불어넣고 거기에서 다른 인간이 태어났다고 기록해두고 싶은 거라고 생각해도 신앙심이 없는 것은 결코 아니라고 반박했다. 그러자 배서스트는 그런 설명은 겉보기에 그럴듯할 뿐이고, 자기로서는 많든 적든 원숭이와 비슷한 영장류의 자손이기보다는 신이 창조한 존재라고 생각하는 편이 자랑스럽다고 대꾸했다.

드디어 논쟁이 비등점에 도달했다고 생각했을 때, 두 논쟁자가 우연히 타협점을 발견하여 논쟁은 순식간에 끝나버렸다. 사실 이런 식으로 결말을 보는 것은 매번 있는 일이었다.

오늘은 두 논쟁자가 첫 번째 주제로 돌아가, 인류의 기원이 무엇이든 인류가 도달한 높은 문화를 찬양한다는 점에서 의견이 일치했다. 두 사람은 인류가 획득한 것을 자랑스럽게 열거했다. 온갖 것들이 거론되었다. 배서스트는 화학을 찬양하고, 지금은 화학이 너무나 높은 완성도에 도달했기 때문에 소멸하여 물리학과 융합하는 경향을 보이고 있다고 말했다. 즉 두 학문이 모두 내재적 에너지를 연구 대상으로 삼고 있기 때문에 이제는 하나의 학문만 성립된다는 것이다. 모레노는 의학과 의술을 찬양했다. 그 때문에 생명 현상의 내적 성질이 밝혀졌고, 그 경이로운 발견 덕분에 가까운 장래에 인체 기관의 영생 불사가 가능해질 것 같다고도 말했다. 이어서 두 사람은 천문학이 도달한 높이를 함께 찬양했다. 인간은 이제 다른 별들과의 연락을 훗날로 기억하면서, 태양의 행성들 가운데 일곱 개와 연락을 유지하고 있지 않은가?*

저마다 자신의 열광에 지쳐서 두 논쟁자는 잠시 입을 다물었다. 이 기회를 이용하여 다른 손님들이 한마디씩 참견하게 되었고, 대화는 인간의 조건을 속속들이 바꾸어버린 기술적 발명이라는 넓은 영역으로 들어갔다. 우리는 모두 무겁게 쌓인 화물을

---

* [원주] 이에 따르면 이 일기에 적혀 있는 시대에는 태양계가 여덟 개 이상의 행성을 갖고 있었고, 인류는 해왕성보다 먼 행성을 한 개 이상 발견했다는 것을 알 수 있다.

운반하는 기차와 기선, 바쁜 여객이 소중히 여기는 경제적인 비행선, 모든 대륙과 대양을 가로지르고 있는 지하 압축 공기관이나 전기 이온관을 이용한 속달 우편을 찬양하고, 어떤 종류의 공업에서 사람 백 명분의 일을 혼자 해치우는 수많은 기계를 찬양했다. 또한 색이나 빛의 인쇄와 사진술, 소리나 열 같은 모든 공기 진동의 기록화가 찬양되었지만, 그중에서도 특히 찬양의 대상이 된 것은 전기였다. 전기는 아주 유연하고 순종적인, 그 성질이나 본질이 잘 알려져 있는 동력이고, 그 덕분에 전혀 물질적인 연결이 없어도 기계장치를 움직일 수 있고, 배와 잠수함과 비행기를 조종할 수 있고, 멀리 떨어져 있어도 서로 송신하거나 대화를 나누거나 얼굴을 마주볼 수 있었다.

그것은 요컨대 열광적인 찬사였고, 솔직히 말해서 나도 한몫 거들었다. 모두의 의견이 일치한 점은 인류가 유례없는 지적 수준에 도달하여 자연에 대한 결정적 승리를 확신할 수 있을 것 같다는 것이었다.

"하지만……" 멘도사 법원장이 이런 결론에 이어진 침묵을 틈타 작지만 부드럽고 맑은 목소리로 말했다. "오늘날에는 멸망해버려서 아무런 흔적도 남아 있지 않은 민족이 이미 우리와 대등하거나 우리 수준에 가까운 문명 상태에 이르렀다는 이야기를 들었습니다만……."

"어떤 민족인데요?" 탁자에 둘러앉은 사람들이 일제히 물었다.

"글쎄요…… 예를 들면 바빌로니아인입니다."

모두 일제히 웃음을 터뜨렸다. 바빌로니아인을 현대인과 비교하다니!

"이집트인도 있습니다." 멘도사는 태연히 말을 이었다.

모두 더 큰 소리로 웃었다.

"그리고 우리가 무지한 나머지 전설로 만들어버린 아틀란티스*에 대해서도 똑같은 말을 할 수 있습니다. 그 아틀란티스 이전에도 많은 사람들이 태어나고 번영하고 사라져갔지만, 우리는 그 사람들에 대해 아무것도 아는 게 없습니다."

멘도사가 끝까지 주장할 생각인 것 같았기 때문에, 다른 사람들은 멘도사의 기분을 해치지 않으려고 그의 이야기를 진지하게 듣는 체했다.

"하지만 법원장님," 모레나가 아이를 타이를 때 쓰는 완곡한 말투로 말했다. "그런 고대 민족이 우리와 어깨를 나란히 할 수 있다고 말씀하실 작정은 아니시겠죠? 정신적 영역에서 우리에 필적할 만큼 높은 교양을 갖추고 있었다면 이해가 가지만, 물질적 영역에서 그렇다는 건……."

"왜 안 되죠?" 멘도사는 대들듯이 말했다.

"왜냐하면……" 배서스트가 기세 좋게 설명했다. "우리 발명의 특질은 당장 지구 전체에 전파된다는 점에 있기 때문입니다. 따라서 한 민족이 아니라 많은 민족이 동시에 소멸했다 해도 일단 성취된 진보는 그대로 고스란히 전해집니다. 인간의 노력이

---

* 플라톤의 저작 중에 언급된 전설상의 대륙. 지브롤터 해협 서쪽 바다에 위치한 해상 국가로, 심한 지진과 화산 활동으로 '하룻밤 새' 대양 속으로 가라앉았다고 한다.

무로 돌아가버리려면 인류 전체가 동시에 멸망하는 사태가 일어나야 합니다. 하지만 그런 사태를 예측할 수 있을까요?"

이런 대화가 오가는 동안, 우주 저편에서는 인과관계가 차례로 일어나 배서스트 의사가 의문을 제기한 지 1분도 채 지나기 전에 종합적인 결과를 낳았고, 그 결과는 멘도사의 회의적인 태도를 정당화하고도 남게 되었다. 하지만 우리는 그렇게 되리라고는 전혀 예측하지 못했기 때문에, 어떤 사람은 의자 등받이에 머리를 기댔고 어떤 사람은 탁자에 팔꿈치를 괴고 방금 배서스트가 한 대답으로 멘도사가 끽소리도 못하게 되었다고 생각하고, 너그러운 눈길을 멘도사에게 쏟으면서 태연히 논쟁을 벌이고 있었다.

법원장은 조금도 감동한 기색을 보이지 않고 대답했다.

"우선 옛날에는 지구에 지금만큼 인간이 많지 않았을 겁니다. 그래서 한 민족이 단독으로 모든 지식에 통달했을 가능성도 충분히 생각할 수 있어요. 그리고 지구 전체에 걸쳐 동시에 지각변동이 일어났다는 것을 인정해도 '선험적으로는' 불합리한 점이 전혀 없다고 생각합니다."

"설마 그런 일이!" 우리는 일제히 외쳤다.

대변동이 일어난 것은 바로 그때였다.

"설마 그런 일이!" 하고 모두 말하고 있을 때 무서운 소리가 났다. 대지가 뒤흔들리고 몸이 땅속으로 빨려 들어가는 듯한 느낌이 들었고, 별장이 토대부터 무너졌다.

뭐라고 말할 수 없는 공포에 사로잡힌 채 우리는 서로 부딪히고 밀치면서 밖으로 뛰쳐나갔다.

우리가 문 밖으로 나오자 집은 당장 맥없이 허물어졌다. 맨 뒤에 있던 멘도사와 내 하인인 제르맹이 무너져 내린 건물에 깔려버렸다. 지극히 당연한 노릇이지만, 몇 초 동안 광란 상태에 빠졌던 우리는 정신을 차린 뒤에야 두 사람을 구해낼 마음이 들었다. 그때 정원사 룰리가 아내를 데리고 그들이 살고 있는 정원 아래쪽에서 달려왔다.

"바다가! 바다가!" 그는 목청껏 외치고 있었다.

나는 바다 쪽을 돌아보았다. 그리고 너무 놀라운 광경에 망연자실하여 그 자리에 멍하니 서 있었다. 그것은 내가 본 것을 확실히 이해했기 때문은 아니었다. 경치가 여느 때와 다르다는 것을 순간적으로 알아차렸기 때문이다. 그런데 우리가 부동의 존재라고 여겼던 자연 현상이 불과 몇 초 사이에 기묘한 변동을 이룬 것을 보면, 공포에 질린 나머지 마음이 얼어붙는 것은 당연하지 않을까?

하지만 나는 곧 냉정을 되찾았다. 인간이 정말로 뛰어난 점은 자연을 지배하고 정복하는 데 있는 것이 아니다. 사상가에게 그것은 자연을 이해하고 무한한 우주를 두뇌라는 소우주에 가두는 것이고, 활동가에게 그것은 물체가 대항해와도 태연히 이렇게 말할 수 있는 것이다.

"죽일 테면 죽여라! 하지만 내 마음까지 움직일 수는 없다! 절대로!"

냉정을 되찾자마자 나는 지금 보고 있는 광경과 평소에 익숙한 광경의 차이점을 곧 알아차렸다. 절벽이 사라지고, 정원이 해수면을 스칠 만큼 가까운 곳까지 가라앉은 것이다. 그리고 파도가 정원사의 집을 파괴한 뒤 이번에는 가장 낮은 곳에 있는 화단에 세차게 부딪치고 있었다.

해수면이 융기했다고는 생각할 수 없으니까, 필연적으로 지면이 내려앉았다고 생각할 수밖에 없었다. 그것도 침하하기 전의 절벽 높이만큼 내려갔으니까, 100미터가 넘게 낮아졌다는 이야기가 된다. 하지만 그 침하는 상당히 평온하게 이루어진 게 분명했다. 우리는 그것을 거의 의식하지 못했고, 게다가 바다도 비교적 잔잔했기 때문이다.

상황을 보고 있는 동안 나는 내 추측이 옳은 동시에 아직도 침하가 계속되고 있음을 확인할 수 있었다. 실제로 바다는 1초에 2미터의 속도로 다가오고 있었다. 침하 속도가 바뀌지 않는다면, 가장 가까운 파도와 우리 사이의 거리로 보아 우리는 3분 안에 파도에 휩쓸릴 게 분명했다.

나는 당장 결단을 내렸다.

"자동차에 타세요!" 나는 큰 소리로 외쳤다.

모두 내 의도를 알아차렸다. 우리는 차고로 달려가 차를 밖으로 끌어냈다. 당장 휘발유를 연료탱크에 가득 채우고, 우리는 될 대로 되라는 기분으로 차에 올라탔다. 운전수 시모나가 운전석에 뛰어올라 시동을 걸고는 전력을 다해 도로로 뛰쳐나갔다. 그때 철문을 열고 기다리고 있던 롤리는 달려오는 자동차에 뛰어올라 뒤쪽 스프링에 매달렸다.

용케 늦지 않았다! 자동차가 도로로 나갔을 때 파도 하나가 부서지면서 차바퀴의 중앙 부분까지 적셨다. 하지만 문제없다! 이제는 파도가 아무리 밀려와도 웃을 수 있다. 짐이 무거운 느낌이었지만, 좋은 차니까 파도가 미치는 범위 밖으로 우리를 데려다줄 것이다! 지반 침하가 계속되지 않는 한……. 결국 우리에게는 넓은 행동 범위가 주어졌다. 우리는 적어도 두 시간은 올라가야 하는 1500미터 가까운 높이까지는 마음대로 다닐 수 있었다.

하지만 나는 곧 승리의 함성을 지르기에는 아직 너무 이르다고 인정할 수밖에 없었다. 차가 처음 속도로 거품 이는 물가에서 20미터쯤 떨어진 뒤, 시모나가 아무리 엔진을 고속으로 회전시켜도 움직이지 않게 된 것이다. 거리가 조금도 벌어지지 않았다. 아마 열두 명의 체중이 자동차의 속도를 떨어뜨리고 있을 것이다. 어쨌든 차의 속도는 밀려오는 파도의 속도와 같았기 때문에, 바닷물과 우리의 거리는 조금도 달라지지 않았다.

이 불안한 상태는 곧 모두에게 알려졌고, 운전에 열심인 시모나를 제외하고는 모두 고개를 돌려 지금 올라온 길 쪽을 바라보았다. 보이는 것은 온통 물뿐이었다. 길을 올라갈수록 길은 뒤따라 올라오는 파도에 휩쓸려 사라지고, 바다는 다시 조용해져 있었다. 그래도 조금이지만 잔물결이 일면서, 끊임없이 새롭게 변하는 물가에 조용히 파도가 밀려오고 있었다. 그것은 끊임없이 팽창하는 잔잔한 호수 같았다. 그리고 이 조용한 물의 추격만큼 비극적인 것은 없었다. 아무리 도망쳐도 그 물로부터 도저히 도망칠 수가 없었다. 물은 냉혹하게도 우리와 함께 올라왔다.

그때까지 도로에서 눈을 떼지 않고 있던 시모나가 어느 모퉁이까지 오자 이렇게 말했다.

"지금이 딱 중턱입니다. 앞으로 한 시간만 더 올라가면 정상입니다."

우리는 공포로 몸을 떨었다. 아아, 이게 무슨 일인가! 앞으로 한 시간이면 정상에 도달해버린다. 그다음은 내려갈 뿐이다. 그렇게 되면 우리 속도가 어떻든 물 덩어리가 우리를 몰아대고 따라잡아서 눈사태처럼 우리를 삼켜버릴 것이다!

시간은 우리의 상태에 아무런 변화도 주지 않고 지나갔다. 벌써 산꼭대기가 뚜렷이 보였다. 그때 차가 격렬하게 흔들리며 옆으로 미끄러지기 시작하더니, 하마터면 길가의 경사면에 부딪힐 뻔했다. 그와 동시에 우리 배후에 거대한 파도가 솟아올랐다. 파도는 길을 향해 밀려와서 고랑을 만들고 자동차 위에서 부서져 자동차를 거품투성이로 만들었다. 이제 우리는 물에 삼켜져버릴까?

아니었다! 물은 거품을 내면서 물러갔고, 모터가 갑자기 빠르게 윙윙거리면서 자동차 속도가 빨라졌다.

왜 자동차 속도가 갑자기 빨라진 것일까? 안나 롤리의 외침소리가 우리에게 그 이유를 알려주었다. 불쌍한 여자의 눈에 띄었듯이, 분명히 스프링에 매달려 있었던 그녀의 남편이 보이지 않았다. 아마 파도가 물러갈 때 거기에 휩쓸렸을 것이다. 그리고 그 때문에 가벼워진 차는 더욱 경쾌하게 비탈을 올라가기 시

동시에 우리 배후에 거대한 파도가 솟아올랐다.

작했다.

그러다가 갑자기 차가 멈춰 섰다.

"왜 그래? 펑크라도 났나?" 나는 시모나에게 물었다.

이런 비극적인 상태에 이르러서도 직업인으로서의 긍지는 사라지지 않는 법이다. 시모나는 노골적으로 경멸하는 표정을 지으며 어깨를 으쓱했다. 자기 같은 운전수에게 펑크 같은 건 절대 있을 수 없는 일이라고 말하고 싶은 것처럼 그는 말없이 도로를 가리켰다. 그제야 나도 차가 멈춰 선 이유를 알았다.

우리 앞쪽으로 10미터도 떨어지지 않은 곳에서 도로가 끊겨 있었다. 정말로 끊어져 있었다. 마치 칼로 싹둑 자른 것 같았다. 길은 뚝 끊겨서 날카로운 모서리가 되었고, 그 너머에 있는 공간에는 어둠의 심연이 펼쳐져 있어서 그 밑에 무엇이 있을지는 짐작하기도 어려웠다.

우리는 깜짝 놀라서 뒤를 돌아보았다. 드디어 죽을 때가 왔다고 생각했기 때문이다. 이렇게 높은 곳까지 우리를 쫓아온 바다였다. 분명히 몇 초도 지나기 전에 우리를 삼켜버릴 것이다.

하지만 가슴이 찢어질 것처럼 슬퍼하고 있는 안나와 그 딸들을 제외하고 우리는 모두 저도 모르게 기쁨의 함성을 질렀다. 아니, 바다가 올라오지 않게 되었다기보다 좀 더 정확히 말하면 땅이 가라앉지 않게 된 것이다. 아마 우리가 방금 느낀 동요가 이 이변의 마지막 현상이었을 것이다. 바다는 상승을 멈추고 해수면은 질주했기 때문에, 숨을 헐떡이는 동물처럼 아직도 조금씩 흔들리고 있는 자동차 주위에 모여 있는 우리보다 100미터나 밑에 있었다.

과연 이 궁지에서 벗어날 수 있을까? 날이 밝기 전에는 알 수 없는 일이었다. 그때까지 기다려야 했다. 그래서 우리는 땅바닥에 드러누워 깊이 잠들어버렸다!

그날 밤에—

나는 무시무시한 소리에 문득 눈을 떴다. 몇 시일까? 전혀 알 수 없었다. 어쨌든 주위는 여전히 캄캄했다.

그 소리는 도로가 함몰하여 생긴 바닥 모를 심연에서 들려왔다. 무슨 일이 일어난 것일까? 많은 물이 폭포가 되어 그 심연으로 떨어지고 큰 파도가 격렬하게 서로 부딪치고 있는 듯한 느낌이었다. ……그래, 분명히 그래. 거품이 소용돌이치며 우리가 있는 곳까지 밀려오고, 온몸이 물보라에 흠뻑 젖어버렸기 때문이다.

그리고 조금씩 정적이 돌아왔다…… 완전히 조용해졌다…… 하늘이 창백해졌다…… 아침이다.

*

5월 25일—

우리의 상황이 차츰 분명해지는 것은 얼마나 괴로운 일인가! 처음 얼마 동안은 아주 가까운 것밖에 알지 못했다. 하지만 둘레는 점점 커져가고 그 고리는 끊임없이 넓어졌다. 마치 끊임없이 배신당하고 있던 희망이 얇은 베일을 제한 없이 차례로 조금씩 들어 올려가는 것 같았다. 마침내 주위가 완전히 밝아지자 우리의 마지막 환상도 보기 좋게 배신당하고 말았다.

우리의 상황은 지극히 단순해서 몇 마디로 설명될 정도였다. 우리는 하나의 섬 위에 있었다. 바다가 우리 주위를 빙 둘러싸고 있었다. 어제는 드넓은 바다에 산꼭대기가 많이 보였고, 그 가운데 몇 개는 우리가 있는 꼭대기보다 높았다. 이제 그런 꼭대기는 모습을 감추어버렸고, 무엇 때문인지 그 이유는 영원히 모르겠지만 우리가 있는 꼭대기가 그보다 낮은데도 우리 꼭대기만 그 조용한 침하를 멈추었고, 주위에는 다른 꼭대기들 대신 끝없는 바다가 펼쳐져 있었다. 사방팔방에 온통 바다뿐이었다. 우리는 수평선이 그린 커다란 원둘레 속에 단 하나뿐인 단단한 지점을 차지하고 있었다.

우리가 기적적으로 피난할 수 있었던 작은 섬 전체를 아는 것은 간단했다. 그저 한 번 둘러보기만 하면 충분했다. 실제로 그만큼 작은 섬이었고, 길이는 기껏해야 1000미터, 너비는 500미터 정도였다. 해수면에서 약 100미터 높이에 있는 고지대는 북쪽과 서쪽과 남쪽에서는 완만한 비탈을 이루며 바다로 떨어지고 있었다. 반면에 동쪽에는 깎아지른 절벽이 바다에서 우뚝 솟아 있었다.

우리 시선이 특별히 향한 곳은 바로 이 동쪽이었다. 이 방향에서는 겹겹이 겹쳐진 산봉우리와 그 너머에 있는 멕시코 전역이 바라보일 터였다. 봄철의 짧은 밤사이에 얼마나 큰 변화가 일어났는가! 산들은 사라지고 멕시코도 파도에 휩쓸려 있었다.

그 대신 아무도 없는 세계, 아득하게 펼쳐진 끝없는 바다가 있었다.

우리는 깜짝 놀라 서로 얼굴을 마주 보았다. 식량도 없고 물도 없이 이 좁은 바위 위에 남겨진 우리에게는 한 가닥 희망조차 남아 있지 않았다. 우리는 자포자기한 상태로 땅바닥에 길게 드러누워 죽음을 기다리기로 했다.

*

6월 4일, '버지니아'호 안에서—

그 후 며칠 동안 어떤 일이 일어났을까? 나에게는 그 기억조차 전혀 없다. 마지막에 나는 의식을 잃은 모양이다. 그리고 의식을 되찾았을 때는 우리를 구조한 배 위에 있었다. 그때 비로소 나는 그 섬에 꼬박 열흘 동안 머물러 있었다는 것, 그리고 친구들 가운데 윌리엄슨과 롤링이 굶주림과 갈증 때문에 섬에서 죽은 것을 알았다. 재난이 일어났을 때 내 별장에 있었던 열네 명 가운데 아홉 명밖에 살아남지 못했다. 아들 장, 내가 후견인 노릇을 하고 있는 고아 헬렌, 자동차를 잃고 비탄에 잠겨 있는 운전수 시모나, 안나 롤리와 두 딸, 의사인 배서스트와 모레노, 그리고 나뿐이었다. 내가 이 글을 서둘러 쓰는 것은 장래에 새로운 인종이 태어난다면 그들을 교화시키기 위해서다.

우리가 타고 있는 '버지니아'호는 돛과 증기를 함께 이용하는 2천 톤급 화물선이다. 상당히 노후한 배여서 속력은 빠르지 않다. 모리스 선장 휘하에 스무 명의 선원이 있다. 선장과 선원들은 모두 영국인이다.

한 달쯤 전에 '버지니아'호는 멜버른에서 짐을 내린 뒤에 로사리오를 향해 출발했다. 항해 중에 별다른 사고는 없었지만, 5월 24일에서 25일에 걸친 밤중에 놀랄 만큼 큰 파도가 차례로 밀려왔다. 하지만 그런 파도는 이상할 정도로 높은 만큼 파장도 컸기 때문에 별로 걱정할 필요는 없었다. 이런 파도는 뜻밖이긴 했지만, 그때 일어나고 있었던 재해를 선장에게 알려주지는 않았다. 그래서 선장은 목적지에 도착했을 때 로사리오와 멕시코 연안이 있어야 할 곳에 바다가 펼쳐져 있는 것을 보고 깜짝 놀랐다. 이 연안 가운데 남아 있는 것은 작은 섬 하나뿐이었다. '버지니아'호의 보트가 이 작은 섬에 가까이 가서 보니 사람 열한 명이 쓰러져 있었다. 그 가운데 두 명은 죽어 있었기 때문에 나머지 아홉 명을 배로 데려왔다. 이리하여 우리는 구조된 것이다.

*

1월이나 2월, 육지에서—

전에 쓴 마지막 행에서 8개월쯤 지났다. 이날을 1월이나 2월이라고 말하는 것은 그보다 더 정확하게 기술할 수가 없기 때문이다. 즉 나에게는 더 이상 정확한 시간관념이 없다.

지난 8개월은 우리가 겪은 시련 가운데 가장 혹독한 시련의 시기였고, 끔찍하게도 우리는 우리를 덮친 불행의 전모를 조금씩 알게 되었다.

우리를 구조한 '버지니아'호는 동쪽을 향해 전속력으로 항해를 계속했다. 우리가 의식을 되찾았을 때에는 우리가 하마터면 죽을 뻔했던 섬이 이미 수평선 너머로 가라앉고 있었다. 구름 한 점 없이 맑은 하늘에 떠 있는 태양을 보고 선장이 현재 위치를 측정한 바에 따르면, 그때 배는 멕시코시티가 있어야 할 곳을 항해하고 있었다. 하지만 그 도시는 흔적도 없이 사라져버렸다. 내가 의식을 잃고 있었을 때에도 보이지 않았지만, 의식을 되찾은 지금도 아무리 멀리까지 바라보아도 육지는 전혀 보이지 않고, 어느 쪽을 보아도 끝없이 펼쳐진 바다밖에는 보이지 않았다.

이런 상황에는 사람을 광기로 몰아내는 무언가가 있다. 우리는 이성이 완전히 사라져가는 것처럼 느껴졌다. 이게 무슨 일인가! 멕시코 전역이 바닷속으로 가라앉아버렸다! 이 무서운 재해로 황폐해진 흔적이 어디까지 펼쳐져 있을까 하고 생각하자, 우리는 놀란 나머지 서로 얼굴을 마주 보았다…….

선장은 실상을 확실히 파악하고 싶다고 생각했다. 그래서 항로를 바꾸어 북쪽으로 뱃머리를 돌렸다. 멕시코는 더 이상 존재하지 않는다 해도, 설마 아메리카 대륙 전체가 바닷속에 가라앉았다고는 생각되지 않았기 때문이다.

하지만 그게 실상이었다. 12일 동안 북상해보았지만 소용이 없었다. 육지는 전혀 보이지 않았다. 곶에서 곶으로 진로를 바꾸고 약 한 달 동안 남쪽으로 침로를 돌려도 역시 육지를 만날 수는 없었다. 아무리 이상해 보여도 명백한 사실 앞에서는 굴복할 수밖에 없었다. 분명히 아메리카 대륙 전체가 바닷속으로 가라앉아버린 것이다!

이런 상태라면, 다시 단말마의 고통을 맛보기 위해 구조된 셈이 되지 않을까? 실제로 그런 걱정을 품는 것도 이유가 없지 않았다. 그러는 동안 식량이 부족해질 것은 말할 나위도 없었고, 당장 닥쳐오고 있는 위험은, 연료가 떨어져 배가 움직이지 않게 되면 우리는 도대체 어떻게 하면 좋은가 하는 것이었다. 빈혈을 일으킨 동물은 이런 식으로 숨통을 끊어버린다. 그래서 7월 14일—그때 우리는 일찍이 부에노스아이레스*가 있었던 곳에 접어들고 있었다—모리스 선장은 불을 줄이고 돛을 펴라고 명령했다. 그렇게 해놓은 뒤 선장은 선원과 승객들을 모두 모아놓고 상황을 간단히 설명했다. 그런 다음 이런 상황에 대해 심사숙고해줄 것을 요구하고, 내일 열릴 회의에서 의견을 말해달라고 했다.

나와 운명을 함께한 동료들 가운데 누군가가 뭔가 좋은 생각을 떠올렸는지 어떤지는 나도 모른다. 나로서는 솔직히 어떤 묘안이 있을지 몰라서 망설이고 있었다. 그런데 그날 밤 폭풍이 일어나 문제를 깨끗이 해결해버렸다. 거칠게 날뛰는 폭풍에 쫓겨 우리는 서쪽으로 밀려났고, 순간마다 성난 파도에 금방이라도 휩쓸릴 것 같았다.

폭풍은 35일 동안이나 잠시도 쉬지 않고 거칠게 날뛰었다. 기

---

* 아르헨티나의 수도.

세도 전혀 약해지지 않았다. 우리는 폭풍이 이대로 영원히 가라앉지 않는 건 아닐까 하고 절망하기 시작했다. 그런데 8월 19일에 폭풍은 처음 우리를 덮쳤을 때와 마찬가지로 갑자기 멈췄고, 하늘이 맑아졌다. 선장은 이때를 이용하여 위치를 측정했다. 계산에 따르면 북위 40도 · 동경 115도였다. 마침 베이징의 좌표였다!

그러고 보면 우리는 폴리네시아*와 오스트레일리아 위를 그런 줄도 모르고 지나왔고, 지금 우리가 항해하고 있는 곳에는 일찍이 4억 명의 인구를 가졌던 제국의 수도가 펼쳐져 있었다.

그러면 아시아도 아메리카와 똑같은 운명을 당한 것일까?

곧 우리는 그것을 눈으로 확인할 수 있게 되었다. '버지니아'호는 뱃머리를 남서쪽으로 돌리고 항해를 계속하여 티베트 고원에 도달했고, 이어서 히말라야 산맥에 이르렀다. 이곳에는 지구에서 가장 높은 산들이 솟아 있을 터였다. 그런데 어디를 보아도 해상에는 아무것도 보이지 않았다. 이렇게 되면 지구상에는 우리를 구해준 작은 섬 외에는 육지가 없고, 우리는 이 이변의 유일한 생존자로서, 움직이는 수의인 바다에 덮인 이 지구의 마지막 주민인 모양이었다!

이게 사실이라면, 머지않아 우리는 죽을 운명이었다. 실제로 엄격한 배급제를 실시하고 있었지만 배에 실렸던 식량은 바닥

---

* 태평양 중부 · 남부 해역에 분포해 있는 수천 개의 섬을 일컫는 말. '많은 섬'이라는 뜻이다.

을 드러내고 있었다. 지금 남아 있는 식량이 떨어져버리면 식량을 새로 구할 가망은 전혀 없었다.

이 무서운 항해에 대해서는 간단히 이야기하기로 하겠다. 그것을 상세히 쓰려면 하루하루를 재현해봐야 하지만, 그때 일을 생각하기만 해도 미쳐버릴 것 같다. 그 이전의 사건과 이후의 사건이 아무리 이상하고 기이했다 해도, 앞으로의 미래가, 아마 내가 알지 못할 그 미래가 내 눈에 아무리 한심스럽게 보여도, 우리가 가장 무서운 공포감을 품은 것은 이 지옥 같은 항해를 하고 있을 때였다. 아아! 끝없이 펼쳐진 바다 위에서의 끝없는 항해! 날마다 어딘가에 상륙하기를 바라면서 언제 끝날지 모를 여행을 계속해야 하다니! 일찍이 인간의 손에 의해 구불구불한 해안선이 표시된 지도 위에 몸을 구부린 채 하루를 보내고, 영원히 존재하리라 믿었던 곳이 이제 흔적도 없이 사라져버린 것을 확인하는 나날! 과거에는 대지에 수많은 생명이 약동하고 수백만, 아니 수천만의 인간과 동물이 종횡으로 뛰어다니거나 날아다니고 있었는데, 지금은 그 모든 것이 절멸하고 모든 생명이 마치 바람을 맞은 작은 불꽃처럼 한꺼번에 꺼져버리다니! 그리고 어디에서도 동포를 찾을 수 없는 이 공허함. 내 주위에 살아 있는 것은 전혀 존재하지 않는다는 확신이 점점 강해지고, 모든 것이 이 가차 없는 우주 한복판에서 혼자 고독에 내던져져 있다는 의식에 차츰 사로잡혀갔다!

이것으로 우리의 괴로운 마음을 제대로 표현할 수 있는 말을 찾아냈는지 어떤지는 나도 모른다. 어떤 언어에도 이 전대미문의 상황을 표현하기에 알맞은 말 따위는 존재하지 않는다.

일찍이 인도 반도였던 곳이 바다가 되어 있는 것을 확인한 뒤 우리는 열흘 동안 북상을 계속하다가 거기서 다시 서쪽으로 뱃머리를 돌렸다. 우리의 상황은 전혀 변하지 않았고, 해저산맥이 되어버린 우랄 산맥을 넘어 과거에는 유럽이었던 곳 위를 항해했다. 그리고 적도를 넘어 남위 20도까지 내려갔다. 허망한 수색에 지친 뒤 다시 북상하여 아프리카와 스페인을 덮고 있는 바다를 지나 피레네 산맥 위를 통과했다. 사실을 말하면 우리는 어느덧 이 무서운 생활에 익숙해지고 있었다. 배가 나아가면 우리는 지도 위에 항로를 표시하고 이렇게 말했다. "여기가 모스크바였어…… 여기가 바르샤바였어…… 베를린이었어…… 빈이었어…… 로마였어…… 튀니스*였어…… 팀북투였어…… 생루이였어…… 오랑이었어…… 마드리드였어……." 그 말투는 점점 무관심해지고 익숙해져서, 사실은 비극적이어야 할 그런 말들을 아무런 감동도 없이 내뱉게 되었다.

하지만 적어도 나에게는 아직 괴로워할 만한 기개가 있었다. 그것을 깨달은 것은 12월 11일에 모리스 선장이 나에게 이렇게 말했을 때였다. "여기가 파리였어요." 이 말을 듣고 나는 가슴

---

* 튀니스: 튀니지(북아프리카 지중해 연안에 있는 나라)의 수도. 팀북투: 말리의 중앙부에 위치한 도시. 13세기부터 16세기까지 서아프리카 지방의 종교적·문화적·경제적 중심지 역할을 했다. 생루이: 세네갈 북서부, 세네갈 강 어귀에 있는 도시. 1673년 프랑스의 식민지가 된 이후부터 1960년 독립할 때까지 세네갈의 수도였다. 오랑: 알제리의 지중해 연안에 있는 항구 도시.

"여기가 파리였어요."

이 찢어질 것 같았다. 설령 전 세계가 물에 잠긴다 해도 프랑스만은……! 그러나 프랑스가, 내 조국 프랑스가…… 그 상징인 파리가!

옆에서 흐느끼는 소리가 들렸다. 돌아보니 울고 있는 것은 시모나였다.

그 후 나흘 동안 우리는 북쪽으로 항해를 계속했다. 그리고 에든버러까지 북상하자, 다시 아일랜드를 향해 남서쪽으로 내려간 뒤 항로를 동쪽으로 바꾸었다. 사실 우리는 정처도 없이 헤매고 있었다. 이제 우리에게는 어디든 한 방향으로 가야 할 이유가 없었기 때문이다.

런던 위를 지날 때에는 모든 선원이 바닷속 묘지가 된 그 땅에 경의를 표했다. 그리고 닷새 뒤, 단치히* 위에 접어들었을 때 모리스 선장이 침로를 150도 돌려서 남서쪽으로 키를 잡으라고 명령했다. 조타수는 시키는 대로 명령에 따랐다. 조타수로서는 어디로 가든 상관없었다. 어디로 가든 마찬가지가 아닌가!

우리가 마지막 남은 비스킷 한 개를 먹어버린 것은 그 방향으로 나침반을 돌리고 항해하기 시작한 지 9일째 되는 날이었다.

우리가 무서운 눈빛으로 서로를 노려보고 있자, 모리스 선장이 갑자기 보일러에 불을 때라고 명령했다. 무슨 생각으로 그런 명령을 내렸을까? 나는 아직도 그 이유를 모르지만, 명령은 실

---

* 폴란드 발트 해 연안의 항만 도시. 단치히는 독일어이며, 폴란드어로는 그단스크이다.

행되어 배의 속도가 빨라졌다.

그리고 이틀이 지나자 우리는 벌써 굶주림에 시달리고 있었다. 이틀 뒤에는 거의 전원이 일어나려고도 하지 않았다. 선장과 시모나와 선원 몇 명과 나만이 간신히 배의 침로를 확보할 힘을 갖고 있었다.

굶주린 지 닷새째가 되는 날은 자진해서 협력하는 조타수와 기관수의 수가 더 줄어들었다. 앞으로 24시간만 지나면 아무도 서 있을 수 없게 될 터였다.

그때 우리는 벌써 7개월이 넘도록 항해를 계속하고 있었다. 7개월이 넘도록 바다를 이리저리 달리고 있었다. 그날은 1월 8일이 분명하다고 나는 생각한다. '생각한다'고 말하는 것은 정확을 기하기가 불가능하기 때문이다. 우리에게 달력 따위는 이미 필요 없게 되었다.

그런데 그날 내가 키를 잡고 약해진 주의력을 억지로 불러일으켜 실수하지 않으려 애쓰고 있을 때, 서쪽에 무언가가 보인 듯한 기분이 들었다. 나는 잘못 봤나 하고 눈을 크게 떴다.

아니, 잘못 본 게 아니었다!

나는 진심으로 환성을 지르고, 키를 움켜잡고는 큰 소리로 외쳤다.

"오른쪽 전방에 육지가 보인다!"

이 말이 일으킨 효과는 엄청난 것이었다. 빈사 상태에 있던 사람들이 일제히 숨을 되돌리고, 그 창백해진 얼굴을 오른쪽 난간 위로 들어 올렸다.

"분명히 육지야." 모리스 선장이 수평선 위에 떠돌고 있는 구름을 바라본 뒤에 말했다.

30분 뒤에는 조금도 의심할 여지가 없었다. 일찍이 대륙이 있었던 바다에서 헛되이 육지를 찾아다닌 뒤, 우리는 그 육지를 바로 대서양 한복판에서 발견한 것이다!

오후 3시경 우리 앞에 육지의 연안이 또렷하게 보이기 시작했지만, 우리는 또다시 절망에 휩쓸리기 시작했다. 실제로 이런 해안은 어떤 해안과도 비슷하지 않았고, 우리 가운데 이렇게 황량하고 살풍경한 해안을 보았던 사람은 아무도 없었다.

이번 재해가 일어나기 전에 우리가 살고 있던 육지에서는 녹색이 가장 눈에 많이 띄는 색깔이었다. 약간의 관목, 약간의 덤불, 또는 단순한 이끼나 지의류조차도 자라고 있지 않은 해안, 정말로 아무것도 없는 황량한 해안을 본 사람은 우리 가운데 아무도 없었다. 이곳에는 그런 녹색이 전혀 없었다. 보이는 것은 거무튀튀한 절벽과 그 밑에 잡다하게 뒹굴고 있는 바윗덩어리뿐이었다. 나무 한 그루, 풀 한 포기도 없었다. 이 황량함은 말로는 다할 수 없었고, 상상하기도 어려웠다.

우리는 이틀 동안 배를 몰고 이 깎아지른 절벽을 따라가보았지만, 작은 균열조차도 찾아내지 못했다. 이튿째 저녁 무렵에야 겨우 난바다에서 불어오는 바람을 막아주는 널찍한 후미를 발견했기 때문에 우리는 그 안쪽으로 들어가 닻을 내렸다.

보트를 타고 육지에 오르며 우리가 맨 먼저 생각한 것은 모래밭에서 식량을 모으는 것이었다. 모래밭은 많은 거북과 조개로

육지에 오르자 우선 모래밭에서 식량을 모으기 시작했다.

덮여 있었다. 암초 틈새로 수많은 물고기는 물론 수많은 게와 가재와 왕새우도 보였다. 이만큼 풍요로운 바다가 있으면, 다른 식량이 없어도 꽤 오랫동안 생존을 확보할 수 있을 것 같았다.

우리는 기운을 차리자 절벽의 갈라진 틈새를 기어올라 그 위의 넓고 평탄한 언덕에 이르렀다. 해변 풍경은 우리의 예측에서 벗어나지 않았다. 거기서는 상당히 멀리까지 바라보였지만, 어느 쪽을 보아도 바싹 말라버린 해초로 뒤덮인 바위뿐, 풀 한 포기 없었고, 지상에도 공중에도 살아 있는 것은 전혀 보이지 않았다. 군데군데 작은 호수가—아니, 호수라기보다는 못이라고 하는 편이 낫겠지만—햇빛을 받아 빛나고 있었다. 그 물로 목을 축이려 했을 때 우리는 그것이 짠물인 것을 알았다.

사실 우리는 거기에 대해 별로 놀라지도 않았다. 이 사실은 우선 우리가 상상한 것을 확증해준 데 불과했다. 이 미지의 대륙은 어제 막 탄생했을 뿐이고, 심해에서 단번에 출현했다는 것을 우리는 알고 있었기 때문이다. 이곳이 불모지인 것도, 생물이 전혀 없는 것도 그것을 증명하고 있었다. 또한 수분이 증발했기 때문에 금이 가고 산산이 부서져서 그것이 두꺼운 진흙층이 되어 퍼져 있는 것도 이해할 수 있었다.

이튿날 정오에 위치를 측정해보니 북위 17도 20분·서경 23도 55분이었다. 지도상에서 그 위치를 추정해보니 분명 바다 한복판이었고, 베르데 곶*과 비슷한 위도였다. 하지만 지금은 서

---

* 세네갈 서부에 돌출한 곶. 아프리카의 최서단을 이룬다.

쪽에는 육지가 그리고 동쪽에는 바다가 시야 끝까지 펼쳐져 있었다.

우리가 상륙한 곳이 아무리 사납고 불친절하다 해도, 우리는 어쨌든 거기에 만족하지 않을 수 없었다. 그래서 '버지니아'호에서 짐을 내리는 작업이 당장 시작되었다. 배에 있는 것은 전부 다 언덕 위로 끌어 올렸다. 그러기 전에 배는 수면에서 100미터쯤 내려간 해저에 네 개의 닻으로 단단히 고정되었다. 이렇게 조용한 후미 안에서는 아무 위험도 없으니까 그렇게 방치해 두어도 별로 지장은 없었다.

짐을 내리는 작업이 끝나자 우리의 새로운 생활이 시작되었다. 우선 좋은 점으로는……

※
※※

조프르 박사는 여기까지 번역을 진행했지만, 여기서 중단할 수밖에 없었다. 원고에서 처음으로 빠진 부분이 발견되었기 때문이다. 게다가 빠진 매수를 보면 상당히 중요한 부분인 듯했고, 뒤에서도 훨씬 많은 분량의 원고가 빠졌을 가능성이 있다고 여겨졌다. 원고는 아마 상자 속에 들어 있었겠지만, 습기 때문에 많은 원고가 손상되었을 것이다. 결국 길이가 고르지 않은 조각글들이 남았을 뿐이고, 그 글들 사이를 연결하는 부분은 영원히 사라져버린 것이다. 그 조각글들은 다음과 같은 순서로 이어져 있었다.

*

……새로운 땅에 익숙해져간다.

이 해안에 상륙한 뒤 얼마나 시간이 지났을까? 나는 전혀 알 수가 없다. 날마다 일기를 쓰고 있는 모레노 의사에게 물어봤더니, "6개월입니다" 하고 대답하고는 이렇게 덧붙였다. "그다음에 며칠이 덧붙었을지도 모릅니다." 그것은 의사도 틀렸을지 모른다고 생각했기 때문이다.

우리는 이미 그런 상태에 놓여 있다. 겨우 6개월이 지났을 뿐인데, 날짜를 정확히 헤아리기가 어려워지고 있다. 이래서는 앞날이 걱정스럽다!

물론 그런 것을 소홀히 해도 놀랄 필요는 없다. 우리는 목숨을 부지하는 데 전력을 다하고 있기 때문이다. 먹을 것을 손에 넣으려면 온종일 일해야 한다. 우리는 어떤 것을 먹고 있을까? 물고기는 보이는 족족 잡아먹지만, 그것도 날이 갈수록 어려워지고 있다. 우리가 계속 쫓아다니자 물고기가 사람을 무서워하게 되었기 때문이다. 우리는 또한 거북알과 식용 해초를 먹는다. 그리고 밤이 되면 우리는 배가 부르지만, 몸이 너무 피곤해서 잠을 자는 것밖에는 생각지 않는다.

'버지니아'호의 돛으로 임시 텐트를 만들었다. 되도록 빨리 좀 더 튼튼한 집을 지어야 한다고는 생각하고 있다.

우리는 이따금 총으로 새를 쏘기도 한다. 새의 수는 처음에 생각했던 것보다 적지는 않다. 이 신대륙에서도 눈에 익은 새가 여남은 종 보인다. 제비, 신천옹, 갈매기, 그 밖의 새들도 모두 비행 거리가 긴 새들이다. 초목이 없는 이 대지에서는 새들도 먹이를 찾기가 힘든 모양이다. 우리의 빈약한 음식 찌꺼기를 노리고 텐트 주위를 날아다니는 것을 그만두지 않기 때문이다. 이따금 우리는 굶어 죽은 새를 주울 때가 있고, 덕분에 총을 쏠 필요가 없어서 화약을 절약할 수 있다.

다행히 상황을 호전시킬 기회가 찾아왔다. '버지니아'호의 선창에서 밀이 한 포대 발견된 것이다. 우리는 그 절반을 땅에 뿌렸다. 그 밀이 자라면 생활은 상당히 개선될 것이다. 하지만 과연 싹이 날까? 지면은 두꺼운 충적토로 덮여 있고 부패한 해초가 비료 역할을 하고 있는 모래진흙이다. 비록 품질은 나쁘지만 그래도 부식토인 것은 틀림없다. 우리가 상륙했을 때는 흙이 염분을 많이 함유하고 있었지만, 그 후 큰 비가 많이 내렸기 때문에 지표의 염분은 충분히 씻겨 나갔을 것이다. 이제 웅덩이에 고인 물은 모두 민물이다.

그렇기는 하지만 충적토의 염분이 제거되었다 해도 그것은 지표면뿐이다. 개울이나 이 무렵 생기기 시작한 하천조차 상당히 짜다. 그것은 대지의 깊은 곳에는 아직도 많은 염분이 함유되어 있다는 것을 보여준다.

밀의 절반은 땅에 뿌리고, 나머지 절반을 저장해두기 위해 거의 완력으로 싸우지 않으면 안 되었다. '버지니아'호의 일부 선원이 밀을 당장 빵으로 만들자고 요구했기 때문이다. 그래서 우리는 어쩔 수 없이······.

……'버지니아'호의 선실 안에서 키우고 있었던 것이다. 이 두 쌍의 토끼는 오지로 도망쳐버리고 돌아오지 않았다. 토끼들은 어떻게든 먹이를 찾았을 거라고 생각할 수밖에 없다. 그렇다면 우리가 모르는 사이에 대지가 생산 활동을 시작하고 있는 것일까…….

*

……이 땅에 상륙한 뒤 적어도 3년이 지났다! ……밀은 대성공이다. 빵은 이제 거의 마음대로 먹을 수 있고, 밭은 점점 넓어져갈 뿐이다. 하지만 새들을 상대로 얼마나 싸워야 하는지 모른다. 새들은 놀랄 만큼 많이 번식하여 우리 밭 주위에서는…….

*

지금까지 언급한 사람들이 죽었는데도 불구하고, 우리가 이루고 있는 소가족은 줄어들기는커녕 반대로 늘어나고 있다. 내 아들 장과 헬렌 사이에는 아이가 셋이나 생겼고, 다른 세 쌍의 부부도 각각 아이를 셋이나 낳았다. 이 활기찬 아이들은 건강으로 터질 듯하다. 인류는 그 수가 줄어든 뒤 더욱 강한 생명력과 더욱 강한 정신력을 얻은 것 같다. 하지만 거기에는 얼마나 많은 원인이……

*

……우리가 이곳에 살게 된 지 10년이나 되었는데, 이 대륙에 대해서는 아무것도 알지 못했다. 우리는 상륙 지점 주위의 몇 킬로미터 범위밖에 모른다. 우리의 이런 무기력을 지적해준 것은 배서스트 의사였다. 그의 가르침에 따라 우리는 6개월 정도의 시간을 들여 '버지니아'호에 장비를 갖추고 탐사 여행을 했다.

그 여행에서 그저께 돌아왔다. 여행은 예상했던 것보다 훨씬 오래 걸렸다. 우리는 그 여행을 나무랄 데 없는 것으로 만들고 싶었기 때문이다.

우리는 우리가 살고 있는 이 대륙을 한 바퀴 돌았다. 모든 점에서 추측해보면 이 대륙은 우리가 살아남은 작은 섬과 함께 이 지구 표면에 존재하는 마지막 대지가 분명하다. 그 연안은 모두 거칠고 황폐해져 있었다. 가는 곳마다 모두 그런 것 같았다.

우리의 항해는 몇 번에 걸친 내륙 탐험으로 중단되었다. 우리는 특히 아조레스 제도*와 마데이라† 섬의 흔적을 발견하고 싶었다. 이 섬들은 대이변이 일어나기 전에 대서양의 이 언저리에 있었기 때문에 당연히 이 신대륙의 일부가 되어 있을 터였다.

---

* 포르투갈 서쪽에 있는 화산 군도.
† 북대서양에 있는 포르투갈령 섬.

하지만 그럴 듯한 흔적은 하나도 발견되지 않았다. 우리가 확인할 수 있었던 것은 일찍이 그 섬들이 있었던 곳이 두꺼운 용암층으로 침식되고 용암에 덮여 있다는 것이다. 아마 그곳이 격렬한 화산 현상의 근원지였을 것이다.

하지만 천만뜻밖에도! 우리는 찾고 있었던 것을 발견하지 못한 대신, 찾지도 않은 것을 발견했다. 아조레스 제도가 있었던 곳에서 분명히 사람의 손이 만든 것으로 여겨지는 물건이 용암에 반쯤 묻힌 채 발견된 것이다. 하지만 그것들은 어제까지 우리 동포였던 아조레스 제도의 주민이 만든 것은 아니었다. 그것들은 기둥과 도기 파편이지만, 지금까지 본 적도 없는 것들이었다. 그것을 조사한 모레노 의사는 이 파편들이 고대 아틀란티스의 유품이고, 용암 분출로 지하에서 지표면으로 솟아났을 거라고 말했다.

아마 모레노 의사의 말이 맞을 것이다. 사실 전설 속의 아틀란티스 대륙이 실제로 존재했다면, 신대륙이 있는 이곳이 바로 그 대륙이 있었던 곳이기 때문이다. 그게 사실이라면 같은 장소에서 세 종의 인류가 거의 아무런 관계도 없이 연속해서 생존했으니까 기묘한 일이라고 말하지 않을 수 없다.

하지만 정직하게 말해서 우리는 그런 문제에 대해서는 무관심했다. 어쨌든 우리는 현재만으로도 해야 할 일이 잔뜩 있어서 과거에 상관할 여유가 없었기 때문이다.

우리가 원래 머물던 숙영지로 돌아왔을 때 강하게 느낀 것은 이 주변이 대륙의 다른 토지에 비해 비옥하다는 것이다. 그 이

그것들은 기둥과 도기 파편이지만……

유로서 한 가지 예를 들면, 일찍이 자연계에 가득 차 있었던 초목이 대륙의 다른 곳에서는 전혀 보이지 않았지만, 그래도 여기서는 전혀 보이지 않는 것은 아니었기 때문이다. 지금까지는 알아차리지 못했지만 이 사실은 인정하지 않을 수 없다. 우리가 상륙했을 때에는 보이지 않았던 풀이 지금은 우리 주변에서 싹을 내고 있다. 물론 그것들은 지극히 흔해빠진 품종이고, 아마 새들이 씨를 날라 왔을 것이다.

하지만 위에서 말한 사실만으로 이런 신품종 몇 개 외에 다른 식물이 존재하지 않는다고 결론지을 수는 없다. 그러기는커녕 이상하기 짝이 없는 적응 작용에 의해 대륙 전역에 걸쳐 한 무리의 식물이 존재하고 있다. 아직 발생 초기 단계여서 앞으로 어떻게 성장할지 모르는 상태이긴 하지만.

이 대륙이 바다에서 모습을 나타냈을 때, 거기에 부착되어 있던 해초는 햇볕을 받고 대부분 말라 죽어버렸다. 하지만 그중 몇몇 해초는 호수나 못의 물웅덩이 속에서, 그 물이 열 때문에 점점 증발되었는데도 살아 있었다. 게다가 그때쯤 강이나 시내가 흐르기 시작했고, 그 물이 염분을 함유하고 있었기 때문에 해초류나 해조류는 거기서 살기에 적합한 곳을 찾아냈다. 대지의 지표면에 이어 땅속이 염분을 잃고 물이 민물이 되자 그런 식물은 대부분 절멸해버렸다. 그중에 극소수만이 새로운 생활 환경에 적응하여, 민물에서도 짠물과 마찬가지로 계속 생존할 수 있었다. 하지만 그런 현상은 거기서 그치지 않았고, 그런 식물 가운데 가장 적응성이 강한 종류는 민물에 적응한 뒤 공기에도 적응하여, 우선 물가에서 자라다가 차츰 내륙으로 퍼져갔다.

우리는 이 변화 과정을 직접 눈으로 볼 수 있었다. 생리 기능의 변화와 함께 그 형태가 어떻게 변해가는가를 분명히 알 수 있었다. 이미 줄기 몇 개가 하늘을 향해 주뼛주뼛 자라기 시작하고 있다. 이리하여 어느 날 하나의 식물군이 완전히 생겨나고, 신품종과 재래품종 사이에 사투가 벌어질 것이다.

식물계에서의 변동은 동물계에서도 일어나고 있다. 물가에서는 일찍이 바다에서 살았던 동물—그 대부분은 연체동물이나 갑각류였지만—이 육지에 정착하는 모습이 보인다. 공중에도 물고기가 날아다니고 있는데, 그것들은 물고기라기보다는 새라고 말하는 편이 옳다. 지나치게 발달한 날개와 구부러진 꼬리 때문에 그들의 모습은 마치……

***

마지막 조각글은 원고의 마지막 부분인데, 완전한 형태로 남아 있었다.

*

……모두 나이를 먹어버렸다. 모리스 선장은 세상을 떠났다. 배서스트 의사는 65세, 모레노 의사는 60세, 나는 68세가 되었다. 모두 이제 곧 삶을 마칠 것이다. 하지만 그 전에 결정된 임

무는 끝내두어야 한다. 우리 힘으로 가능한 한 미래 세대의 투쟁을 도와주기로 하자.

하지만 이 미래 세대는 과연 태어날까?

인간의 수를 늘리는 법만 생각하면 긍정적으로 대답할 수 있을 것이다. 아이들은 늘어나고 있고, 한편으로는 기후가 온난하고 맹수도 없어 인간의 수명이 길어졌다. 우리 집단은 그 수가 무려 세 배로 늘어나 있다.

그런데 함께 고생하고 있는 동료들의 지능이 떨어지는 것을 보면, 부정적인 대답을 하지 않을 수 없다.

이 땅에 표착했을 때 우리 소집단은 사람의 지혜를 활용하기에 아주 좋은 조건에 있었다. 우리 집단에는 특히 정력적인 남자, 이제 세상을 떠난 모리스 선장, 보통 사람보다 교양 있는 나와 내 아들이 있었고, 배서스트와 모레노 같은 진정한 학자도 있었다. 이만한 사람들이 모여 있으면 무언가를 이룰 수 있었을 것이다. 하지만 아무것도 이루지 못했다. 처음부터 우리는 목숨을 부지하는 게 고작이었고, 지금도 우리는 먹을 것을 찾는 데 시간을 소비하고 밤이 되면 기진맥진하여 깊은 잠에 빠져들고 만다.

슬프게도! 인류의 대표자는 우리뿐이었고, 그 인류는 급속한 퇴화 현상을 보여 짐승에 가까워지고 있다. 원래 교양이 별로 없었던 '버지니아'호 선원들에게는 특히 야수성이 나타나기 시작했고, 아들과 나도 알고 있던 것을 잊어버렸고, 배서스트와 모레노조차 머리를 쓸 일이 없어져버렸다. 우리의 두뇌 활동은 정지해버렸다고 해도 좋다.

우리가 몇 년 전 이 대륙을 두루 돌아다녔을 무렵에는 얼마나 행복했던가! 이제 우리에게는 그런 용기가 없다. 그리고 탐험을 지휘한 모리스 선장은 이미 이 세상에 없고, 우리를 날라다준 '버지니아'호도 너무 낡아서 쓸모가 없어져버렸다.

이 땅에 처음 도착했을 무렵에는 몇 사람이 집을 지을 계획을 세웠다. 하지만 그 집은 미완성인 채 지금은 완전히 썩어 문드러져버렸다. 우리는 사계절 내내 땅바닥에서 자고 있다.

우리가 입고 있던 옷도 이제는 흔적조차 남지 않았다. 그래도 몇 년 동안은 해초를 엮어서 옷 대신 걸치려고 머리를 짜냈고, 처음 얼마 동안은 꽤 공들여 해초를 엮었지만 그것도 차츰 엉성해졌고, 기후가 온난했기 때문에 품을 들일 마음이 없어지고 그 노력을 견딜 수 없게 되어버렸다. 우리는 일찍이 우리가 야만인이라고 부른 사람들처럼 알몸으로 살고 있다.

먹는 것, 오직 먹는 것만이 변함없는 우리의 목적이고 절대적인 관심사다.

하지만 과거의 사고방식이나 감정이 그래도 어느 정도는 남아 있다. 아들 장은 지금은 꽤 나이가 들어서 손자도 있는 몸이지만 애정을 조금도 잃지 않았고, 전에 내 운전수였던 시모나도 내가 자기 주인이었던 것을 막연하게나마 기억하고 있다.

하지만 그들이나 우리가 없어져버리면 인간의 희미한 흔적도—사실 현재의 우리는 더 이상 인간이라고 말할 수 없지만—영원히 사라져버릴 것이다. 앞으로 이 땅에서 태어난 인간들은 이곳 이외의 생활을 알지 못할 것이다. 인류는—나는 지금 이 글을 쓰면서 그것을 내 눈으로 보고 있지만—글을 읽거나 쓰지도 못하고, 수도 헤아리지 못하고, 말도 전혀 하지 못하는 어른들과 바닥없는 위장밖에 없는 듯 날카로운 이빨을 가진 아이들만으로 이루어지게 될 것이다. 그리고 그들에 이어 또 다른 어른과 아이들이 생겨나고, 또 다른 어른과 아이들이 이어지고, 그렇게 몇 대가 지나면서 차츰 동물에 가까워지고, 생각하는 사람이었던 조상과는 거리가 먼 존재가 되어버릴 것이다.

나에게는 이런 미래의 인간이 보이는 것 같다. 분절 언어를 잊어버리고, 지성을 잃고, 몸은 뻣뻣한 털로 덮인 채 이 음울한 사막을 헤매고 있는 모습이 보이는 듯하다.

좋다! 자손이 그렇게 되지 않도록 노력해보자. 지금까지 인류가 정복해온 것이 영원히 사라지지 않도록 우리 힘으로 할 수 있는 일은 다 해보자. 모레노와 배서스트와 함께 마비된 두뇌를 깨워서 어떻게든 과거에 알고 있던 지식을 생각해내려고 애써보자. '버지니아'호에서 발견한 이 종이와 잉크로, 세 사람이 분담하여 과학의 여러 분야에 걸쳐 우리가 알고 있는 것을 남김없이 기록해두자. 그러면 나중에 인간들이 지식을 잃고 긴 야만시대를 거친 뒤 다시 지식에 대한 갈망을 느꼈을 때, 그들의 선인이 요약해준 이 기록을 발견할 것이기 때문이다. 그때야말로 정처 없이 헤매는, 얼굴도 모르는 동족들의 힘든 여정을 조금이나마 줄여주려고 애쓴 사람들의 마음을 헤아려 축복해주기를!

우리는 야만인처럼 알몸으로 살고 있다.

*

죽음의 침상에서—

위의 글을 쓴 지 15년이 지나버렸다. 배서스트 의사와 모레노 의사도 이미 이 세상 사람이 아니다. 이곳에 상륙한 사람들 가운데 살아남은 것은 연장자 중의 한 사람이었던 나, 정말로 나 혼자뿐이다. 하지만 이번에는 내가 죽을 차례다. 죽음이 차가워진 발에서 심장으로 올라와 그 고동을 멈추는 것을 손에 잡힐 듯이 알 수 있다.

우리 일은 완성되었다. 나는 요약된 인간의 지혜가 감추어져 있는 원고를 '버지니아'호에서 가져온 작은 쇠상자에 넣어 땅속 깊이 파묻었다. 그리고 이 몇 쪽의 원고를 둘둘 말아서 알루미늄 용기에 넣고 그 옆에 묻어두겠다.

대지에 맡겨진 이 위탁물을 누군가가 발견해줄까? 애당초 누군가가 이걸 찾으려고나 할까?

그건 운명이 하는 일이다. 신의 뜻이 이루어지기를!

3

이 야릇한 기록을 번역해갈수록 조프르 박사의 마음은 일종의 공포로 옥죄었다.

이게 무슨 일인가! 안다르트-이텐-슈 사람들의 조상은 오랫동안 이 광막한 바다를 헤맨 뒤 현재 바시드라가 세워져 있는 해안에 표착한 사람들이었나? 그러면 그 가엾은 사람들이 그 빛나는 인류의 일원이었나? 과거의 인류에 비하면 현재의 인간은 갓 태어난 아기에 불과하다. 하지만 이만큼 강력한 인간들이 획득한 지식이나 그 흔적까지 말끔히 사라져버렸다면 도대체 무슨 일이 일어났던 것일까? 희미한 진동이 지표 위를 달렸을 뿐, 뭐 그렇게 대단한 일은 아니었을 텐데.

그 기록에는 인간의 지혜를 요약하여 남긴다고 되어 있지만, 그것이 용기인 쇠상자와 함께 파괴되어버린 것은 아무리 생각해도 유감스러운 일이다. 하지만 그 불행이 아무리 크다 해도 그것은 이제 돌이킬 수 없는 일이고, 인부들은 토대를 쌓기 위해 땅을 함부로 파헤쳐버렸다. 알루미늄 용기는 충분히 버틸 수 있었지만, 쇠상자는 아마 시간이 갈수록 부식해버렸을 것이다.

어쨌든 조프르 박사의 낙관론이 결정적으로 뒤집히기에는 그 기록만으로도 충분했다. 거기에는 기술에 관한 자세한 기록은 없었지만 일반적인 정보는 풍부해서, 과거의 인류가 진리 탐구의 길에서는 훨씬 진보해 있었다는 것을 확실히 보여주고 있었다. 그 점에서 이 이야기는 모두 이치에 맞았고, 그 속에는 조프르가 이미 소유하고 있던 개념도 있었지만 그가 전혀 생각해보지도 않은 다른 개념도 있었다. 많은 논란이 오간 그 에돔이라는 이름의 유래까지도 해명되어 있었다! 에돔은 에뎀이 변형된 것이고, 에뎀 자체도 아담의 변형이고, 그 아담도 그보다 더 오래된 말의 변형일 게 분명했다.

에돔, 에뎀, 아담, 그것들은 최초 인간의 영원한 상징이고, 이 땅에 인간이 나타난 것에 대한 하나의 설명이기도 했다. 따라서 그 기록이 실재를 확실히 증명하고 있는 조상을 조프르가 지금까지 부정해온 것은 잘못이었고, 조상을 자신과 비슷한 모습으로 생각해온 민중이 옳았던 것이다. 하지만 이것만이 아니라 다른 것에 대해서도 안다르트-이텐-슈 사람들은 아무것도 <u>스스로</u> 생각해내지 않았다. 그들은 전부터 전해 내려온 말을 되풀이했을 뿐이다.

그리고 이 이야기를 기록한 사람의 동시대인도 아마 특별히 독창성을 발휘한 것은 아닐 것이다. 그들도 자기네보다 먼저 태어난 다른 인류가 더듬어간 길을 똑같이 더듬어갔을 뿐이다. 이 기록도 아틀란티스인이라 불리는 종족의 이름을 거론하고 있지 않은가? 조프르의 발굴로 바다 진흙 밑에서 거의 온전한 형태로 발견된 몇몇 유적은 이 아틀란티스인의 것이 분명했다. 대양의 파도를 뒤집어쓰고 지상에서 사라졌을 때, 이 고대 민족은 어느 정도까지 진리를 알고 있었을까?

어쨌든 이 천재지변이 일어난 뒤에는 그 민족이 이룬 것은 하나도 남지 않았고, 인간은 밑바닥에서 밝은 곳을 향해 다시 올라가지 않으면 안 되었다.

아마 안다르트-이텐-슈 사람들도 같은 일을 되풀이하고 있을 것이고, 그들이 없어진 뒤에 태어날 인간도 역시 똑같은 반복을 경험할 것이다. 마지막 날까지…….

하지만 인간의 끝없는 욕망이 채워지는 날이 과연 올까? 비탈을 겨우 올라가서 꼭대기에 이르러 한숨 돌릴 수 있는 날이 언젠가는 찾아올까?

조프르 박사는 존경할 만한 원고 위에 고개를 숙이고 이런 생각에 잠겨 있었다.

무덤 저편에서 나온 듯한 이 이야기를 읽고 박사는 우주에서 영원히 되풀이되는 무서운 극적 사건을 생각하고, 연민의 정으로 가슴이 가득 찼다. 조프르 박사는 자기보다 먼저 살았던 사람들의 고뇌에 스스로 상처를 입고, 끝없는 시간에 낭비된 헛수고의 무게에 짓눌리면서, 세상 만물은 영원히 회귀한다는 깊은 확신에 천천히 고통스럽게 도달하기에 이르렀다.

공중의 비극

185*년 9월에 나는 프랑크푸르트에 도착했다. 독일의 주요 도시들을 횡단하는 나의 비행은 하늘 높이 상승함으로써 눈부신 성과를 거두었다. 하지만 연방*을 이루고 있는 여러 나라의 거주자들은 아무도 내 기구의 바구니 속에 들어오지 않았고, 그린 씨와 외젠 고다르† 씨와 푸와트뱅 씨가 파리에서 행한 훌륭한 실험도 아직 근엄한 독일 국민에게 공중 비행을 결행시키지는 못했다.

그럭저럭하는 동안 내가 조만간 다시 공중 비행을 한다는 뉴스가 프랑크푸르트 전역에 퍼지자 세 명의 저명인사가 나와 함께 떠나고 싶다고 제의해왔다. 그로부터 이틀 뒤, 우리는 '극장 광장'에서 하늘로 올라가기로 했다. 그래서 나는 당장 기구를 준비하는 작업에 착수했다. 기구는 산성에도 부식되지 않고 물이나 가스도 스며들지 않는 불침투성 물질인 구타페르카‡를 명주에 입힌 것인데, 3000입방미터의 부피로 충분히 하늘 높이 올라갈 수 있었다.

---

* 오스트리아 · 프로이센 · 바이에른 · 작센 · 하노버 등 35개의 군주국과 4개의 자유도시를 통합하여 조직된 연방이다. 각국 대표로 구성된 연방의회를 프랑크푸르트에 설치했으며, 오스트리아가 의장국으로서 주도권을 장악했으나 각국은 독립국으로서의 권한을 가졌다. 1966년 프로이센-오스트리아 전쟁 후 체결한 프라하 조약으로 해체되었다.
† 외젠 고다르(1827~1890): 프랑스의 기구 조종사. 2500회 이상의 탑승 기록을 갖고 있다.
‡ 말레이시아 · 보르네오 등지에서 야생하는 여러 종류의 고무나무 수액을 건조시킨 고무질 물질.

하늘로 올라가는 날은 9월의 박람회가 열리는 날이어서, 프랑크푸르트에 많은 사람이 모여 있었다. 수소 가스도 충분하게 준비되었다. 11시경에는 기구가 가득 찼지만 조심하기 위해 가스를 4분의 3만 채워두었다. 위로 올라갈수록 대기층은 밀도가 낮아지기 때문이다. 그러면 공기주머니 속에 갇힌 기체가 상당히 강한 탄력성을 갖게 되어, 안벽조차 파열시킬 수 있다. 내 계산에 따르면, 나와 동료들을 태우고 가는 데 필요한 양의 가스는 정확히 공급되어 있었다.

우리는 정오에 출발할 예정이었다. 기구를 올리는 곳 주위에 쳐놓은 울타리 밖에서 군중이 밀치락거리며 초조하게 기다리고 있었다. 군중은 광장을 가득 메웠을 뿐만 아니라 광장으로 이어지는 도로에까지 넘쳐흘렀다. 게다가 집집마다 슬레이트 지붕 위에까지 수많은 사람이 포개지듯 올라가 있어서, 그 광경도 볼만했다. 지난 며칠 동안 계속된 강풍은 이제 완전히 가라앉아 있었다. 타는 듯한 더위가 구름 한 점 없는 하늘에서 쏟아져 내리고 있었다. 대기를 가볍게 흔드는 산들바람도 없었다. 이런 날씨라면 이륙한 곳에 다시 내려앉을 게 분명했다.

나는 여러 개의 주머니에 나누어 담은 150킬로그램의 모래자루를 날라다 놓았다. 둥근 바구니는 깊이가 1미터인 반면에 지름은 1.3미터였고, 안전하게 장착되어 있었다. 그리고 삼실로 짠 그물이 기구의 위쪽 절반에 고르게 펼쳐져 있었고, 나침반은 정위치에 놓여 있었고, 기압계는 버팀 밧줄을 모아놓은 고리에 매달려 있었고, 닻도 주의 깊게 준비되어 있었다. 이제 출발만

하면 되었다.

주위에 모여 있는 사람들 속에서 얼굴이 창백한 젊은이가 눈에 띄었다. 나는 그를 지금까지 독일의 여러 도시에서 몇 번 본 적이 있는데, 그는 내 공중 비행에 대한 열성 팬 중 한 사람이었다. 그는 약간 긴장한 태도로, 지상에서 약간 떨어져 있는 기계 장치를 탐하는 듯한 눈으로 바라보고 있었다. 하지만 주위 사람들과는 달리 계속 침묵을 지키고 있었다.

시계가 정오를 알렸다. 드디어 떠날 시간이었다. 그런데 길동무들이 나타나지 않았다.

그들의 집으로 사람을 보냈더니, 한 사람은 함부르크로, 또 한 사람은 빈으로, 또 한 사람은 런던으로 떠났다는 것이다. 기구 제작자와 탑승자들의 노력과 숙련 덕분에 오늘날에는 기구 여행의 위험이 사라졌는데도, 이들은 원정을 떠나기 직전에, 그러니까 축제의 막이 오르기 직전에 겁을 먹고 무대에서 달아나 버린 것이다. 그들이 역할을 포기했을 때, 그들의 용기는 다리가 도망치는 속도의 제곱에 반비례했을 게 분명하다.

사기를 당했다고 생각한 군중은 불만스러운 기색을 보이기 시작했다. 그러나 나는 혼자 떠나는 것을 망설이지 않았다. 기구 자체의 무게와 상승하는 데 필요한 중량의 균형을 다시 맞추기 위해 나는 길동무 대신 모래 자루를 지고 바구니 속으로 들어갔다. 열두 개의 밧줄로 기구를 잡고 있던 열두 명의 남자가 손가락 사이로 밧줄을 조금씩 풀어냈다. 기구는 지면에서 아주 조금씩 올라갔다. 바람은 전혀 없었고, 대기는 추를 매단 것 같아서 어떻게 할 수도 없었다.

"준비됐나요?" 내가 외쳤다.

사람들은 준비를 갖춘 것 같았다. 마지막으로 주위를 둘러보고 나는 출발할 때가 온 것을 알았다.

그때 군중이 술렁거리더니, 누군가가 울타리 안으로 들어온 것 같았다.

"밧줄을 푸세요!"

기구는 천천히 올라갔지만, 그때 나는 충격을 받고 바구니 속에서 넘어졌다.

다시 일어났을 때 나는 뜻밖의 여행자와 마주 서 있었다. 얼굴이 창백한 그 젊은이였다.

"안녕하세요. 처음 뵙겠습니다!" 사내는 침착하게 말했다.

"무슨 권리로……."

"내가 여기 있는 것 말입니까? 선생님도 이젠 저를 돌려보낼 수 없다는 그런 권리에 의해서 여기 있는 겁니다!"

나는 깜짝 놀랐다. 상대의 침착한 태도가 나를 당황하게 했다. 나는 아무 대답도 할 수 없었다.

나는 무단 침입한 젊은이를 찬찬히 바라보았다. 그런데 그는 나의 놀라움을 전혀 개의치 않는 듯했다.

"내 체중으로 균형이 충분할까요?" 그가 말했다. 그러고는 "실례합니다……" 하면서 내 동의도 기다리지 않고 모래주머니 두 개를 밖으로 내던져 기구를 가볍게 했다.

그제야 겨우 나는 각오를 굳혔다.

"안녕하세요. 처음 뵙겠습니다!"

"좋아. 자네 멋대로 와서 여기 머물겠다고? 그것도 좋겠지. 하지만 명심해두게. 이 기구를 조종하는 사람은 나라는 걸……."

"선생님의 세련된 방식은 프랑스식이군요. 정말로 제 조국의 방식이에요. 선생님은 거절하시겠지만, 저는 마음으로 선생님과 악수하겠습니다. 부디 선생님 방식대로 하세요. 선생님이 좋다고 생각하는 대로 하세요. 하지만 머지않아…… 저는 선생님이 손을 멈추기를 기다리겠습니다."

"무엇 때문에?"

"선생님과 대화를 나누기 위해서요."

기압계 눈금은 65센티미터까지 내려가 있었다. 우리는 어느덧 약 600미터 높이까지 올라와 있었다. 하지만 기구의 수평 이동은 전혀 나타나지 않았다. 기구를 에워싸고 있는 공기덩어리는 그대로 기구와 함께 이동하고 있었기 때문이다. 흐릿한 더위는 우리 발아래에 펼쳐져 있는 물체를 흠뻑 적시고 그 윤곽을 어렴풋이 떠올리고 있었다.

나는 새삼스럽게 내 동행자를 유심히 바라보았다.

그는 몸차림이 허술한 서른 살 남짓한 젊은이였다. 험상궂은 얼굴 윤곽은 고집스러운 기질을 나타내고 있었다. 그리고 근육이 아주 늠름해 보였다. 조용히 하늘로 올라가는 놀라움을 맛보면서도 그는 광막한 우주 속으로 녹아드는 물체를 확인하려는 듯 꼼짝도 하지 않았다.

"불쾌한 안개로군요!" 잠시 후 그가 중얼거렸다.

나는 대답하지 않았다.

"선생님은 제가 한 짓을 꿍하게 여기고 있겠지요?" 다시 그가 말했다. "시시한 일입니다. 저는 여비를 낼 수 없었어요. 그래서 허를 찔러 느닷없이 올라탈 수밖에 없었지요."

"아무도 자네한테 내리라고는 하지 않아."

"그럼 좋습니다! 이와 똑같은 일이 1784년 1월 15일 리옹에서 로랑생 백작과 당피에르 백작이 하늘로 올라가려 했을 때에도 일어났지요. 퐁텐이라는 젊은이가 울타리를 넘어 들어와서 하마터면 기계장치를 뒤엎을 뻔했어요. 하지만 그 여행은 무사히 끝났고, 아무도 목숨을 잃지 않았답니다!"

"그런 이야기는 나중에 땅에 내려가거든 천천히 하세." 나는 그의 가벼운 말투에 기분이 불쾌해져서 대답했다.

"당치도 않습니다! 돌아간다는 건 생각도 할 수 없어요."

"그럼 자네는 땅으로 내려가는 게 어려울 거라고 생각하나?"

"내려간다고요?" 그는 깜짝 놀라서 말했다. "우선 올라가는 것부터 시작하죠."

그러고는 내가 말릴 새도 없이 모래주머니 두 개를 바구니 밖으로 내던졌다.

"이봐!" 나는 화가 나서 외쳤다.

"저는 선생님의 솜씨를 알고 있습니다." 미지의 사내는 조용히 말을 이었다. "선생님의 훌륭한 솜씨는 평판이 대단하지요. 하지만 경험이 실천의 자매라면, 또 어느 정도는 이론의 사촌이기도 할 겁니다. 저는 이래 봬도 기구 조종술을 오랫동안 연구했습니다. 그래서 그것 때문에 머리가 돌아버렸지요." 그는 쓸

"이봐!" 나는 화가 나서 외쳤다.

쓸하게 덧붙인 뒤, 말없이 명상에 잠겼다.

기구는 다시 상승한 뒤 공중에 정지한 채였다. 미지의 사내는 기압계를 보고 있다가 이렇게 말했다.

"지금 800미터 상공에 있습니다. 인간이 꼭 벌레처럼 보이는군요. 보세요, 인간의 크기를 올바로 판단하려면 이 높이에서 내려다보아야 한다고 생각합니다. '극장 광장'은 마치 커다란 개미탑 같군요. 보세요, 차일 가에서는 사람들이 사라져가는데 역은 사람들로 붐비고 있는 것을. 우리는 지금 돔 성당 바로 위에 있습니다. 마인 강은 이제 도시를 가르고 있는 하얀 선에 불과해요. 마인 다리는 강 양쪽에 걸쳐져 있는 철사 같고요."

대기가 조금 시원해졌다.

"저는 선생님께 아무것도 드릴 게 없으니까, 추우면 제 웃옷을 벗어서 빌려드리죠." 내 동행이 말했다.

"고맙네." 나는 쌀쌀하게 대답했다.

"시시한 일입니다. 당면한 큰일을 위해서는 다른 데 신경을 쓸 수 없으니까요. 저를 좀 도와주세요. 저는 선생님의 동포예요. 저랑 함께 있으면 선생님도 공부가 될 겁니다. 제 이야기는 제가 선생님께 품게 한 불쾌감을 벌충해줄 겁니다."

나는 대꾸하지 않고 바구니 반대쪽에 앉았다. 젊은이는 외투에서 두툼한 수첩을 꺼냈다. 거기에는 기구 조종술에 관한 글이 적혀 있었다.

"이건 공중 여행에 미친 우리나라 사람들을 묘사한 판화와 풍자화의 진귀한 컬렉션입니다. 이 컬렉션을 보면 누구나 감탄하든가 어이없어할 겁니다. 우리는 다행히 몽골피에 형제*가 수증기로 인공 구름을 만들거나 젖은 짚이나 잘게 썬 모직물을 태워서 뜨거워지기 쉬운 특성을 가진 가스를 만들려고 한 시대에 살고 있지 않으니까요."

"그럼 자네는 그런 발명가들의 공적을 과소평가하겠다는 건가? 공중에 올라갈 가능성을 실험으로 증명한 것은 훌륭한 일이 아닌가?"

"물론 훌륭한 일이죠! 최초의 공중 비행사가 되는 영광을 누가 마다하겠습니까? 태운 공기밖에 들어 있지 않은 자루를 이용하여 상승하려면 대단한 용기가 필요하겠죠. 하지만 제가 말하고 싶은 것은, 기구 조종술에 관한 학문은 블랑샤르†가 상승한 이래, 즉 지난 한 세기 동안 큰 진보를 이룩했다는 것입니다. 그렇게 생각지 않으세요?"

사내는 자기가 모은 판화를 한 장 꺼내면서 이렇게 말했다.

"이게 기구가 발명된 지 넉 달 뒤에 필라트르 드 로지에‡와

---

* 조제프 미셸 몽골피에(1740~1810)는 프랑스의 발명가로, 처음에는 건축에 종사했으나 공기보다 가벼운 기체가 있다는 것을 알고, 동생 자크-에티엔(1745~1799)과 함께 열기구를 실험한 뒤, 1783년 6월 4일 최초로 기구를 파리의 하늘에 띄우는 데 성공했다.
† 장-피에르 블랑샤르(1753~1809): 프랑스의 기구 조종사. 1785년 1월에 존 제프리(1744~1819, 미국의 과학자·군인)와 함께 기구를 타고 세계 최초로 도버 해협 횡단에 성공했다.
‡ 장-프랑수아 필라트르 드 로지에(1754~1785): 프랑스의 화학자·기구 조종사. 1783년 11월에 다를랑드 후작(프랑스의 군인)과 함께 몽골피에가 제작한 열기구를 타고 최초의 유인 비행에 성공했으며, 1785년 7월에는 피에르 로맹과 칼레에서 기구를 타고 도버 해협 횡단에 나섰다가 추락하여 사망했다.

다를랑드 후작이 기획한 최초의 비행입니다. 루이 16세는 이 비행에 동의하기를 거부해서, 두 사형수가 공중 비행을 맨 처음 시도하기로 되어 있었지요. 하지만 로지에는 이 부당한 조치에 분개하고, 계책을 세워 결국 출발하는 데 성공했습니다. 당시에는 기구를 조종하기에 편리한 바구니는 아직 발명되지 않았고, 기구 아래쪽에 원형 회랑 같은 것이 빙 돌아가면서 붙어 있었습니다. 그래서 두 명의 탑승자는 이 회랑의 양끝에 꼼짝도 못하고 가만히 있어야 했지요. 그곳에는 젖은 짚이 잔뜩 있어서 꼼짝할 수가 없었어요. 그리고 숯불을 꺼지지 않게 묻어둔 풍로 한 개가 기구의 구멍 밑에 매달려 있었지요. 탑승자가 상승하고 싶을 때는 짚을 그 숯불 위에 던졌고, 이것은 기구를 태울 위험이 있지만 이렇게 해서 따뜻해진 공기가 기구에 새로운 상승력을 주는 겁니다. 이 두 명의 용감한 탑승자는 1783년 11월 21일 왕세자가 그들을 위해 지정해준 라뮈에트*의 정원에서 날아올랐습니다. 기구는 당당하게 상승하여 시뉴 섬†을 따라 나아가다가 콩페랑스 가의 철책 언저리에서 센 강을 건너 앵발리드‡의 돔 지붕과 육군사관학교 사이를 지나 생쉴피스 성당으로 다가갔습니다. 거기서 탑승자들은 화력을 늘려 위로 올라가서 대로를 건너 당페르 장벽 너머로 내려갔습니

---

* 프랑스 파리 서부 불로뉴 숲에 있는 성.
† 프랑스 파리의 센 강에 있는 인공 섬.
‡ 프랑스 파리 중심부에 있는 군사 박물관. 원래는 1670년대에 부상병 요양 시설로 지어졌으며, 나폴레옹의 유해가 이곳 지하 묘지에 안치되어 있는 것으로 유명하다.

다. 지면에 닿을 때 기구가 폭삭 내려앉았고, 한동안 로지에는 기구 속에 파묻혀 있었지요."

"불행한 전조로군!" 설명에 흥미를 느낀 나는 무심코 이렇게 말했다. 하마터면 감동까지 할 뻔했다.

"파국의 전조였지요. 그 후 필라트르 드 로지에는 목숨을 잃었으니까요." 미지의 사내는 슬픈 듯이 대답했다. "선생님은 아직 그런 경험을 해보지 않으셨겠지요?"

"전혀."

"재난은 전조 없이 찾아오는 법이랍니다." 사내가 말했다. 그러고는 입을 다물어버렸다.

그러고 있는 동안 우리는 남쪽을 향해 나아가고 있었다. 나침반 바늘이 가리키고 있는 프랑크푸르트는 우리의 발밑을 날듯이 지나가고 있었다.

"아무래도 폭풍이 올 것 같은데요." 젊은이가 말했다.

"그 전에 땅으로 내려갈 거야."

"천만에요! 차라리 위로 올라가는 게 낫습니다. 그래야 폭풍을 피할 수 있어요."

그러고는 또다시 모래주머니 두 개를 밖으로 내던졌다.

기구는 급상승하여 1200미터 높이에 도달했다. 매서운 추위가 느껴졌지만, 헝겊 자루에 쏟아지는 태양열은 내부의 가스를 팽창시켜 무서운 부양력을 주었다.

"걱정하실 거 없습니다." 사내가 말했다. "7000미터 가까이까지 올라가도 숨을 쉴 수 있어요. 더 이상은 제가 하는 일에 참견하지 마세요."

나는 일어나려고 했다. 하지만 힘센 손이 나를 의자에 눌러 앉혔다.

"이름이 뭔가?" 내가 물었다.

"내 이름요? 그게 선생님과 무슨 관계가 있죠?"

"자네 이름을 알고 싶어서 그래!"

"나를 헤로스트라투스*라고 불러도 좋고 엠페도클레스†라고 불러도 좋습니다. 마음대로 하세요."

이 대답은 나를 조금도 안심시키지 않았다.

그리고 사내는 이상할 만큼 침착하게 말했기 때문에, 내가 상대하고 있는 사내가 도대체 어떤 인물인지 궁금했다.

"선생님……" 하고 그가 말을 이었다. "물리학자인 샤를‡ 이후로는 새로 발명된 것이 아무것도 없습니다. 기구가 발명된 지 넉 달 뒤, 그 유능한 물리학자는 기구가 가스로 가득 차서 지나치게 부풀어 오르거나 아래로 내려가고 싶을 때 가스를 배출하기 위해 밸브를 발명했지요. 그리고 조종을 쉽게 하기 위한 바구니, 기구의 헝겊 자루를 완전히 감싸고 그 표면의 중량

---

* 고대 그리스의 방화범. 서기전 356년 7월 21일, 악명을 떨치려는 목적으로 고대 그리스의 에페소스(현재의 터키)에 위치한 아르테미스 신전을 불태웠다. 후세에 그의 이름은 유명세를 치르고 싶은 열망에 사로잡힌 범죄자를 뜻하게 되었다.
† 서기전 5세기경에 활동한 고대 그리스 철학자이자 정치가·시인·의학자. 세상 만물이 동등한 근원 물질인 4원소(물·공기·불·흙)의 사랑과 다툼 속에서 생겨났다고 주장했다.
‡ 자크 알렉상드르 샤를(1746~1823): 프랑스의 과학자·항공학자. 1783년에 수소 가스를 이용한 기구를 제작하여 시험 비행에 성공했다.

부담을 나누기 위한 그물, 상승하거나 하강할 때 사용하는 모래주머니, 자루의 재료인 헝겊을 불침투성으로 하기 위한 고무질 도료, 도달한 고도를 보여주는 기압계를 사용한 것도 그 사람입니다. 샤를은 공기보다 열네 배나 가벼운 수소를 사용함으로써 가장 높은 대기층에 도달했고, 공중에서 연소될 위험을 피했습니다. 1783년 12월 1일, 30만 명의 구경꾼이 튈르리 궁전* 주위에 몰려들었습니다. 샤를은 하늘로 올라갔고, 병사들은 그에게 '받들어 총'을 했습니다. 그는 당시의 어떤 탑승자도 능가할 수 없을 만큼 노련하게 기구를 조종하여 36킬로미터나 비행했습니다. 국왕은 그에게 2천 리브르의 연금을 주었습니다. 새로운 발명을 장려하기 위해서였지요."

미지의 사내는 흥분한 것 같았다. 그는 다시 말을 이었다.

"저는 공부를 많이 했습니다. 초기의 기구 탑승자들이 어떻게 기구를 조종했는지 잘 알게 되었지요. 블랑샤르의 주장은 의심스러우니까 제쳐놓는다 해도, 기통-모르보†는 디종‡에서 노와 키의 도움으로 기구에 감지할 수 있을 정도의 움직임을 주었고 명확한 방향을 주었습니다. 최근에는 파리의 시계공인 쥘리앵 씨가 파리 경기장에서 설득력 있는 실험을 했습니다. 특별한

---

* 프랑스의 왕궁. 루브르 궁전의 서쪽에 자리 잡고 있으며, 1871년 파리 코뮌 때 시가전으로 태반이 불타 없어져 현재는 정원밖에 남지 않았다.
† 투이 베트나르 기통 모르보(1773~1816): 프랑스의 화학자. 체계적인 화학적 명명법의 확립에 기여했으며, 열기구를 군사적 용도로 활용하기 위한 작업에도 참여했다.
‡ 프랑스 중동부 부르고뉴 지방의 코트도르 주의 주도.

기계장치의 도움으로 직사각형 비행 장치가 분명히 바람을 거슬러 나아간 것입니다. 페탱 씨는 수소를 가득 채운 기구 네 개를 나란히 늘어놓고, 수평으로 배치되어 있지만 일부가 접혀진 돛을 이용하여 평형 상태를 무너뜨리면 장치가 기울어져서 비스듬히 나아갈 거라고 기대했지만, 불행히도 성공하지 못했지요. 저는 기구를 조종하는 유일한 방법을 발견했는데, 어떤 대학도 도와주지 않았고, 어떤 도시도 지원해주지 않았고, 어떤 정부도 내 말에 귀를 기울이지 않았습니다. 정말 수치스러운 일이지요!"

미지의 사내가 손을 마구 내저었기 때문에 바구니가 격렬하게 흔들렸다. 나는 그를 진정시키느라 애를 먹었다.

그러는 동안 기구는 상당히 빠른 기류를 만났기 때문에 우리는 1500미터 상공에서 남쪽으로 나아갔다. 내 동반자는 바구니에서 몸을 내밀고 말했다.

"다름슈타트*입니다. 성이 보이시죠? 확실히 보이지는 않겠지만, 어쩔 수 없지요. 폭풍을 부르는 이런 더위 속에서는 물체의 윤곽이 흔들리는 법이니까요. 장소를 확실히 확인하려면 상당한 숙련이 필요합니다."

"자네는 여기가 틀림없이 다름슈타트라는 건가?"

"그럼요. 프랑크푸르트에서 25킬로미터는 왔으니까요."

"그럼 내려가야 돼!"

"내려간다고요? 설마 교회 종탑 위로 내려가겠다고 말하지는

---

* 독일 중부 헤센 주의 공업 도시.

않으시겠죠?" 미지의 사내는 놀리면서 말했다.

"그건 아니고, 교외로 내려가야지."

"그럼 좋습니다! 종탑을 피하기로 합시다."

이렇게 말하고 젊은이는 모래주머니를 집어 들었다. 나는 그에게 덤벼들었다. 하지만 그의 일격에 나가떨어졌고, 모래주머니의 무게를 잃은 기구는 2000미터 높이까지 올라갔다.

"진정하세요." 그가 말했다. "장-바티스트 비오와 게-뤼사크*도 과학 실험을 하기 위해 고도 7000미터까지 올라갔습니다."

"내려가야 돼." 나는 타이르듯 말했다. "우리 주위에서 폭풍이 일어나려 하고 있어. 좀 더 신중하게 생각하지 않으면……."

"말도 안 돼요! 폭풍보다 더 높이 올라갑시다. 그러면 조금도 두려워할 게 없어요." 내 길동무가 외쳤다. "대지를 휩쓰는 이런 구름을 지배하는 것만큼 유쾌한 일은 없을 겁니다. 이렇게 공중의 파도를 헤치고 나아가는 것은 영광스러운 일이 아닐까요? 가장 위대한 인물들은 모두 우리처럼 여행을 했습니다. 몽탈랑베르 후작과 부인, 포트리 백작부인, 라가르드 양은 미지의 연안 지방으로 가기 위해 생탕투안을 출발했습니다. 샤르트르 공작은 1784년 7월 15일 공중으로 올라갈 때 능란한 솜씨와 침착한 태도를 보여주었습니다. 리옹에서는 로랑생 백작과 당피에르 백작, 낭트에서는 뤼 씨, 보르도에서는 다르블레 데 그랑

---

* 장-바티스트 비오(1747~1862): 프랑스의 물리학자. 루이 조제프 게-뤼사크(1778~1850): 프랑스의 물리학자·화학자.

주, 이탈리아에서는 안드레아니 씨, 우리 시대에는 브런즈윅 공작이 각각 하늘에 영광의 흔적을 남겼지요. 이런 위대한 인물들과 어깨를 나란히 하기 위해서는 그들보다 더 높은 하늘의 영역으로 올라가야 합니다. 무한한 공간에 접근하는 것이 곧 무한한 공간을 이해하는 것입니다."

공기가 희박해질수록 기구 안의 수소가 팽창하여 미리 비워둔 아래쪽 절반이 부풀기 시작했기 때문에 밸브를 열어야겠다고 생각했다. 하지만 동반자는 내가 내 뜻대로 기구를 조종하도록 내버려두고 싶지 않은 것 같았다. 그래서 나는 그가 이야기하고 있는 동안 밸브의 밧줄을 살짝 잡아당기기로 결심했다. 나는 상대의 정체를 짐작하기가 두려웠다. 지금은 1시 15분경이었다. 우리는 40분 전에 프랑크푸르트를 출발했다. 그리고 남쪽에서 바람을 머금은 두꺼운 구름이 이제 우리와 부딪치려 하고 있었다.

"자네는 자네 계획을 성공시킬 수 있다는 희망을 모두 잃었나?" 나는 흥미를 갖고 물었다.

"희망을 모두 잃었냐고요?" 사내는 우울한 목소리로 대답했다. "몇 번이나 거부당하고, 풍자화에 기분이 상하고…… 그런 지독한 모욕에는 정말 질렸습니다! 혁신자에게 으레 내려지게 마련인 영원한 형벌이죠. 내 지갑에 가득 들어 있는 각 시대의 풍자화를 보세요."

길동무가 종잇조각을 뒤적이고 있는 동안 나는 그가 눈치채지 못하게 밸브의 밧줄을 쥐었다. 하지만 가스가 새어 나올 때

나는 쉭쉭거리는 소리, 물이 떨어질 때의 소리와 아주 비슷한 그 소리를 그가 알아차리지 않을까 하고 가슴이 조마조마했다.

"미올랑 신부는 얼마나 조롱을 받았습니까?" 그가 말했다. "미올랑 신부는 자네, 브르댕과 함께 막 공중으로 올라가려던 참이었습니다. 기구를 조작하고 있는 동안 그들의 열기구에 불이 붙었지요. 무지한 민중은 기구를 갈기갈기 찢어버렸습니다. 게다가 '괴상한 동물들'이라는 풍자화는 그들을 '미올랑, 장 미네, 그르댕'*이라고 불렀지요."

나는 밸브의 밧줄을 잡아당겼다. 기압계가 다시 올라가기 시작했다. 됐다! 멀리 남쪽에서 우르릉거리는 소리가 들렸다.

"또 하나, 다른 판화를 봐주세요." 미지의 사내는 내 조작을 알아차리지 못하고 말을 이었다. "이 거대한 기구는 배 한 척과 성채와 집들을 들어 올리고 있습니다. 이 풍자화를 그린 놈들은 자기네 빈정거림이 언젠가 실현될 거라고는 생각지 않습니다. 이 커다란 배는 만원입니다. 왼쪽에는 그 배의 키가 수로안내인의 초소와 함께 있고, 뱃머리에는 별장과 거대한 오르간, 그리고 지구와 달나라 주민들의 주의를 끌기 위한 대포가 갖추어져 있습니다. 고물에는 관측소와 바람 측정용 기구가 놓여 있고, 지구의를 본뜬 기구의 적도 지점에는 군대 막사가 있습니다. 좌현에는 각등이 매달려 있고, 산책하기 위한 전망대와 돛과 보조

---

* 원래 이름은 Miolan, Janninet, Bredin이다. 이것을 말장난해서 Miaulant(야옹이), Jean Minet(새끼 고양이), Gredin(불한당)이라고 놀려 부른 것이다.

날개가 있고, 배 안에는 커피숍과 식료품 판매점이 있습니다.

이 멋진 광고문을 읽어보세요. '인류의 행복을 위해 발명된 이 지구의는 레반트*의 항구들을 향해 끊임없이 출항할 것이다. 돌아올 때는 양극 지방으로 우회하든 유럽의 말단을 지나든 그때 통보가 있을 것이다. 아무런 수고도 필요로 하지 않고, 모든 것이 준비되어 있고, 만사가 잘 운영될 것이다. 통과하는 모든 곳에 대한 요금표는 정확히 나와 있지만, 우리 북반구의 가장 먼 나라에 대해서도 균일 요금이다. 앞에 나와 있는 구역 내 여행은 모두 금화 천 루이만 내면 된다. 이 요금은 그 지명도로 보나, 여행의 편의라는 점으로 보나, 이 기구 안에서 맛볼 수 있는 온갖 즐거움으로 보아도 매우 저렴하다. 어쨌든 이 기구 안에서는 상상력을 발휘하여 여러 가지를 맛볼 수 있고, 육지에서는 찾아볼 수 없는 즐거움을 느낄 수 있기 때문이다. 같은 곳에 있으면서도 무도회장에 있을 수도 있고 관측소에도 있을 수 있을 것이다. 진수성찬을 먹을 수도 있고 절식이나 단식을 할 수도 있을 것이다. 재치 있는 상대를 만나고 싶은 사람은 누구와 이야기하면 좋을지 금방 찾을 수 있을 것이고, 바보가 되고 싶은 사람에게는 그에 어울리는 상대가 부족하지 않을 것이다. 이처럼 나날의 즐거움이 이 기구 안의 사교계에서 중심을 이룬다!'

이런 창의성은 정말로 사람을 웃기지만…… 우리 수명이 끝없이 계속된다면, 언젠가는 이런 공중 계획이 실현될 수도 있겠

---

* 그리스와 이집트 사이에 있는 동지중해 연안 지역을 통틀어 이르는 말.

지요!"

 우리는 분명히 내려가고 있었다. 그는 그것을 알아차리지 못했다. 그는 계속 지껄였다. 그 소중한 컬렉션에서 꺼낸 판화 몇 점을 내 앞에 늘어놓으면서.

 "이 기구 게임을 보세요. 여기에는 기구 조종술의 모든 역사가 담겨 있습니다. 교양 있는 사람들을 위한 이 게임은 주사위나 모조 화폐를 이용하고, 자기가 어떤 상태에 도달했느냐에 따라 돈을 내거나 받습니다."

 "그런데 자네는 기구 조종술을 많이 연구한 모양이군?" 내가 물었다.

 "전능하신 하느님만큼 알지는 못하지만, 이 세상에서 얻을 수 있는 지식은 모두 갖고 있습니다. 파에톤, 이카로스, 아르키타스*부터 지금까지 모든 것을 연구하고 조사하고 이해했습니다. 하느님이 제 목숨을 살려준다면, 기구 조종술은 저를 통해 세상에 엄청난 봉사를 할 겁니다. 하지만 그건 불가능한 일이죠."

 "왜?"

 "저는 엠페도클레스나 헤로스트라투스니까요."

 그러는 동안 다행히도 기구는 땅에 가까워지고 있었다. 하지

---

* 파에톤: 그리스 신화에 나오는 태양신 헬리오스의 아들. 아버지의 전차를 몰고 하늘의 궤도를 벗어나 달리다가 태양의 불로 지상을 불태웠기 때문에 제우스가 벼락을 쳐서 죽였다. 이카로스: 그리스 신화에 나오는 인물. 다이달로스의 아들로, 아버지와 함께 밀랍으로 만든 날개를 달고 미궁을 탈출하다가 태양에 너무 접근하는 바람에 날개가 녹아 바다에 떨어져 죽었다. 아르키타스(서기전 430~365): 그리스의 정치가·수학자이며, 하늘을 나는 목제 새를 만드는 등 기술적 재능에도 능했다.

만 하강할 때는 지상에서 30미터 높이에 있든 3000미터 높이에 있든 위험하기는 마찬가지였다.

"선생님은 플뢰뤼스 전투*를 기억하십니까?" 동반자가 다시 말을 꺼냈다. 그의 얼굴은 점점 활기를 띠어가고 있었다. "이 전투에서 쿠텔은 정부의 명령으로 기구 부대를 만들었습니다. 모뵈주†를 포위 공격할 때 주르당 장군은 기구를 이용하여 적진을 정찰하는 이 새로운 방법이 아주 유용하다는 것을 알았습니다. 쿠텔은 하루에 두 번씩 장군과 함께 공중으로 올라갔지요. 공중에 있는 기구와 땅에 있는 부대원 사이의 통신은 흰색, 붉은색, 노란색의 작은 깃발로 이루어졌습니다. 기구가 올라갈 때면 총이나 대포가 기구를 겨냥하여 종종 발사되었지만 아무 효과도 없었습니다.

주르당이 샤를루아를 포위할 준비를 하고 있을 때 쿠텔은 그 요새 근처까지 가서 쥐메 평야에서 공중으로 올라가 모렐로 장군과 함께 여덟 시간 동안 정찰을 계속했고, 아마 그것이 플뢰뤼스 전투를 승리로 이끄는 데 이바지했을 겁니다. 그리고 사실 주르당 장군은 기구를 이용한 정찰로 큰 도움을 받았다고 공언했습니다. 그런데! 이 벨기에 전쟁 때 기구가 승리에 크게 이바지했음에도 불구하고 기구는 군사적 임무를 시작한 그해에 군

---

* 1794년 6월 26일 주르당 장군(1762~1833)이 지휘하는 프랑스군이 오스트리아군을 격파한 전투로, 이 전투에서 프랑스군은 정찰용 기구를 최초로 활용하여 큰 성과를 보았다. 플뢰뤼스는 벨기에 남부 왈롱 지역에 있는 도시다.
† 프랑스 북부, 벨기에 국경에 가까운 상브르 강 연안에 있는 도시.

모렐로 장군과 함께 여덟 시간 동안 정찰을 계속했고……

사적 임무를 끝내게 되었지요. 정부가 세운 뫼옹 학교를 나폴레옹이 이집트 원정에서 돌아오자마자 폐쇄해버린 거예요. 하지만 프랭클린*도 말했듯이 '갓 태어난 아이한테 뭘 기대할 수 있겠습니까?'"

미지의 사내는 이마를 주먹 위에 올려놓고 잠시 생각에 잠겨 있는 듯했다. 그는 고개도 들지 않고 이렇게 말했다.

"제가 그러지 말라고 했는데 밸브를 열었군요."

나는 밧줄을 놓았다. 그가 다시 말했다.

"다행히 우리에게는 모래주머니가 많이 남아 있습니다."

"자네 속셈이 뭐야?" 내가 물었다. 그러자 그는 나에게 되물었다.

"선생님은 아직 바다를 건너본 적이 없겠지요?"

나는 얼굴이 새파래지는 것을 느꼈다.

"우리가 아드리아 해† 쪽으로 흘러가고 있는 건 유감이군요! 아드리아 해는 강에 불과하니까요. 좀 더 위로 올라갑시다. 아마 또 다른 기류가 있을 겁니다."

그는 내 쪽을 보지도 않고 모래주머니 몇 개를 기구 밖으로 내던졌다. 그리고 나를 위협하듯 큰 소리로 말했다.

"저는 선생님이 밸브를 여는 것을 알면서도 내버려두었어요.

---

* 벤저민 프랭클린(1706~1790): 미국의 정치가·과학자. 피뢰침을 발명하고 번개의 방전 현상을 증명하는 등 과학 분야를 비롯하여 고등교육기관 설립 따위의 문화 사업에도 공헌했다.
† 지중해 북부 이탈리아 반도와 발칸 반도 사이에 있는 바다.

가스가 팽창해서 기구가 터질 위험이 있었으니까요. 하지만 다시는 그러지 마세요."

나는 깜짝 놀랐다. 그가 다시 말을 이었다.

"선생님은 블랑샤르와 존 제프리가 도버에서 칼레*까지 기구를 타고 비행한 걸 아실 겁니다. 그 비행은 정말 파란만장했지요. 1785년 1월 7일, 북서풍이 불고 있을 때 도버 쪽에서 기구를 탔는데, 공중으로 올라가자마자 평형을 잃었기 때문에 추락하지 않으려고 모래주머니를 버릴 수밖에 없었어요. 남은 모래주머니는 15킬로그램뿐이었지요. 그건 너무 적었어요. 바람이 없었으니까요. 그들은 프랑스 해안 쪽으로 아주 천천히 흘러갔지요. 공기주머니의 투과성 때문에 가스가 점점 새어 나왔고, 그렇게 한 시간 반이 지나자 여행자들은 기구가 내려가고 있는 것을 알아차렸지요.

'어떡하지?' 제프리가 말했습니다.

'아직 항로의 4분의 3밖에 오지 않았어.' 블랑샤르가 대답했지요. '그리고 기구가 전혀 올라가지 않아. 좀 더 위로 올라가면 더 좋은 바람을 만날 수 있을 텐데.'

'남은 모래를 버리자!' 제프리가 말했지요.

그래서 기구는 부양력을 약간 되찾았습니다. 하지만 곧 다시 하강하기 시작했지요. 도중에 여행자들은 책과 도구들을 버렸

---

* 도버: 영국 잉글랜드 동남부에 있는, 도버 해협에 면해 있는 항구 도시. 칼레: 프랑스 북부, 도버 해협에 면해 있는 항구 도시. 도버까지 34km 거리에 있다.

습니다. 15분 뒤에 블랑샤르가 제프리에게 물었습니다.

'기압계는 어때?'

'올라가고 있어! 우린 틀렸어. 하지만 바로 저기가 프랑스 해안이야.'

그때 요란한 소리가 들렸습니다.

'기구가 찢어졌나?' 제프리가 말했지요.

'아니야! 가스가 새어 나와서 기구 아랫부분이 오그라들었어. 여전히 내려가고 있어. 이젠 틀렸어! 내려가버리면 끝장이야!'

식량과 노, 키가 바다에 버려졌습니다. 기구의 고도는 이제 100미터에 불과했지요.

'올라가고 있어.' 제프리가 말했습니다.

'아니야. 무게를 줄였기 때문에 잠깐 떠올랐을 뿐이야. 수평선 위에는 배가 한 척도 안 보여. 옷을 벗어서 버리자.'

불쌍하게도 그들은 알몸이 되었습니다. 하지만 기구는 여전히 내려가고 있었지요.

'블랑샤르, 자네는 혼자서 이 비행을 계속해. 자네는 나를 동승자로 받아들여주었어. 그러니까 내가 희생할게! 바다에 몸을 던지겠어. 그러면 기구가 가벼워져서 떠오를 테니까.'

'안 돼, 안 돼! 그런 무서운 짓을 하면 안 돼.'

기구는 점점 오그라들었습니다. 가운데가 옴폭 들어간 기구는 낙하산처럼 되었고, 공기주머니 안쪽의 가스가 줄어들어 점점 없어졌습니다.

'친구여, 안녕.' 제프리가 말했습니다. '신의 축복이 있기를!'

기구는 점점 오그라들었다.

그는 몸을 밖으로 던지려고 했습니다. 블랑샤르는 친구를 붙잡고 말렸지요.

'한 가지 수단이 남아 있어! 바구니를 묶은 밧줄을 자르는 거야. 그리고 그물눈을 잡고 매달리는 거지! 그러면 기구는 아마 다시 올라갈 거야. 자, 준비됐나? 아니, 기압이 내려가고 있어. 다시 올라타! 바람이 불기 시작했어. 이제 살았어!'

여행자들은 칼레를 보았습니다. 얼마나 기뻤을까요? 그리고 몇 분 뒤에 그들은 귄 숲으로 내려갔습니다."

"제가 생각하기에……" 미지의 사내는 덧붙여 말했다. "이런 경우가 닥치면 선생님은 제프리 박사를 본받으실 겁니다."

조각구름이 반짝이는 덩어리가 되어 우리의 눈 아래를 흘러갔다. 기구는 이런 적운 위에 커다란 그림자를 던지며 빛의 고리 같은 것으로 둘러싸여 있었다. 천둥이 바구니 밑에서 울리고 있었다. 무서워졌다.

"내려가세!" 나는 외쳤다.

"내려가자고요? 태양이 저기서 우리를 기다리고 있습니다. 모래주머니를 던질게요."

그는 또다시 20킬로그램이 넘는 모래주머니를 내던졌다.

우리는 3500미터 상공에 정지한 채였다. 사내는 계속 지껄이고 있었다. 나는 완전히 무력한 상태에 있었지만 그는 의기양양함의 절정에 있었다.

"바람을 타고 더 멀리 갑시다!" 그가 외쳤다. "서인도제도 상공에는 시속 400킬로미터가 넘는 기류가 있답니다. 나폴레옹

대관식 때 가르느랭*은 색전구로 장식한 기구를 밤 열한 시에 날려 보냈습니다. 바람은 북서쪽에서 불고 있었지요. 이튿날 동틀 무렵에 로마 시민들은 성 베드로 성당의 상공을 날고 있는 그 기구를 향해서 손을 흔들었답니다. 더 멀리, 더 높이 가 봅시다!"

나는 이제 그의 말을 거의 듣고 있지 않았다. 내 주위에서 모든 것이 윙윙거리고 있었다. 구름 사이에 구멍이 하나 보였다.

"저 도시를 보세요!" 사내가 말했다. "저건 슈파이어†가 틀림없습니다."

나는 바구니 밖으로 몸을 내밀었다. 검고 작은 점이 보였다. 그게 슈파이어였다. 라인 강은 상당히 크고, 리본을 펼쳐놓은 것 같았다. 우리 머리 위에는 새파란 하늘이 있었다. 새들은 이미 오래전부터 우리를 따라다니는 것을 포기하고 있었다. 이렇게 공기가 희박해지면 날 수 없기 때문이다. 하늘의 이 공간에는 우리만 있었다. 그리고 나는 낯선 사내 앞에 혼자 있었다.

"제가 선생님을 어디로 데려가는지 알려고 해도 소용없습니다." 그때 사내가 말했다. 그는 나침반을 구름 사이로 던져버렸다. "아아, 추락은 얼마나 아름다운가! 아시다시피 필라트르 드 로지에부터 게일 중위에 이르기까지 몇몇 희생자가 있었습니

---

* 앙드레-자크 가르느랭(1769~1823): 프랑스의 기구 조종사이며 현대식 낙하산 발명자. 수소 기구를 발명한 자크 샤를의 제자.
† 독일 서부 라인란트팔츠 주에 있는 도시.

다. 그리고 불운을 초래한 것은 언제나 경솔함이었지요.

로지에는 1785년 6월 13일 로맹과 함께 불로뉴쉬르메르*를 출발했습니다. 그는 가스를 방출하거나 모래주머니를 던지는 수고를 덜기 위해 가스로 팽창한 기구에 따뜻한 공기를 가득 채운 열기구를 매달았지요. 그건 화약통 밑에 풍로를 놓는 거나 마찬가지였어요. 이런 경솔함의 결과는 400미터 상공에서 일어났습니다. 거기서 맞바람을 만나 바다 위로 날려간 거죠. 로지에는 내려가기로 마음먹고 기구의 밸브를 열려고 했습니다. 그런데 밸브를 여는 밧줄이 기구 안에 얽혀 있었던 거예요. 밧줄을 당기자 그만 기구가 찢어졌고, 그래서 기구가 순식간에 텅 비어버렸죠. 그게 열기구 위에 떨어져 열기구를 뒤집었고, 불행한 그들은 몇 초 사이에 갈기갈기 찢기고 말았지요. 무섭지 않습니까?" 미지의 사내는 나를 무기력 상태에서 흔들어 깨우면서 말했다.

나는 이렇게 대답할 수밖에 없었다.

"제발 부탁이니, 이제 그만 내려가세!"

구름이 사방팔방에서 몰려와, 기구의 빈 공간 속에서 울려 퍼지는 무서운 폭음이 우리 주위에서 교차했다.

"선생님은 정말로 저를 짜증스럽게 만드는군요!" 사내가 고함을 질렀다. "우리가 올라가고 있는지 내려가고 있는지 모르게 해드리죠!"

---

* 프랑스 북부 도버 해협에 접한 파드칼레 주의 도시.

기압계가 모래주머니 몇 개와 함께 나침반과 같은 운명을 맞았다. 우리는 고도 5000미터에 도달한 게 분명했다. 고드름 몇 개가 벌써 바구니 바깥쪽에 매달렸고, 작은 눈송이 같은 것이 뼛속까지 스며들었다. 그러는 동안 무서운 폭풍이 아래쪽에서 일어났지만, 우리는 폭풍우보다 훨씬 위에 있었다. 미지의 사내가 말했다.

"무서워하지 마세요. 경솔한 사람이나 목숨을 잃는 법입니다. 오를레앙에서 죽은 올리바리는 종이로 만든 열기구를 타고 올라갔어요. 그 사람의 바구니는 가연성 물질이 잔뜩 실린 채 풍로 밑에 매달려 있었기 때문에 불길의 먹이가 되었지요. 올리바리는 떨어져 죽었습니다! 모스망은 릴에서 가벼운 판자를 타고 올라갔지만, 흔들리는 바람에 균형을 잃고 떨어져서 죽었지요! 비토르프는 만하임에서 종이풍선을 타고 하늘로 올라갔지만, 풍선이 공중에서 불타는 바람에 떨어져 죽었습니다! 해리스는 잘못 만들어진 기구를 타고 올라갔는데, 밸브가 너무 커서 다시 잠글 수가 없었지요. 그래서 떨어져 죽었습니다! 새들러는 공중에 너무 오래 머무는 바람에 모래주머니를 다 써버리고, 보스턴 상공까지 날아가서 굴뚝에 부딪혀 떨어져 죽었지요! 코킹은 완벽하다고 자랑했던 낙하산을 타고 내려오다가 떨어져 죽었습니다! 아아! 나는 이런 무모한 희생자들이 좋습니다. 나도 그렇게 죽을 겁니다! 더 위로! 더 위로!"

그 희생자들의 망령이 눈앞을 스치고 지나갔다. 공기가 희박해지고 햇빛이 강렬했기 때문에 가스의 팽창도가 늘어나서 기구는 여전히 상승하고 있었다. 나는 기계적으로 밸브를 열려고 했다. 하지만 사내가 내 머리 위에서 밸브의 밧줄을 잘라버렸다. 이젠 다 틀렸다!

"선생님은 블랑샤르 부인*이 떨어지는 것을 보셨나요?" 그가 말했다. "저는 보았습니다. 예, 보았지요. 저는 1819년 7월 6일 티볼리†에 있었어요. 블랑샤르 부인은 적재량의 부담을 줄이려고 작은 기구를 타고 날았기 때문에 기구를 완전히 부풀려야 했지요. 그래서 가스는 기구 아래쪽의 통기구에서 배출되었고, 가스가 지나간 자리에는 수소 연기가 길게 뻗쳐 있었지요. 부인은 바구니 위에 자기가 불을 붙여야 하는 일종의 폭죽을 철사로 매달고 있었습니다. 그녀는 이 실험을 자주 되풀이했는데, 이번에는 끝에 공 같은 것이 달려 있어서 터지면 은빛 비가 쏟아져 내리는 폭죽을 매단 작은 낙하산도 갖추고 있었지요. 그녀는 이 목적을 위해 미리 준비해둔 점화구로 폭죽에 불을 붙인 뒤, 그 장치를 발사하기로 되어 있었습니다.

그녀는 출발했지요. 그날 밤은 유난히 어두웠습니다. 그녀는 폭죽에 불을 붙일 때 부주의하게도 기구에서 밖으로 흘러 나가고 있는 수소 밑으로 점화구를 가져갔습니다. 내 눈은 그녀를 지켜보고 있었지요. 그때 갑자기 예기치 않은 섬광이 어둠을 밝

---

* 조피 블랑샤르(1778~1819): 장-피에르 블랑샤르의 부인. 남편이 죽은 뒤에도 기구 비행을 계속하여, 1819년 7월에 티볼리 정원에서 시범 비행을 보이다 추락 사고로 사망했다.
† 이탈리아의 로마 부근에 있는 도시. 관광 휴양지로 유명하다.

했습니다. 처음에는 그것을 숙련된 비행사의 깜짝 선물로 생각했습니다. 불길은 점점 커지다가 갑자기 꺼지더니, 기구 꼭대기에서 타오르는 가스가 거대하게 분출하는 형태로 다시 나타났지요. 이 기분 나쁜 빛은 대로 위를, 아니 몽마르트르* 전체를 비추고 있었습니다.

그때 저는 그 불행한 여자가 일어나서 불을 끄기 위해 기구의 통기구 마개를 닫으려고 두 번이나 시도하는 것을 보았습니다. 그 후 그녀는 바구니 안에 앉아서 아래로 내려오려고 기구를 조종하기 시작했지요. 그녀는 추락하지 않았으니까요. 가스 연소는 몇 분 동안 계속되었습니다. 기구는 점점 작아지고, 계속 하강하고 있었지요. 하지만 그건 추락이 아니었습니다. 바람은 북서쪽에서 불고 있었고, 기구를 파리 상공으로 다시 날려 보냈지요. 당시 프로방스 가 16번지 주택가에는 커다란 정원이 있는 집이 몇 채 있었습니다. 기구는 그곳에 안전하게 떨어질 수 있었지요.

하지만 운명이라고 해야 할까요, 기구와 바구니는 지붕 위에 떨어졌습니다. 충격은 가벼웠어요. '사람 살려!' 하고 불행한 여자는 외쳤지요. 그때 나는 그 동네로 달려가고 있었습니다. 바구니가 지붕 위를 미끄러졌습니다. 그리고 꺾쇠에 걸렸습니다.

---

* 파리 북부의 언덕과 그 남쪽 기슭을 중심으로 하는 지역. 원래는 전원 지대였으나, 1860년에 파리에 합병된 뒤 예술가와 보헤미안들이 모여들면서 자유분방한 분위기의 환락가로 발전했다.

그 바람에 블랑샤르 부인은 바구니 밖으로 내동댕이쳐져서 길에 깔린 포석 위로 떨어졌지요. 그러고는 죽었습니다."

이 이야기는 나를 공포로 몰아넣었다. 미지의 사내는 머리카락을 곤두세우고 눈을 형형하게 빛내면서 서 있었다.

이제 착각일 가능성은 전혀 없었다. 마침내 나는 무서운 진실을 보았다! 나는 미치광이를 상대하고 있었던 것이다.

미지의 사내는 남아 있는 모래주머니를 아래로 내던졌다. 우리는 적어도 9000미터 상공까지 올라와 있는 게 분명했다! 내 귀와 코에서는 피가 흘러나왔다.

"과학의 순교자가 되는 것만큼 훌륭한 일은 없습니다." 미치광이가 외쳤다. "후세 사람들이 성자의 반열에 올려줄 겁니다."

하지만 나는 더 이상 그의 말을 듣고 있지 않았다. 미치광이는 주위를 둘러보고 내 귀에 속삭였다.

"잠베카리*의 비극을 잊으셨습니까? 자, 들어보세요. 1804년 10월 7일, 하늘이 맑게 개기 시작한 것 같았습니다. 며칠 동안 비바람이 끊이지 않았지요. 하지만 잠베카리가 예고한 기구 비행은 연기할 수 없었습니다. 그의 적들은 이미 그를 조롱하고 있었지요. 세간의 웃음거리에서 과학과 자신을 구하기 위해서라도 출발할 수밖에 없었습니다. 비행은 볼로냐†에서 이루어졌지요. 기구를 가스로 채우는 작업을 아무도 도와주지 않았습니다.

---

* 프란체스코 잠베카리(1752~1812): 이탈리아의 기구 개발자.
† 이탈리아 중북부 에밀리아로마냐 주의 주도.

그가 안드레올리와 그라세티를 데리고 하늘로 올라간 것은 한밤중이었습니다. 기구는 천천히 올라갔지요. 비 때문에 기구에 구멍이 뚫려 가스가 새고 있었던 겁니다. 용감한 세 사람은 희미한 각등 불빛으로만 기구 상태를 관찰할 수 있었습니다. 잠베카리는 지난 24시간 동안 아무것도 먹지 않았어요. 그라세티도 아침부터 아무것도 먹지 않았죠. 잠베카리가 말했어요.

'친구들, 나는 이제 녹초가 됐어. 이제 곧 목숨이 끊어질 거야.'

그는 의식을 잃고 바구니 안에 쓰러졌습니다. 그라세티도 똑같이 쓰러졌습니다. 안드레올리만 눈을 뜨고 있었지요. 오랫동안 노력한 결과, 안드레올리는 잠베카리를 무기력 상태에서 다시 깨울 수 있었습니다.

'뭔가 새로운 일이 있었나? 우리는 어디로 가고 있지? 바람은 어느 쪽에서 불어오고 있나? 지금 몇 시야?'

'열 시야.'

'나침반은 어디 갔지?'

'망가져버렸어.'

'망가졌다고? 각등의 촛불도 꺼졌군.'

'이렇게 공기가 희박하면 촛불이 탈 수 없어.'

달은 뜨지 않았고, 대기는 무서운 어둠에 싸여 있었지요.

'추워, 추워! 안드레올리, 어떡하지?'

불행한 세 사람은 희끄무레한 구름층을 뚫고 천천히 내려가고 있었습니다.

'쉿! 안 들려?' 안드레올리가 말했습니다.

'무슨 소리?' 잠베카리가 대답했습니다.

'뭔가 이상한 소리가 들리는 것 같아!'

'귀 탓이야.'

'아니, 그렇지 않아!'

이 여행자들은 한밤중에 영문 모를 소리를 들었다고 생각할까요? 어느 탑에라도 부딪히려 할까요? 지붕 위로 급강하하려 할까요?

'들려? 바닷소리 같아.'

'그런 건 없어.'

'파도 소리야!'

'정말 그렇군!'

'불, 불을 줘!'

5분 동안 헛되이 시도한 끝에 안드레올리가 그것을 손에 넣었습니다. 세 시였지요. 요란한 파도 소리가 들렸습니다. 그들은 해수면에 거의 닿아 있었어요.

'이제 틀렸어!' 잠베카리가 외쳤습니다. 그리고 커다란 모래주머니를 움켜잡았지요.

'사람 살려!' 안드레올리가 외쳤습니다.

바구니는 수면에 닿고, 파도가 그들의 가슴까지 올라왔습니다.

'기구와 옷, 지갑을 모두 바다에 던져!'

탑승자들은 벌거숭이가 되었습니다. 가벼워진 기구는 무서운 기세로 상승했습니다. 잠베카리는 심하게 토했습니다. 그라세티의 코와 입에서도 많은 피가 흘러나왔습니다. 그들은 숨을 쉬기가 곤란해지고 말도 하지 못했습니다. 추위가 그들을 사로잡아 그들은 순식간에 얼음으로 뒤덮였습니다. 달이 피처럼 새빨갛게 보였지요.

이렇게 상공을 한 시간 반쯤 질주한 뒤 기구는 바다에 추락했습니다. 오전 네 시였지요. 조난자들은 몸의 절반이 바닷물에 잠겨 있었습니다. 기구는 돛단배처럼 바다 위를 달리면서 그들을 몇 시간 동안 끌고 다녔지요.

날이 밝을 무렵 그들은 해안에서 10킬로미터쯤 떨어진 곳에서 페라라*를 마주 보고 있었습니다. 그들은 페라라로 다가가려고 했지요. 그때 강한 바람이 그들을 난바다 쪽으로 밀어냈습니다.

그들에게는 이제 희망이 없었습니다. 보트도 그들이 다가가자 놀라서 달아났습니다. 다행히 사정을 잘 알고 있던 한 항해자가 다가와서 그들을 갑판으로 끌어올렸지요. 그들은 페라라에 상륙했습니다.

무서운 여행이었지요. 하지만 잠베카리는 정력적이고 용감한 남자였습니다. 그는 고통에서 회복되자 다시 비행을 시도했지요. 한번은 나무와 충돌하여 램프에 가득 들어 있던 알코올이 쏟아지는 바람에 옷에 불이 붙었고, 그는 불길에 휩싸였습니다. 그가 반쯤 불에 탄 채 아래로 내려오자 기구가 불타기 시작했습니다.

마지막으로 1812년 9월 21일에 그는 볼로냐에서 다른 비행을 시도했습니다. 그의 기구가 나무에 걸렸고, 알코올램프가 다

---

* 이탈리아 중북부 에밀리아로마냐 주에 있는 도시.

시 기구에 불을 붙였고, 잠베카리는 결국 추락하여 죽었습니다!

이런 사실 앞에서도 우리가 여전히 망설여야 합니까? 아니죠! 우리가 높이 올라갈수록 우리의 죽음은 더욱 영광스러워질 겁니다!"

바구니에 실려 있던 것을 모조리 떨어뜨리자 기구는 터무니없는 높이까지 올라갔다! 기구는 대기 속에서 진동했다. 아주 작은 소리도 천공에 울려 퍼졌다. 내 눈에 거대해 보였던 유일한 물체인 지구는 금방 사라질 것처럼 보였고, 우리의 머리 위에 있는 높은 하늘은 깊은 어둠에 싸여 보이지 않았다.

나는 미지의 사내가 내 앞에서 일어나는 것을 보았다.

"때가 왔습니다!" 그가 외쳤다. "우리는 죽어야 합니다! 사람들이 우리를 거부했어요! 사람들은 우리를 경멸해요. 그들을 깔아뭉갭시다."

"제발 살려줘!" 나는 외쳤다.

"밧줄을 자릅시다! 이 바구니를 공중에 버립시다! 인력(引力)이 바구니의 방향을 바꿀 것이고, 우리는 태양에 착륙할 겁니다!"

절망이 나에게 힘을 주었다. 나는 미치광이에게 덤벼들었다. 무서운 싸움이 벌어졌다. 하지만 그가 나를 넘어뜨렸다. 그는 나를 두 무릎으로 누르면서 바구니의 밧줄을 잘랐다.

"하나!" 그가 말했다.

"제발! 오오, 하느님!"

"둘! 셋!"

"기구가 나무에 걸렸고⋯⋯ 결국 추락하여 죽었습니다!"

이제 밧줄은 하나밖에 남지 않았다. 바구니는 한쪽으로만 버티고 있었다. 나는 초인적인 노력으로 몸을 일으켜 미치광이에게 격렬하게 저항했다.

"넷!" 미치광이가 외쳤다.

바구니가 뒤집혔다. 나는 본능적으로 바구니를 매달고 있던 밧줄을 움켜잡고 기구 바깥쪽으로 기어 올라갔다.

미지의 사내는 허공으로 사라졌다!

기구는 눈 깜짝할 사이에 엄청난 고도로 올라갔다! 무서운 폭음이 들렸다. 팽창한 가스가 기구를 터뜨린 것이다. 나는 눈을 감았다. 잠시 후 축축한 온기가 다시 나에게 생기를 주었다. 나는 불타듯이 뜨거운 구름 속에 있었다. 기구는 무서울 만큼 빠른 속도로 회전하고 있었다. 나는 내가 기절하는 것을 느꼈다. 나는 바람을 타고 시속 400킬로미터의 속도로 수평 비행을 하고 있었다. 번개가 내 주위에서 번득였다.

한편 내가 떨어지는 속도는 그렇게 빠르지 않았다. 눈을 떠보니 땅이 보였다. 나는 바다에서 3킬로미터쯤 떨어진 육지 위에 있었다. 폭풍이 나를 강한 힘으로 몰아대고 있었다. 갑작스러운 충격에 나는 정신을 잃었다. 내 손이 열렸고, 밧줄이 빠른 속도로 내 손가락 사이를 빠져나갔다. 정신을 차려보니 나는 땅바닥에 누워 있었다. 닻줄이 지면을 휩쓸다가 틈새에 걸린 것이다. 나는 다시 기절했고, 가벼워진 기구는 다시 공중으로 떠오르더니 바다 너머로 사라졌다.

의식을 되찾았을 때 나는 어떤 농부의 집에 누워 있었다. 자

미지의 사내는 허공으로 사라졌다!

위더르 해*의 제방 위에 있는 그 농가는 암스테르담†에서 60킬로미터쯤 떨어진 구엘드레의 작은 도시 하더위크에 있었다.

나는 기적적으로 목숨을 건졌다. 하지만 내 여행은 미치광이가 저지른 경솔하고 무모한 짓의 연속이었고, 나는 거기에 맞서서 나 자신을 보호할 수 없었다.

바라건대 이 무서운 이야기가 독자들에게는 교훈을 주되, 공중 탐험가들의 용기는 꺾지 않기를!

---

* 네덜란드 북부에 있었던 만. 원래는 호수였으나 북해의 물이 넘쳐 들어와 바다가 되었다. 1932년에 제방이 완성된 후 에이설 호로 이름이 바뀌었다.
† 네덜란드의 수도.

시계 장인 자카리우스

1
어느 겨울밤

제네바라는 도시는, 그 이름이 제네바 호수*에서 유래했는지 아니면 도시가 그 이름을 호수에 주었는지는 모르지만, 어쨌든 호수 서쪽 끝에 자리 잡고 있다. 호수에서 흘러나와 시내를 관통하고 있는 론 강†은 제네바 시내를 두 구역으로 가르고, 강 자체도 시의 중심에서 양쪽 연안 사이에 끼여 있는 하나의 섬으로 갈라져 있다. 이런 지형은 상업이나 산업의 중심지에서 흔히 볼 수 있는 현상이다. 아마 이 섬에 처음 정착한 사람들은 강의 빠른 흐름이 주는 교통의 편리함에 끌렸을 것이다. 파스칼‡에 따르면 강은 '저절로 걷는 길'이다. 론 강의 경우는 걷는다기보다 달리는 길일 것이다.

강 한복판에 마치 한 척의 군함처럼 떨어져 있는 이 섬에서는 집들이 층층이 쌓여 있는 기묘한 집단주택이 유쾌하게 혼란스러운 광경을 보여주고 있었다. 섬이 좁은 탓에 그 몇 채의 집들은 어쩔 수 없이 론 강의 급류에 말뚝을 박고 그 위에 서로 뒤섞인 채 서 있었다. 그 굵은 말뚝들은 세월과 함께 거무스름해지

---

* 스위스와 프랑스의 국경에 있는 알프스 지역 최대의 호수. 동서로 긴 반달 모양이며, 서남쪽 연안에 제네바가 자리하고 있다. '레만 호'라는 이름이 더 일반적이다.
† 프랑스 동남부에 있는 강. 알프스 산지의 론 빙하에서 발원하여 레만 호를 거쳐 지중해로 흘러들어간다. 길이는 813km.
‡ 블레즈 파스칼(1623~1662): 프랑스의 사상가·수학자·물리학자. 유고집 《팡세》가 있다.

고 물에 씻겨 마모되어, 마치 거대한 게의 집게발 같은 기묘한 인상을 주었다. 누레진 그물 몇 개가 거미집처럼 오래된 토대 위에 펼쳐져, 어둠 속에서 해묵은 떡갈나무의 나뭇잎처럼 흔들리고 있었다. 강물은 이 말뚝 숲 사이로 숨어 들어와 거품을 내며 애절한 신음 소리를 내고 있었다.

섬에 있는 집들 중에서도 한 채가 고색창연한 외관 때문에 특히 눈에 띄었는데, 그것이 늙은 시계공 자카리우스 장인(匠人)*의 집이었고, 이 집에 사는 식구는 딸 제랑드와 도제인 오베르튄, 그리고 늙은 하녀 스콜라스티크로 이루어져 있었다.

자카리우스는 아주 특이한 남자였다. 정확한 나이는 알 수 없었다. 그 여위고 뾰족한 얼굴이 언제부터 어깨 위에서 흔들리고 있었는지, 긴 백발을 바람에 나부끼며 시내를 걸어가는 모습이 처음 사람들 눈에 띈 것은 언제쯤이었는지, 제네바에서 가장 나이 많은 사람들 중에도 그것을 기억하거나 말할 수 있는 사람은 아무도 없었다. 그는 살고 있는 게 아니었다. 그가 만든 시계의 진자처럼 흔들리고 있을 뿐이었다. 그의 얼굴은 죽은 사람처럼 바짝 마른 채 거무스름한 빛을 띠고 있었다. 그는 레오나르도 다빈치의 그림처럼 검은색으로 윤곽이 그려져 있었다.

* 중세 유럽에서 도제(徒弟)와 직인(職人)을 거느리고 교육과 생필품 생산을 담당하던 사람. 장인이 되기 위해서는 도제와 직인의 수련 과정을 거쳐 일정한 작품 심사에 합격해야 했다. 이들은 자신의 작업장을 가졌으며, 길드(동업조합)에 가입하여 권익을 보호했다.

제랑드는 이 낡은 집에서 가장 쾌적한 방을 쓰고 있었는데, 그 방에서는 좁은 창문을 통해 쥐라 산맥*의 눈 덮인 봉우리들이 보여서 그녀의 기운을 북돋워주고 있었다. 하지만 노인의 침실 겸 작업장은 강물과 가까운 동굴 같은 방이었고, 바닥이 바로 말뚝 위에 놓여 있었다.

벌써 오래전부터 자카리우스 영감은 식사할 때와 시내 곳곳에 있는 큰 시계의 시간을 맞추러 나갈 때 외에는 그의 동굴에서 나오지 않았다. 나머지 시간은 대부분 온갖 시계 부품과 연장들로 뒤덮여 있는 작업대 앞에서 보내고 있었다. 부품과 연장들은 물론 그가 직접 발명한 것들이다. 그는 솜씨 좋은 시계공이어서, 그의 제품은 프랑스와 독일 전역에서 높은 평가를 받고 있었다. 제네바에서 내로라하는 시계공들도 그의 뛰어난 솜씨에는 찬탄과 경의를 아끼지 않았고, 그는 이 도시의 명예이기도 했기 때문에 사람들은 그를 가리켜 "저분이 바로 탈진기†를 발명한 사람이야!" 하고 말하고 있었다. 진정한 시계장치가 탄생한 것은 사실상 자카리우스가 얼마 전에 새로운 발명품을 개발했을 때였다.

자카리우스는 오랫동안 열심히 일한 뒤, 천천히 연장들을 치우고, 지금까지 맞추고 있던 정교한 부품들을 유리판으로 덮고, 빙글빙글 돌고 있는 선반의 바퀴를 세우곤 했다. 그런 다음 작

---

* 프랑스·스위스·독일이 만나는 곳에 위치한 산맥으로 알프스의 서북쪽에 있다.
† 기계식 시계에서 진자를 이용하여 속도를 조절, 일정한 시간 간격으로 톱니바퀴를 하나씩 회전시키는 장치.

업장 마룻바닥에 만들어놓은 뚜껑문을 들어 올리고 허리를 숙여서 눈 아래를 달리는 론 강의 자욱한 안개를 몇 시간 동안이나 들이마시곤 했다.

어느 겨울밤, 늙은 하녀인 스콜라스티크는 저녁을 차렸다. 그녀와 젊은 시계공은 오랜 관습에 따라 주인과 함께 저녁을 먹었다. 주인을 위해 세심하게 요리된 음식은 푸른색과 흰색이 어우러진 멋진 접시에 담겨 주인 앞에 놓였지만, 자카리우스 영감은 손도 대지 않았다. 제랑드가 상냥하게 말을 걸어도 그는 변변히 대답도 하지 않았다. 제랑드는 아버지가 의식적으로 말문을 닫고 있다는 것을 알아차리고 있었다. 자카리우스의 귀에는 스콜라스티크가 달그락거리는 소리도 들어오지 않았다.

조용한 식사가 끝난 뒤, 늙은 시계공은 딸에게 키스도 하지 않고, 모두에게 여느 때처럼 잘 자라는 인사도 하지 않고 식탁을 떠났다. 그가 자기 소굴로 통하는 작은 문으로 사라지자, 무거운 발걸음으로 계단을 삐걱거리며 내려가는 소리가 들렸다.

제랑드와 오베르와 스콜라스티크는 한동안 아무 말도 하지 않았다. 그날 밤은 날이 흐렸다. 알프스 산맥 위에 구름이 무겁게 내리덮여서 금방이라도 비가 쏟아질 것 같았다. 스위스의 혹독한 기후가 마음을 슬프게 하고, 남풍이 집 주위를 돌면서 불길한 휘파람 소리를 냈다. 마침내 스콜라스티크가 입을 열었다.

"아가씨, 주인님은 지난 며칠 동안 계속 속이 안 좋으셨어요. 그래서는 식욕이 나지 않는 것도 무리가 아니죠. 말들이 주인님 배 속에 가득 박혀 있어서, 아주 교활한 악마가 아니면 그걸 다

뚜껑문을 들어 올리고 허리를 숙여서……

빼내지 못할 거예요!"

"아버지는 걱정거리가 있으신 게 분명해. 그게 뭔지는 짐작도 할 수 없지만······." 이렇게 대답한 제랑드의 얼굴에 걱정스럽고 안타까운 표정이 퍼져갔다.

"아가씨, 그렇게 걱정하실 필요는 없어요. 어르신의 이상한 습관은 아가씨도 아시잖아요. 어르신의 얼굴만 보고, 그 마음속에 숨어 있는 생각을 누가 읽을 수 있겠어요? 뭔가 곤란한 일이 생긴 건 분명하지만, 내일이면 깨끗이 잊어버리고 아가씨한테 걱정 끼친 것을 미안하게 생각하실 겁니다."

제랑드의 사랑스러운 눈을 들여다보면서 이렇게 말한 사람은 오베르였다. 오베르는 자카리우스 장인이 작업장에 받아들인 최초의 도제였다. 그의 좋은 머리와 신중함과 선량함을 인정했기 때문인데, 이 젊은이는 고귀한 성품에 걸맞게 진지하고 헌신적으로 제랑드를 사모하고 있었다.

제랑드는 열여덟 살이었다. 그 계란형 얼굴은 브르타뉴*의 오래된 도시들의 길모퉁이에 아직도 서 있는 소박한 성모상을 연상시켰다. 그녀의 눈은 무한한 순진무구함을 드러내고 있었다. 그녀는 시인의 꿈이 가장 아름답게 구현된 존재로, 누구에게나 사랑받고 있었다. 옷은 수수한 색깔이었고, 어깨에 두르고 있는 하얀 리넨(아마포)은 성당 면사포 특유의 색깔과 향기를 띠고 있

---

* 프랑스 서북부 브르타뉴 반도를 중심으로 하는 지방. 5세기에 켈트족이 이주하여 나라를 세웠으나 1532년 프랑스에 통합되었다.

었다. 그녀는 아직 무미건조한 칼뱅주의*로 넘어가지 않은 제네바에서 신비적인 생활을 하고 있었다.

제랑드는 아침저녁으로 자물쇠가 달려 있는 기도서에 실린 라틴어 기도문을 읽었지만, 오베르 튄의 마음속에 숨어 있는 은밀한 감정도 알아차리고, 이 젊은 시계공이 자기한테 얼마나 헌신적인 애정을 품고 있는지도 이해했다. 사실 이 젊은이의 눈에는 늙은 시계공의 집 안에 온 세상이 농축되어 있었고, 일과가 끝난 뒤 작업장을 나오면 그는 줄곧 그 젊은 아가씨 곁에서 시간을 보냈다.

늙은 하녀 스콜라스티크는 이 모든 것을 알고 있었지만 아무 말도 하지 않았다. 그런 것보다는 차라리 그 시대의 악덕과 집안의 사소한 걱정거리에 대해 수다를 떠는 것을 더 좋아했다. 아무도 그녀의 수다를 막으려 하지 않았다. 그녀의 수다는 제네바에서 만들어지는 오르골†이 달린 코담뱃갑과 같아서, 일단 태엽을 감으면 연주가 다 끝날 때까지 멈출 수 없었다.

제랑드가 우울한 침묵에 잠겨 있는 것을 본 스콜라스티크는 낡은 나무 의자에서 일어나 양초 하나를 촛대에 꽂고 불을 붙인 다음, 그것을 벽감 속에 있는 작은 밀랍 성모상 옆에 놓았다. 이 가정의 수호신인 성모님 앞에 무릎을 꿇고 밤새 가족을 지켜

---

* 프랑스의 종교개혁자 장 칼뱅(1509~1564)에서 발단한 기독교 사상. 신의 절대적 권위와 금욕주의적 생활을 강조하고 예정설을 주장했다. 제네바는 칼뱅이 종교개혁을 성공시킨 곳이다.
† 태엽을 감아서 자동적으로 음악을 연주하는 악기.

달라고 기도하는 것이 이 집안의 오랜 관습이었다. 하지만 이날 밤 제랑드는 자리에서 일어나지 않고 계속 말없이 앉아 있었다.

"저, 아가씨!" 놀란 스콜라스티크가 말했다. "식사는 끝났어요. 이젠 잠자리에 드실 시간이에요. 밤늦도록 안 자고 깨어 있으면 눈이 피곤해지잖아요? 잠을 자는 게 훨씬 나아요. 행복한 꿈속에서 조금이라도 위안을 얻는 게 낫죠. 우리가 살고 있는 이런 사나운 시대에 누가 운 좋은 날을 기대할 수 있겠어요?"

"아버지 때문에 그래. 의사를 불러야 하지 않을까?" 제랑드가 물었다.

"의사를 불러요?" 늙은 하녀가 외쳤다. "주인님이 의사들의 허튼 소리를 귀담아 들으신 적이 있나요? 시계를 위한 약이라면 받아들일지 모르지만, 주인님 몸을 위한 약은 절대로 안 드실 거예요!"

"그럼 어떡하지?" 제랑드가 중얼거렸다. "아버지는 일하러 가셨어요. 아니면 쉬러 가셨어요?"

"제랑드." 오베르가 부드럽게 대답했다. "아버님은 사소한 걱정거리가 있어요. 그것뿐이에요."

"그게 뭔지 아세요?"

"대충은 알고 있지만……."

"그럼 말해봐요." 스콜라스티크가 초를 아끼려고 촛불을 끄면서 외쳤다.

"며칠 전부터 도무지 이해할 수 없는 일이 일어나고 있었어요." 젊은 도제가 말했다. "지난 몇 년 동안 아버님이 만들어서

판 시계가 모두 갑자기 멈춰버린 거예요. 많은 시계가 아버님한테 되돌아왔어요. 아버님은 조심스럽게 그 시계들을 분해했지요. 용수철은 상태가 좋았고, 톱니바퀴도 잘 맞물려 있었어요. 아버님은 그것을 더 조심스럽게 조립했지만, 아버님의 기술에도 불구하고 시계가 가려고 하질 않는 거예요."

"속에 악마가 들어 있어서 그래요!" 스콜라스티크가 외쳤다.

"왜 그런 말을 해?" 제랑드가 물었다. "내가 보기에는 아주 자연스러운 것 같은데. 이 세상에 영원히 지속되는 건 없어. 인간의 손으로는 무한한 것을 만들어낼 수 없어."

"아무래도 이번 일에는 신비롭고 놀라운 무언가가 있는 건 사실이에요." 오베르가 대답했다. "나는 아버님을 도와서 시계가 고장 난 원인을 찾으려고 애썼지만 아직 찾지 못했고, 절망한 나머지 연장을 손에서 떨어뜨린 것도 한두 번이 아니었어요."

"하지만 왜 그렇게 쓸데없는 일을 하는 거죠?" 스콜라스티크가 다시 입을 열었다. "구리로 만든 작은 장치가 저절로 움직이면서 시간을 알려주는 게 자연스럽나요? 우리는 해시계를 고수했어야 해요!"

"해시계를 누가 발명했는지 알면 그런 소리 안 할걸요."

"누가 발명했는데요?"

"카인*요."

"맙소사! 도대체 무슨 말을 하고 있는 거예요?"

---

* 구약성서에 나오는 아담과 하와의 맏아들. 동생을 시기한 나머지 돌로 쳐서 죽였다.

"우리 아버지가 만든 시계에 생명을 달라고 하느님께 기도해도 될까요?" 제랑드가 순진하게 물었다.

"물론이죠." 오베르가 대답했다.

"좋아요! 아무 짝에도 쓸모없는 헛된 기도가 되겠지만." 늙은 하녀가 중얼거렸다. "하지만 선의로 하는 기도니까 하느님도 용서해주실 거예요."

촛불이 다시 켜졌다. 스콜라스티크와 제랑드와 오베르는 타일 바닥에 함께 무릎을 꿇었다. 제랑드는 어머니의 영혼을 위해, 밤을 축복하기 위해, 여행자들과 죄수들을 위해, 선량한 사람들과 사악한 사람들을 위해 기도했고, 아버지의 알 수 없는 불행을 위해 무엇보다도 열심히 기도했다.

그런 다음, 신앙심이 깊은 세 사람은 그들의 슬픔을 하느님의 품에 맡겼기 때문에 마음속에 어떤 확신을 가지고 일어났다.

오베르는 자기 방으로 물러갔다. 시내 거리에서 마지막 불빛이 사라져가고 있는 동안 제랑드는 창가에 앉아서 생각에 잠겼다. 스콜라스티크는 깜박거리는 잉걸불에 물을 조금 붓고, 출입문에 거대한 빗장 두 개를 지른 다음 침대에 몸을 던지고, 곧 자기가 놀라서 죽어가는 꿈을 꾸었다.

그러는 동안 이 겨울밤의 공포는 점점 강해졌다. 이따금 강물의 소용돌이와 함께 바람이 말뚝 사이로 들어와 집 전체가 떨리고 흔들거렸다. 하지만 슬픔에 잠긴 제랑드는 아버지만 걱정하고 있었다. 오베르의 이야기를 들은 뒤로는 아버지의 병이 그녀의 마음속에서 엄청난 비중을 차지하게 되었다. 그토록 소중한

제랑드는 어머니의 영혼을 위해…… 기도했다.

아버지의 존재가 이제는 그녀에게 하나의 완벽한 기계장치가 되어버렸고, 그래서 아버지에 대한 걱정은 저절로 그녀의 마음을 움직이고 있었다.

갑자기 옥탑 덧문이 돌풍에 맞아 창문에 부딪혔다. 제랑드는 그녀의 몽상을 방해한 소음의 원인을 알지 못해서 두려움에 떨며 벌떡 일어났다. 마음이 조금 차분해지자 그녀는 창문을 열었다. 구름이 터져서 억수 같은 비가 주위의 지붕들을 두드리고 있었다. 그녀는 바람에 흔들리는 덧문을 닫으려고 창밖으로 몸을 내밀었지만, 그렇게 하기가 두려웠다. 비와 강이 사나운 물을 뒤섞어서 허술한 집을 집어삼키고 있는 듯이 보였다. 사방에서 널빤지가 삐걱거렸다. 그녀는 방에서 달아나려고 했지만, 밑에서 깜박거리는 불빛이 보였다. 그 불빛은 아버지의 방에서 새어 나오는 것 같았다. 비바람이 갑자기 소리를 죽여 잠깐 조용해진 틈에 그녀의 귀가 애처롭게 호소하는 듯한 소리를 포착했다. 그녀는 창문을 닫으려고 했지만 닫을 수가 없었다. 바람이 집 안으로 밀고 들어오는 도둑처럼 난폭하게 그녀를 밀어냈다.

제랑드는 무서워서 미칠 것 같았다. 아버지는 뭘 하고 계실까? 그녀는 문을 열었다. 그러자 사나운 비바람 때문에 문이 그녀의 손에서 벗어나 쾅 하고 닫혔다. 그 후 제랑드는 캄캄한 식당으로 들어가 발끝으로 살금살금 걸어서 아버지의 작업장으로 통하는 계단에 이르렀고, 금방이라도 기절할 것처럼 창백해진 얼굴로 계단을 미끄러져 내려갔다.

늙은 시계공은 으르렁거리는 강물 소리가 울려 퍼지는 방 한복판에 똑바로 서 있었다. 머리카락이 곤두서 있어서 악마처럼 섬뜩해 보였다. 그는 아무것도 보지도 듣지도 않고, 손짓 발짓을 하며 혼잣말을 중얼거리고 있었다. 제랑드는 문지방에 서서 꼼짝도 하지 않았다.

"그건 죽음이야!" 자카리우스가 공허한 목소리로 말했다. "그건 죽음이야! 나는 내 존재를 이 세상에 뿔뿔이 흩어지게 했는데, 왜 내가 더 오래 살아야 하지? 시계 장인인 나 자카리우스는 내가 만든 모든 시계의 창조자니까. 그건 내가 쇠나 은이나 금으로 된 케이스 속에 가두어놓은 내 영혼의 일부야. 이 빌어먹을 시계가 하나 멈출 때마다 나는 내 심장이 고동을 멈추는 것을 느껴. 나는 심장 맥박에 맞추어 시계를 조정했으니까!"

노인은 이렇게 이상한 태도로 말하면서 작업대에 눈길을 던졌다. 그곳에는 노인이 세심하게 분해해놓은 시계 부품들이 놓여 있었다. 그는 태엽통이라고 불리는 일종의 실린더 하나를 집어 들었다. 속이 빈 그 실린더에는 용수철이 들어 있었다. 그는 실린더에서 강철로 된 용수철을 꺼냈지만, 용수철은 탄성 법칙에 따라 풀리는 대신 잠자는 독사처럼 여전히 똘똘 말려 있었다. 그것은 피가 오랫동안 응결된 무력한 노인들처럼 울퉁불퉁해 보였다. 자카리우스는 가느다란 손가락으로 용수철을 풀려고 애썼지만 소용이 없었다. 벽에 손가락 그림자가 과장되어 나타났다. 하지만 그는 헛수고를 계속했고, 곧 고통과 분노에 찬 무시무시한 소리를 지르면서 뚜껑문을 열더니, 들끓는 론 강으로 용수철을 던져버렸다.

제랑드는 마룻바닥에 발이 붙박인 채 숨도 쉬지 않고 가만히 서 있었다. 아버지에게 다가가고 싶었지만 그럴 수가 없었다. 어지러운 환상이 그녀를 사로잡았다. 갑자기 그녀는 어둠 속에서 그녀의 귀에다 속삭이는 소리를 들었다.

"제랑드, 사랑하는 제랑드! 슬픔이 아직도 당신을 깨어 있게 하는군요. 제발 들어가요. 밤에는 추워요."

"오베르!" 젊은 아가씨가 속삭였다. "당신이군요!"

"당신이 걱정하는 것을 나도 걱정하면 안 되나요?"

이 부드러운 말은 소녀의 피를 다시 심장으로 돌려보냈다. 그녀는 오베르의 팔에 기대어 말했다.

"아버지가 몹시 편찮으세요. 당신만이 아버지를 치료할 수 있어요. 이 마음의 병은 딸자식의 위로에는 굴복하지 않을 테니까요. 지극히 자연스러운 망상이 아버지의 마음을 공격하고 있어요. 오베르, 당신은 시계를 수리하면서 아버지와 함께 일할 때 아버지가 다시 제정신이 들게 할 수 있을 거예요." 그녀가 말을 이었다. "아버지의 목숨이 아버지가 만든 시계의 수명과 얽혀 있다는 건 사실이 아니죠?"

오베르는 대답하지 않았다.

"그런데 우리 아버지의 직업은 하느님한테 비난받는 일인가요?" 제랑드는 덜덜 떨면서 물었다.

"나도 몰라요." 젊은 도제는 소녀의 차가운 손을 제 손으로 따뜻하게 감싸면서 대답했다. "하지만 제랑드, 당신은 방으로 돌아가요. 그리고 잠을 자면서 희망을 되찾아요!"

제랑드는 천천히 자기 방으로 돌아가서 눈을 감았지만, 자지는 않고 동이 틀 때까지 그대로 누워 있었다. 그러는 동안 자카리우스는 꼼짝도 않고 발치에서 사납게 소용돌이치는 강물을 말없이 바라보고 있었다.

2

과학의 자부심

그 제네바 상인이 사업 문제에서 엄격한 것은 소문이 나 있었다. 그는 엄격하게 명예를 중시하고 지나칠 만큼 올곧은 사람이었다. 그렇다면 그가 그토록 세심하게 조립한 시계들이 사방에서 그에게 반품되는 것을 보았을 때, 자카리우스 장인은 얼마나 수치스러웠겠는가?

이 시계들이 뚜렷한 이유도 없이 갑자기 멈춰버린 것은 확실했다. 톱니바퀴는 양호한 상태였고 단단히 고정되어 있었지만, 용수철은 탄성을 완전히 잃어버렸다. 시계공은 용수철을 바꾸려 했지만 소용이 없었다. 톱니바퀴는 여전히 꼼짝도 하지 않았다. 이 영문을 알 수 없는 고장은 노인에게 큰 수치가 되었다. 그는 탁월한 발명품 때문에 마법을 썼다는 의심을 수없이 받았는데, 이제 그 의심이 사실로 확인된 꼴이었다. 이 소문은 제랑드의 귀에도 들어갔고, 그녀는 아버지를 향한 악의의 눈길을 보면 아버지가 걱정되어 심한 불안에 사로잡힐 때가 많았다.

하지만 그 괴로운 밤을 보내고 이튿날 아침, 자카리우스는 상당히 자신 있게 일을 시작한 것 같았다. 아침 해가 그에게 용기를 불어넣었다. 노인과 함께 일하려고 서둘러 작업장으로 들어간 오베르는 "잘 잤나?" 하는 상냥한 인사를 받았다.

"나는 많이 좋아졌어." 노인이 말했다. "어제는 내 머릿속에서 어떤 이상한 고통이 나를 공격했는지 모르지만, 태양이 간밤의 구름과 함께 그것도 말끔히 몰아내주었구나."

"정말 그렇습니다, 스승님." 오베르가 대답했다. "저는 스승님을 위해서든 저 자신을 위해서든 밤을 좋아하지 않습니다."

"네가 옳아, 오베르. 네가 훌륭한 사람이 되면, 너한테는 낮이 음식만큼 필요하다는 걸 이해할 거야. 위대한 학자는 항상 세상 사람들의 존경을 받을 준비가 되어 있어야 돼."

"스승님, 또 여느 때처럼 과학의 자부심에 사로잡히신 것 같군요."

"자부심이라고? 오베르, 나의 과거를 파괴하고, 나의 현재를 말살하고, 나의 미래를 흩어버려라. 그러면 나도 세상에 알려지지 않은 무명인으로 살 수 있겠지. 네가 나의 모든 역량을 바치고 있는 숭고한 것들을 이해하지 못하다니, 너도 참 불쌍한 녀석이구나! 너는 내가 손에 들고 있는 연장에 불과하냐?"

"하지만 스승님." 오베르가 다시 입을 열었다. "저는 스승님이 만든 시계의 정교한 부품들을 잘 조립했다고 스승님께 칭찬을 받은 게 한두 번이 아닙니다."

"그건 확실해, 오베르. 넌 내가 아끼는 훌륭한 기술자야. 하지만 너는 일할 때, 손에 쥐고 있는 것을 구리나 은이나 금으로밖에 생각지 않아. 나의 천재적 재능이 생명을 불어넣은 그 금속이 살아 있는 인간처럼 고동치는 것을 너는 느끼지 못해. 그러니까 너는 네가 만든 작품이 죽어도 죽지 않을 거다!"

자카리우스는 이 말을 내뱉은 뒤에는 침묵을 지켰지만, 오베르는 대화를 계속하려고 애썼다.

"정말입니다, 스승님. 저는 스승님께서 그렇게 끊임없이 일하시는 모습을 보고 싶습니다! 스승님은 우리 공방의 축제를 준비하실 작정이시군요. 이 수정시계를 제작하는 작업이 아주 순조롭게 진척되고 있는 것 같으니까 말입니다."

"물론이지, 오베르." 늙은 시계공이 외쳤다. "다이아몬드만큼 단단한 수정을 자르고 세공할 수 있었던 것은 나에게 적잖은 명예가 될 거야. 아아, 루이 베르겜*이 다이아몬드 가공 기술을 완성해준 덕분에 나는 세상에서 가장 단단한 보석을 연마하고 구멍도 뚫을 수 있었지!"

자카리우스는 정교하게 세공된 수정으로 만들어진 작은 시계 부품 몇 개를 손에 들고 있었다. 톱니바퀴와 회전축과 케이스는 같은 재료로 만들어졌고, 그는 아주 어려운 이 작업에도 놀랄 만한 솜씨를 발휘했다.

"이 시계가 투명한 덮개 밑에서 고동치는 것을 볼 수 있고 시

---

* 루이 반 베르겜: 벨기에 출신의 보석 세공사. 1456년에 다이아몬드를 절단·연마하는 방법을 개발했다.

계의 심장 박동을 셀 수 있다는 건 얼마나 멋진 일이냐!" 그는 얼굴을 상기시키면서 말했다.

"제가 보증하건대, 그 시계는 1년에 1초도 틀리지 않을 겁니다." 젊은 도제가 대답했다.

"그리고 너는 확실한 것만 보증하겠지! 나는 나 자신의 가장 순수한 부분을 모두 이 시계에 나누어주었어. 내 심장이 고장날까? 내 심장이?"

오베르는 감히 눈을 들어 노인의 얼굴을 바라볼 수 없었다.

"솔직히 말해봐라." 노인이 슬픈 듯이 말했다. "나를 미치광이로 생각한 적이 없느냐? 이따금 내가 위험하고 어리석은 생각에 사로잡힌다고는 생각지 않느냐? 나는 제랑드와 너의 눈 속에서 나를 비난하는 눈빛을 자주 보았다. 오오!" 그는 고통스러운 것처럼 소리를 질렀다. "세상에서 내가 가장 사랑하는 사람들한테 오해를 받다니! 하지만 나는 내가 옳다는 것을 오베르 너한테 당당하게 증명할 거야. 머리를 가로젓지 마라. 너는 깜짝 놀라게 될 테니까. 내 말을 듣고 이해하는 법을 깨닫는 바로 그날, 너는 내가 존재의 비밀을 발견했다는 것, 영혼과 육체의 신비로운 결합에 감추어진 비밀을 발견했다는 사실을 알게 될 것이야!"

이렇게 말할 때 자카리우스는 자기만족에 빠져 당당해 보였다. 그의 눈은 초자연적인 빛으로 반짝거렸고, 그의 자부심은 모든 이목구비를 환하게 비추었다. 그리고 정말로 자만심이 용서받을 수 있다면, 자카리우스의 자만심이야말로 충분히 용서

너는 내가 존재의 비밀을 발견했다는 것을 알게 될 것이다.

받을 만한 자만심이었다!

  시계 제조 기술은 사실 그의 시대까지는 유년기에 머물러 있었다. 기독교 시대가 시작되기 4세기 전에 플라톤이 밤중에 소리와 피리 연주로 시간을 알려주는 일종의 물시계를 발명한 날부터 과학은 거의 제자리걸음을 계속했다. 시계 장인들은 기계적인 면보다 예술적인 면에 더 많은 관심을 기울였고, 그것은 첼리니*의 물병처럼 쇠와 구리, 나무와 은에 화려한 조각을 새긴 아름다운 시계의 시대를 열었다. 시계 장인들은 돋을새김을 하고 보석을 박은 걸작을 만들었다. 그런 시계들은 시간을 측정하는 데에는 불완전했지만, 그래도 여전히 걸작이었다. 예술가의 상상력이 조형적 완성 쪽으로 쏠리지 않게 되자, 이번에는 인형이 움직이고 아름다운 소리가 나는 시계를 만들기 시작했고, 시계공들도 시계의 겉모양을 꾸미는 데에만 주의를 기울였다. 게다가 그 시절에 누가 시간의 흐름을 규정하려고 애썼겠는가? 집행유예 제도는 아직 창안되지 않았고, 물리학과 천문학은 아직 정확한 측정을 바탕으로 그 위에 자신의 계산을 확립하지 못했다. 정해진 시간에 닫히는 시설도 없었고, 정확한 순간에 출발하는 기차도 없었다. 저녁에는 불을 켜라고 신호하는 만종이 울렸고, 밤에는 사방을 덮은 정적 속에서 시간을 알리는 경보가 요란하게 들렸다. 인생이 평생 한 일의 양으로 측정된다

---

* 벤베누토 첼리니(1500~1572): 이탈리아의 조각가·금속공예가. 기교적이고 장식성이 돋보이는 금속공예품을 많이 제작했다.

면, 확실히 사람들은 그렇게 오래 살지 않았다. 하지만 더 잘 살았다. 걸작을 찬찬히 감상하는 데에서 생겨나는 고상한 감정으로 그들의 마음은 풍요로웠고, 예술은 서둘러 급조되지 않았다. 성당 하나를 짓는 데 2세기가 걸렸고, 화가는 평생 동안 그림을 몇 점밖에 그리지 않았으며, 시인은 위대한 작품 한 편만 지으면 그만이었다. 하지만 그것들은 모두 그 후 오랫동안 감상하고 음미할 만한 걸작이었다.

정밀과학이 마침내 진보하기 시작하자 시계 제작은 극복할 수 없는 어려움—규칙적이고 지속적인 시간 측정—에 방해를 받았지만, 그래도 꾸준히 진보하는 과학을 뒤따라갔다.

자카리우스가 탈진기를 발명한 것은 시계 제조 기술이 이런 정체 상태에 빠져 있을 때였다. 이 장치 덕분에 그는 진자 운동을 지속되는 힘에 복종시켜 수학적인 규칙성을 얻을 수 있었다. 이 발명은 그를 우쭐하게 했다. 그의 마음속에서 온도계의 수은처럼 부풀어 오른 자부심이 일반적 경험의 범위를 넘는 어리석음의 단계에까지 이르렀다. 그는 거기에서 유추하여 유물론적 결론에 이르렀다. 시계를 만들면서 그는 영혼과 육체의 결합에 관한 비밀을 발견했다고 상상했던 것이다.

그래서 이날 그는 오베르가 그의 말을 유심히 듣고 있는 것을 알아차리고, 확신에 찬 어조로 말했다.

"인생이 뭔지 아느냐? 존재를 만들어내는 그 용수철의 작용을 너는 이해했느냐? 직접 시험해보았어? 아니겠지. 하지만 너는 과학의 눈으로 신의 작품과 내 작품 사이에 존재하는 친밀한 관계를 보았을지도 모르겠다. 나는 내 시계의 톱니바퀴를 짜 맞출 때 신의 창조물을 베꼈으니까 말이다."

"스승님." 오베르도 열띤 어조로 대답했다. "구리나 강철 기계를, 산들바람이 꽃을 살랑거리게 하듯 우리 몸에 생기를 불어넣는 신의 숨결, 영혼이라고 불리는 그 신의 숨결과 비교할 수 있습니까? 도대체 어떤 기계장치가 우리에게 생각을 불어넣을 만큼 그렇게 잘 조정될 수 있단 말입니까?"

"그건 문제가 아니야." 자카리우스는 부드럽게 대답했지만, 심연을 향해 걸어가는 장님처럼 완고한 태도였다. "네가 나를 이해하려면 내가 발명한 탈진기의 목적을 돌이켜 생각해야 돼. 나는 시계들의 불규칙한 움직임을 보았을 때 시계 속에 들어 있는 무브먼트*가 충분치 않다는 걸 알았고, 그 장치가 어떤 독립적인 힘의 규칙성을 따르게 할 필요가 있다는 것도 알았지. 그 후 나는 템포바퀴†가 이 역할을 해낼 수 있을 거라고 생각했고, 결국 무브먼트를 조절하는 데 성공했어! 템포바퀴가 조절하는 역할을 맡은 시계 자체의 작용으로 템포바퀴가 잃어버렸던 힘을 다시 돌려준다는 생각이 머리에 떠오른 거야. 정말로 탁월한 발상 아니냐?"

오베르는 동의하는 몸짓을 했다.

"오베르." 노인은 점점 활기를 되찾으면서 말을 이었다. "너

---

* 시계를 움직이는 동력 장치.
† 시계에서 탈진기의 한 부분. 시간을 동일한 간격으로 분할하는 진동 장치.

자신을 봐라! 우리 안에 두 가지 별개의 힘, 영혼의 힘과 육체의 힘이 있다는 걸 모르겠나? 그건 곧 무브먼트와 조속기야. 영혼은 생명의 본질이니까, 시계로 치면 무브먼트지. 이 장치를 움직이는 것이 중력이든 용수철이든, 또는 비물질적 영향력이든, 그건 심장 속에 있어. 하지만 몸이 없으면 이 장치는 작동이 불규칙하고 불가능할 거야! 그래서 몸은 영혼을 조절하고, 템포바퀴처럼 규칙적인 진동에 따르게 되지. 이것은 사실이야. 그래서 사람이 먹고 마시고 잠자는 것—한마디로 말해서 신체의 기능이 적절히 조절되지 않으면 병에 걸리는 거야. 내가 만든 시계에서 영혼이 진동을 통해 잃어버린 힘을 육체에 주는 것과 마찬가지지. 영혼과 육체의 이 친밀한 결합을 낳는 게 한쪽의 톱니바퀴를 다른 쪽 톱니바퀴 속에 밀어 넣어주는 놀라운 탈진기가 아니면 뭐겠나? 이것이 바로 내가 발견해서 적용한 거야. 나에게는 이 생명 속에 더 이상 어떤 비밀도 없어. 생명은 결국 정교한 기계장치일 뿐이야!"

자카리우스는 '무한'의 궁극적인 신비로 그를 데려간 이 환상 속에서 정말 숭고해 보였다. 하지만 그의 딸 제랑드는 문지방에 서서 아버지의 말을 모두 들었다. 그녀는 아버지의 품으로 뛰어들었고, 자카리우스는 반사적으로 딸을 가슴에 끌어안았다.

"무슨 일이냐, 내 딸아?" 그가 물었다.

"여기에 용수철밖에 없다면……" 그녀는 제 심장에 손을 대고 말했다. "저는 지금처럼 아버지를 사랑하지 않을 거예요."

자카리우스는 제랑드를 뚫어지게 바라볼 뿐 아무 대답도 하지 않았다. 갑자기 그가 외마디 비명을 지르며 자기 심장으로 손을 가져가더니 정신을 잃고 낡은 가죽 의자에 털썩 쓰러졌다.

"아버지, 왜 그러세요?"

"도와줘요!" 오베르가 외쳤다. "스콜라스티크!"

하지만 스콜라스티크는 당장 오지 않았다. 그때 누군가가 현관문을 두드리고 있었고, 스콜라스티크는 문을 열러 갔던 것이다. 작업장으로 돌아온 그녀가 미처 입을 열기도 전에 늙은 시계공은 의식을 되찾고 말했다.

"할멈, 무슨 일인지 내가 알아맞혀볼까? 할멈은 멈춰버린 시계를 또 하나 가져온 게 분명해. 그렇지?"

"맞아요, 주인님!" 스콜라스티크는 오베르에게 회중시계 한 개를 건네면서 대답했다.

"내 심장이 틀릴 리가 없어!" 노인은 한숨을 내쉬며 말했다.

그러는 동안 오베르가 조심조심 태엽을 감았지만, 시계는 움직이려 하지 않았다.

3

이상한 방문객

가엾은 제랑드를 세상에 붙잡아두고 있는 오베르가 없었다면, 그녀는 아버지와 함께 목숨을 잃었을 것이다.

늙은 시계공은 조금씩 죽어가고 있었다. 그는 한 가지 생각에

"아버지, 왜 그러세요?"

만 모든 신체 기능을 집중했기 때문에 그의 기능은 분명히 더 약해졌다. 불길한 연상에 의해 그는 이 모든 것을 자신의 편집증 탓으로 돌렸다. 인간적 존재는 강력한 중개자인 초자연적 존재에게 자리를 내주기 위해 떠나버린 것 같았다. 게다가 일부 악의적인 경쟁자들은 그가 만든 시계가 악마의 작품이라는 터무니없는 소문을 되살렸다.

그의 시계가 이상한 고장을 일으켰다는 소문은 제네바의 시계 장인들에게 엄청난 영향을 주었다. 시계의 톱니바퀴가 이렇게 갑자기 마비된 것은 무엇을 뜻하는가? 그리고 그 마비된 톱니바퀴가 노인의 목숨과 묘한 관계를 갖고 있는 듯이 보이는 것은 무엇 때문인가? 이런 수수께끼를 생각하면 사람들은 내심으로 공포를 느끼지 않을 수 없었다. 도제에서부터 그 늙은 시계공이 만든 시계를 사용하는 대귀족에 이르기까지 제네바의 다양한 계층에서 이 사실이 이상하다는 것을 스스로 판단할 수 없는 사람은 아무도 없었다. 시민들은 자카리우스를 만나고 싶어 했지만 소용이 없었다. 그는 중병에 걸려 몸져누워 있었다. 그래서 그의 딸은 비난과 모함으로 타락해버린 그 끊임없는 방문객들한테서 아버지를 떼어놓을 수 있었다.

노인의 신체 기관이 이렇게 쇠약해지고 있는 원인은 찾을 수 없었고, 그 쇠약 앞에서는 어떤 약이나 의사들도 무력할 뿐이었다. 때로는 노인의 심장이 박동을 멈춘 것처럼 보이기도 했지만, 맥박은 놀랄 만큼 불규칙하게 다시 시작되었다.

당시에는 장인들의 작품을 공개 전시하는 관습이 있었다. 여러 공방의 장인들이 저마다 심혈을 기울여 만든 제품을 내세워 참신함이나 완벽함을 과시하려고 애썼다. 그리고 자카리우스 장인의 상태에 가장 많은 관심을 가진, 그래서 그를 가장 동정한 것은 바로 이들이었다. 그의 경쟁자들은 이제 그를 덜 두려워하게 되었기 때문에 그를 더욱 기꺼이 동정했다. 그들은 자카리우스가 움직이는 인형이 시간을 알려주는 시계를 전시하여 성공을 거둔 일을 결코 잊지 않았다. 그 시계는 모든 사람의 찬탄을 불러일으켰고, 프랑스와 스위스와 독일의 많은 도시에서 비싼 값에 팔렸다.

그러는 동안, 제랑드와 오베르가 끊임없이 세심하게 보살핀 덕분에 노인의 체력이 조금 돌아온 것 같았다. 노인은 회복기의 평온 속에서 그동안 몰두했던 생각을 떨쳐내는 데 성공했다. 그가 걸을 수 있게 되자마자 제랑드는 아직도 불만을 품은 고객들에게 포위되어 있는 집에서 아버지를 꾀어냈다. 오베르는 작업장에 남아서 어긋난 시계들을 맞추고 또 맞추는 일을 헛되이 되풀이했다. 그러다가 혼란스럽고 어리둥절해진 나머지, 자기도 스승처럼 미치는 게 아닐까 두려워서 이따금 두 손으로 얼굴을 가렸다.

제랑드는 아버지를 좀 더 쾌적한 산책길로 데려갔다. 그녀는 이따금 아버지의 팔을 부축하고 콜로니 언덕과 호수가 바라보이는 생탕투안 거리를 걸었다. 날씨가 맑은 아침에는 지평선을 배경으로 솟아 있는 뷔에 산*의 거대한 봉우리들이 보였다. 제

---

* 프랑스 동부, 제네바(레만) 호수 남쪽에 있는 산. 높이 3096m.

랑드는 기억력이 약해진 아버지가 이름조차 잊어버린 그런 곳들을 가리키며 이름을 가르쳐주었다. 아버지는 머리에서 사라져버린 것을 새로 배우는 데 어린애 같은 흥미를 느꼈다. 자카리우스는 딸에게 몸을 기댔다. 하나는 눈처럼 하얗고 또 하나는 숱 많은 금발에 덮인 두 머리가 같은 햇살 속에서 만나 반짝거렸다.

그래서 늙은 시계공은 마침내 자기가 이 세상에 혼자가 아니라는 것을 깨달았다. 그는 젊고 사랑스러운 딸을 바라보고 노쇠한 자신을 보면서, 그가 죽으면 딸이 의지할 데 없이 혼자 남겨질 거라는 데 생각이 미쳤다. 제네바의 젊은 시계공들 중에는 이미 제랑드의 사랑을 얻으려고 애쓴 사람이 많았지만, 뚫고 들어갈 수 없는 은신처 같은 자카리우스 장인의 집에 들어가는 데 성공한 사람은 아무도 없었다. 그렇다면 잠깐 제정신이 돌아온 지금, 노인이 오베르 튄을 사윗감으로 선택하는 것은 당연한 일이었다. 이런 생각이 떠오르자 노인은 이 젊은 남녀가 같은 이념과 같은 신앙 속에서 자랐다는 것을 새삼 깨달았다. 그리고 언젠가 그가 스콜라스티크에게 말했듯이, 그에게는 그들의 심장 진동이 '등시성'을 갖고 있는 것처럼 보였다.

늙은 하녀는 '등시성'이라는 말을 이해하지는 못했지만 그 낱말을 문자 그대로 기뻐하며, 온 도시가 15분 이내에 그 소식을 듣게 될 거라고 그녀의 거룩한 수호성인을 두고 맹세했다. 자카리우스는 그녀를 진정시키기가 어렵다는 것을 알았지만, 한 번도 침묵을 지킨 적이 없는 그녀에게서 이 문제에 대해서는 침묵을 지키겠다는 약속을 받아냈다.

그래서 제랑드와 오베르는 몰랐지만, 그들이 곧 결혼할 거라는 소문은 순식간에 제네바 전역에 퍼졌다. 하지만 훌륭한 사람들이 그 소문을 이야기하고 있는 동안, 이상하게 낄낄거리는 소리가 자주 들리고, "제랑드는 오베르와 결혼하지 않을 거야." 하는 목소리도 들렸다.

이야기를 나누고 있던 사람들이 뒤를 돌아보면, 그들이 전혀 모르는 작달막한 노인이 바로 눈앞에 서 있었다.

이 이상한 노인은 몇 살이나 되었을까? 그것은 아무도 알 수 없었다. 사람들은 그가 수세기 동안 살았던 게 분명하다고 짐작했고, 그게 전부였다. 크고 편평한 머리는 키와 맞먹을 만큼 넓은 어깨 위에 얹혀 있었는데, 그의 키는 1미터를 넘지 않았다. 이 인물을 진자시계의 받침대 위에 올려놓으면 잘 어울렸을 것이다. 시계의 문자반은 그의 얼굴 위에 자연스럽게 놓였을 테고, 템포바퀴는 그의 가슴에서 쉽게 진동했을 것이기 때문이다. 그의 코는 좁고 뾰족했기 때문에 해시계의 바늘로 쉽게 통할 수 있었을 것이다. 사이가 넓게 벌어진 이는 톱니바퀴의 톱니와 비슷했고, 그는 윗입술과 아랫입술 사이에서 이를 득득 갈았다. 그의 목소리는 종소리처럼 금속성을 띠었고, 그의 심장이 시계의 똑딱거리는 소리처럼 고동치는 소리를 들을 수 있었다. 이 작달막한 남자는 두 팔을 문자반 위의 시곗바늘처럼 움직였고, 덜컹거리듯 걸으면서 한 번도 뒤를 돌아보지 않았다. 누군가가 그의 뒤를 따라가보면, 그가 한 시간에 1리그(약 4킬로미터)

를 걷고 그의 진로는 거의 원형이라는 것을 알 수 있었다.

이 이상한 존재가 시내를 배회하는 모습, 아니 배회한다기보다는 빙글빙글 순회하는 모습이 목격된 지는 그리 오래되지 않았다. 하지만 날마다 태양이 자오선을 지나는 순간, 그가 생피에르(성 베드로) 성당 앞에 멈춰 섰다가 정오를 알리는 종소리가 열두 번 울린 뒤에 다시 걷기 시작하는 것을 사람들은 이미 알아차리고 있었다. 이 정확한 순간을 제외하면 그는 사람들이 늙은 시계공에 대해 나누는 모든 대화의 일부가 된 것 같았다. 사람들은 공포에 사로잡혀, 그와 자카리우스 장인 사이에 어떤 관계가 존재할 수 있을까 하고 서로 물었다. 사람들은 또한 노인과 딸이 산책하고 있을 때는 그 이상한 존재가 절대로 그들을 시야에서 놓치지 않고 줄곧 따라다닌다는 것도 알아차렸다.

어느 날 제랑드는 이 괴상한 존재가 섬뜩한 미소를 지으며 자기를 바라보고 있는 것을 알아차렸다. 그녀는 겁을 먹고 아버지에게 매달렸다.

"왜 그러니, 제랑드?" 자카리우스가 물었다.

"모르겠어요." 소녀가 대답했다.

"하지만 네 안색이 달라졌어. 이번에는 네가 앓아누울 차례냐? 아아, 좋다." 그는 슬픈 미소를 지으며 덧붙였다. "그러면 내가 너를 돌봐줘야겠구나. 그래, 정성껏 보살펴주마."

"아버지, 아무것도 아닐 거예요. 전 추워요. 그리고 제 생각으로는 아무래도……"

"뭔데 그러니, 애야?"

"우리를 항상 따라다니는 저 사람의 존재가……." 그녀는 낮은 목소리로 대답했다.

자카리우스는 그 작달막한 노인을 돌아보았다.

"그는 정말로 잘하고 있어." 자카리우스는 만족스러운 태도로 말했다. "지금이 정각 네 시니까. 아무것도 두려워하지 마라. 저건 사람이 아니라 시계야!"

제랑드는 놀라서 아버지를 쳐다보았다. 아버지는 어떻게 그 이상한 존재의 얼굴에서 문자반을 읽을 수 있었을까?

"그런데……." 늙은 시계공이 그 문제에는 더 이상 관심이 없다는 듯 말을 이었다. "며칠 동안 오베르를 보지 못했구나."

"하지만 오베르는 우리를 떠나지 않았어요, 아버지." 제랑드는 좀 더 부드러운 쪽으로 생각을 돌리면서 말했다.

"그럼 오베르는 뭘 하고 있는 거지?"

"일하고 있어요."

"아아, 내가 만든 시계들을 수리하고 있구나. 그렇지? 하지만 절대로 성공하지 못할 거다. 내 시계들이 필요로 하는 건 수리가 아니라 부활이니까!"

제랑드는 아무 말도 하지 않았다.

"나는 알아야 돼." 노인은 덧붙여 말했다. "악마가 보낸 전염병에 걸린 그 저주받은 시계들이 하나라도 더 나한테 돌아왔는지 어떤지!"

이렇게 말한 뒤 자카리우스는 자기 집 현관문을 두드릴 때까지 한 마디도 하지 않았다. 그는 회복기에 접어든 이래 처음으로 작업장에 내려갔고, 제랑드는 슬픔에 잠겨 방으로 돌아갔다.

자카리우스가 작업장 문지방을 넘은 순간, 벽에 걸려 있는 수많은 시계들 가운데 하나가 다섯 시를 알렸다. 이 시계들은 놀랄 만큼 속도가 잘 맞춰져 있어서, 평소에는 모두 동시에 종을 쳐서 노인의 마음을 기쁘게 해주었다. 하지만 이날은 시계들이 하나씩 차례로 종을 쳤고, 그래서 종소리가 15분 동안이나 계속되는 바람에 귀가 먹먹해졌다. 자카리우스는 몹시 괴로워했다. 가만히 있을 수가 없어서, 악단 연주자들을 더 이상 통제할 수 없게 된 지휘자처럼 이 시계에서 저 시계로 돌아다니며 시계에 박자를 맞추었다.

마지막 시계가 종 치는 일을 끝냈을 때 작업장 문이 열렸다. 자카리우스는 자기 앞에 서 있는 작달막한 노인을 보고 머리끝부터 발끝까지 부들부들 떨었다. 그 이상한 노인은 자카리우스를 뚫어지게 바라보며 말했다.

"잠깐 이야기를 나눌 수 있겠소?"

"당신은 누구요?" 늙은 시계공은 퉁명스럽게 물었다.

"당신의 동료요. 태양을 조절하는 게 내 일이라오."

"당신이 태양을 조절한다고?" 자카리우스는 움찔하지도 않고 진지하게 대답했다. "거기에 대해서는 당신을 칭찬해줄 수 없어요. 당신의 태양은 상태가 좋지 않고, 우리는 거기에 맞추기 위해 우리 시계를 너무 앞으로 돌리거나 뒤로 돌려야 하니까 말이오."

"발굽이 갈라진 악마에게 맹세코 당신 말이 옳소." 그 기묘한 인물이 소리쳤다. "나의 태양은 항상 당신의 시계들과 같은 순간에 정오를 알리지는 않아요. 하지만 언젠가는 이것이 지구의 이동에 격차가 있기 때문이라는 사실이 알려질 것이고, 이 불규칙성을 조절할 정오의 평균시가 만들어질 거요!"

"내가 그때까지 살 수 있을까요?" 자카리우스가 눈을 빛내며 물었다.

"물론이지요." 작달막한 노인은 소리 내어 웃으면서 대답했다. "당신도 언젠가는 죽으리라는 걸 믿을 수 있소?"

"나는 지금 앓고 있소."

"아, 거기에 대해 이야기해봅시다. 악마에게 맹세코, 그건 내가 당신에게 이야기하고 싶은 바로 그 문제로 이어질 거요."

이렇게 말하면서 낯선 노인은 낡은 가죽 의자 위로 뛰어오르더니, 장례식 벽걸이 그림을 그리는 화가들이 죽음을 상징하는 두개골 밑에 다리뼈 두 개를 교차시키는 방식으로 두 다리를 교차시켰다. 그러고는 다시 빈정거리는 투로 말하기 시작했다.

"자카리우스 장인, 이 좋은 도시 제네바에서 무슨 일이 일어나고 있는지 살펴봅시다. 당신 건강이 쇠약해지고 있고 당신이 만든 시계들은 치료가 필요하다고 하던데……."

"아, 시계들의 생존과 내 생존 사이에 친밀한 관계가 있다고 생각하시오?" 자카리우스가 외쳤다.

"나는 이 시계들이 결함을 갖고 있고, 심지어는 악덕까지도 갖고 있을 거라고 상상하오. 제멋대로 장난을 치는 이 시계들이 규칙적인 품행을 유지하지 않는다면, 마땅히 그 불규칙성의 결

빈정거리는 투로 말하기 시작했다.

과를 책임져야 할 거요. 내가 보기에 이 시계들은 약간 교정이 필요한 것 같은데……."

"뭐가 결함이라는 거죠?" 자카리우스는 낯선 노인의 냉소적인 어조에 얼굴을 붉히면서 물었다. "이 시계들이 자신의 태생을 자랑스럽게 여기는 것은 당연하지 않나요?"

"별로 당연하진 않아요, 별로." 작달막한 노인이 대답했다. "물론 이 시계들은 유명한 이름을 갖고 있고, 케이스에는 유명한 서명이 새겨져 있소. 그건 사실이오. 게다가 이 시계들은 가장 고귀한 집안에 들어가는 독점적인 특권도 갖고 있지요. 하지만 얼마 전부터 고장이 나기 시작했고, 당신은 거기에 대해 속수무책이오, 자카리우스 장인. 제네바에서 가장 어리석은 도제라 해도 그것을 당신한테 입증할 수 있을 거요!"

"나한테, 나한테, 명색이 장인인 이 자카리우스 말이오?" 자부심에 상처를 입은 시계공은 분노로 얼굴을 붉히며 외쳤다.

"그렇소. 당신, 자카리우스 장인한테! 자기가 만든 시계도 되살리지 못하는 당신한테!"

"하지만 그건 내가 열병에 걸렸기 때문이고, 시계들도 마찬가지요!" 자카리우스는 이렇게 대답했지만, 그의 온몸에서 식은땀이 났다.

"다 좋은데, 당신이 용수철에 탄성을 주지 못하니까 시계들도 당신과 함께 죽을 거요."

"죽는다고? 천만에. 당신도 당신 입으로 그렇게 말했잖소! 나는 죽을 리가 없어요. 세계 최초의 시계공인 내가, 이 부품들과 다양한 톱니바퀴로 무브먼트를 완전히 정확하게 조절할 수 있었던 내가 죽을 수는 없어요. 나는 시간을 엄밀한 법칙에 복종시켰잖소? 그런 내가 시간을 전제군주처럼 내 마음대로 지배할 수 없나요? 뛰어난 천재가 방황하는 이 시간들을 규칙적으로 배열해주기 전에는 인간의 운명이 얼마나 거대한 불확실성 속에 잠겨 있었지요? 생명의 활동들은 어떤 순간에 서로 연결될 수 있었나요? 하지만 당신은 사람이든 악마든 모든 과학에 도움을 청하는 내 기술의 훌륭함을 한 번도 생각해본 적이 없지요. 아니, 천만에! 나 자카리우스 장인은 죽을 리가 없어요. 내가 시간을 조절했으니까, 내가 죽으면 시간도 끝날 테니 말이오. 천재가 무한에서 구해준 시간은 다시 무한으로 돌아갈 테고, 아무것도 없는 '무'의 심연 속에서 돌이킬 수 없이 자신을 잃어버리겠지! 아니, 이 우주를 창조하고 자신의 법칙에 복종시킨 조물주가 죽을 리가 없듯이, 나도 죽을 리가 없어요. 나는 우주의 창조주와 대등해졌고, 창조주의 힘을 나누어 가졌소! 하느님이 영원을 창조했다면, 나 자카리우스 장인은 시간을 창조했단 말이오!"

늙은 시계공은 이제 창조주 앞에서 반항하는 타락한 천사와 비슷했다. 작달막한 노인은 그를 뚫어지게 바라보면서, 그에게 이 불경스러운 도취를 불어넣는 것처럼 보이기까지 했다.

"말 잘했소, 자카리우스 장인. 악마도 당신만큼 신과 자신을 비교할 권리는 갖지 못했소! 당신의 영광은 사라지면 안 되오! 그래서 당신의 종인 나는 이 반항적인 시계들을 통제할 수 있는 수단을 당신에게 주고 싶소."

"그게 뭐요? 그게 뭐죠?" 자카리우스가 외쳤다.

"당신 딸과 나를 약혼시키면 그 이튿날 알게 될 거요."

"나의 제랑드를 달라고?"

"그렇소!"

"내 딸의 마음은 자유롭지 않소." 자카리우스는 그 이상한 요구에 놀라지도 않고 충격을 받지도 않은 것처럼 보였다.

"흥! 당신 딸은 적잖게 아름다운 시계지만, 역시 멈춰버릴 거요……."

"내 딸, 나의 제랑드를! 안 돼!"

"그럼 당신의 시계로 돌아가시오, 자카리우스 장인. 시계를 맞추고 다시 맞추시오. 당신 딸과 당신 도제의 결혼을 준비하시오. 당신이 가진 최고의 강철로 용수철을 조절하시오. 오베르와 제랑드를 축복하시오. 하지만 잊지 마시오. 당신의 시계들은 절대로 움직이지 않을 테고, 제랑드는 오베르와 결혼하지 않을 거요!"

그러고 나서 작달막한 노인은 사라졌지만, 그렇게 빨리 사라지지는 않았기 때문에 자카리우스는 가슴속에서 시계가 여섯 시를 알리는 소리를 들을 수 있었다.

4

생피에르 성당

그러는 동안 자카리우스는 날마다 심신이 쇠약해져갔다. 사실 그는 이상하게 흥분하여 어느 때보다도 열심히 일을 계속했고, 그의 딸도 그를 작업장에서 꾀어낼 수 없었다.

그 이상한 방문객이 그렇게 음험하게 그를 위기로 몰아넣은 뒤, 자존심에 더욱 자극을 받은 그는 자기 작품과 그 자신을 짓누르는 악의적인 영향력을 천재의 힘으로 극복하기로 결심했다. 그는 우선 그가 관리를 맡고 있는 시내의 다양한 시계들을 수리했다. 그는 꼼꼼히 조사한 끝에 톱니바퀴는 양호한 상태이고 회전축은 단단히 고정되어 있으며 시계추는 정확히 균형이 잡혀 있다는 것을 확인했다. 부품들도 모두 환자의 가슴을 진찰하는 의사처럼 세심한 주의를 기울여 점검했다. 이 시계들이 이제 곧 움직임을 멈출 거라는 조짐은 전혀 없었다.

제랑드와 오베르는 노인네가 시계를 수리하러 다닐 때 자주 동행했다. 노인은 그들이 함께 가고 싶어 하는 것을 보고 기뻤을 게 분명하다. 이 소중한 이들의 존재가 그의 존재를 연장시킬 수 있다고 그가 생각했다면, 그리고 아버지의 생명 가운데 일부는 반드시 자식에게 남는다는 것을 그가 이해했다면, 다가오는 자신의 죽음에 지나치게 몰두하지 않았을 것도 확실하다.

늙은 시계공은 집으로 돌아오면 열정적으로 다시 일을 시작했다. 그는 성공하지 못하리라는 것을 납득했지만, 아직도 그에게는 그것이 있을 수 없는 일로 여겨졌다. 그래서 그는 고객들이 작업장으로 가져온 시계들을 끊임없이 분해하고 다시 조립했다.

오베르는 고장의 원인을 알아내려고 머리를 쥐어짰지만 허사였다.

"스승님." 그가 말했다. "이 고장은 회전축과 톱니바퀴가 마모된 탓이라고 볼 수밖에 없습니다."

"그럼 너는 나를 조금씩 죽이고 싶으냐?" 자카리우스는 열정적으로 대답했다. "이 시계들이 어린애 작품이야? 내가 손이 다칠까 겁이 나서 이 구리 부품의 표면을 선반으로 깎지 않았더냐? 이 구리 부품들이 더 큰 강도를 얻을 수 있도록 내 손으로 직접 만들지 않았더냐? 이 용수철은 보기 드물 만큼 완벽하게 담금질되지 않았더냐? 누가 나보다 더 순도 높은 기름을 사용할 수 있었지? 그게 불가능하다는 건 너도 알고 있을 터, 요컨대 악마가 배후에 숨어 있다는 걸 인정해."

아침부터 밤까지 불만을 품은 구매자들이 집으로 쳐들어왔고, 그들은 모두 늙은 시계공을 직접 만나려 했기 때문에 그는 누구의 말을 들어야 할지 모를 정도였다.

"이 시계가 늦게 가는데, 시간을 조절할 수가 없어요." 한 사람이 말했다.

"이 시계는 완전히 고집불통이고, 여호수아*의 태양처럼 꼼

---

* 성서에 나오는 인물. 모세가 죽은 뒤 이스라엘 민족을 거느리고 가나안 땅으로 들어간 지도자. 여호수아의 기도로 해와 달이 하루 동안 멈췄다고 한다.

시계 장인 자카리우스

불만을 품은 구매자들이 집으로 쳐들어와……

짝도 하지 않아요." 또 다른 사람이 말했다.

"자카리우스 장인님, 당신의 건강이 당신이 만든 시계의 건강에 영향력을 갖고 있다는 게 사실이라면, 되도록 빨리 건강을 회복하세요." 그들 대다수는 이렇게 말했다.

노인은 퀭한 눈으로 그들을 바라보며 고개를 젓거나 애처로운 목소리로 몇 마디 대답할 뿐이었다.

"날씨가 좋아지기 시작할 때까지 기다리세요. 지친 몸속에서 생명이 되살아나는 계절이 다가오고 있습니다. 태양이 우리 모두를 따뜻하게 해주어야 합니다!"

"허 참, 내 시계가 겨우내 병들어 있어야 하다니, 어처구니가 없군!" 가장 많이 화난 사람이 말했다. "자카리우스 장인, 당신 이름이 시계의 얼굴에 전부 새겨져 있다는 걸 알고 있소? 당신은 당신 서명에 면목이 서지 않는 짓을 하고 있어요!"

마침내 이런 비난에 수치심을 느낀 노인은 낡은 트렁크에서 금화를 꺼내 고장 난 시계를 되사기 시작했다.

이 소문을 듣고 고객들이 떼를 지어 몰려왔고, 가엾은 시계공의 돈은 순식간에 바닥나버렸다. 하지만 그의 정직함은 그대로 남았다. 제랑드는 아버지를 파산으로 데려가고 있는 아버지의 세심한 마음씨를 칭찬했다. 오베르는 곧 자기가 모은 돈을 스승에게 내놓았다.

'내 딸은 어떻게 될까?' 자카리우스는 난파선에 타고 있는 듯한 상황에서도 이따금 부성애에 사로잡혀 딸을 걱정했다.

오베르는 자기가 미래에 대한 희망과 제랑드에 대한 애정으로 가득 차 있다고는 감히 대답하지 못했다. 그렇게 말했다면 자카리우스는 그날로 당장 그를 사위라고 불렀을 테고, 그리하여 아직도 그의 귓전에서 윙윙거리는 그 슬픈 예언—"제랑드는 오베르와 결혼하지 않을 거요."—을 반박했을 것이다.

이 계획에 따라 늙은 시계공은 마침내 자기 재산을 스스로 거덜 내는 데 성공했다. 그의 골동품 꽃병들은 낯선 이들의 손으로 넘어갔다. 그는 집 벽을 장식하고 있던 화려하게 조각된 널판도 처분했다. 초기 플랑드르파* 화가들의 그림들도 곧 딸의 눈을 즐겁게 해주지 못하게 되었고, 그가 발명한 귀중한 연장들까지도 시끄러운 고객들에게 변상하기 위해 모두 팔렸다.

스콜라스티크는 이 문제에 대한 이유를 귀담아들으려 하지 않았다. 그녀는 주인을 만나려는 불청객들을 막으려 했고, 얼마 후에는 귀중한 물건들이 팔려 나가는 것을 막으려고 애썼지만, 그녀의 노력은 모두 실패로 끝났다. 그 후 그녀가 동네의 모든 거리에서 재잘거리는 소리를 들을 수 있었는데, 이 동네에서 그녀의 수다는 옛날부터 유명했다. 자카리우스 장인이 요술을 부린다거나 마법을 쓴다는 소문이 널리 퍼져 신용을 얻고 있었기 때문에, 그녀는 그 소문을 열심히 부정했다. 하지만 그녀도 마음속으로는 그 소문이 사실이라고 확신했기 때문에, 그 선의의 거짓말을 속죄하기 위해 몇 번이고 되풀이해서 기도를 드렸다.

---

* 15세기에 플랑드르(북프랑스 · 벨기에 · 네덜란드에 걸친 지역)를 중심으로 유행한 미술 유파. 판에이크 형제가 기초를 세웠으며, 회화가 그 중심을 이루었다.

사람들은 늙은 시계공이 한동안 종교적 의무를 소홀히 한 것도 알아차렸다. 이전에는 그가 제랑드와 함께 성당에 가서, 상상력이 풍부한 정신에 주는 기도의 지적 매력을 발견한 것처럼 보인 적도 있었다. 기도는 상상력의 가장 숭고한 형태이기 때문이다. 일상생활의 비밀스러운 습관에 더하여 신성한 예배 의식을 자발적으로 무시한 것은 그에게 퍼부어진 비난의 정당성을 어느 정도 확인해주었다. 그래서 제랑드는 아버지를 세상과 하느님 품으로 다시 끌어오는 두 가지 목적을 가지고 종교에 도움을 청하기로 결심했다. 그녀는 종교가 아버지의 죽어가는 영혼에 조금은 활력을 줄지 모른다고 생각했다. 하지만 믿음과 굴욕의 도그마는 자카리우스의 영혼 속에서 극복할 수 없는 자부심과 싸워야 했고, 제1원리의 무한한 원천으로 거슬러 올라가지 않고 모든 것을 자기 자신과 연결시키는 과학의 그 허영심과 충돌했다.

딸은 이런 상황에서 아버지를 변화시키려고 시도한 것이다. 그리고 그녀의 시도는 매우 효과적이어서, 늙은 시계공은 다음 일요일에 성당 미사에 참석하겠다고 약속했다. 제랑드는 천국이 눈앞에 열린 것처럼 기뻐했다. 늙은 하녀 스콜라스티크도 기쁨을 억누르지 못했다. 신에게 불경스럽다는 이유로 주인님을 비난하면서 쑥덕거리는 사람들에게 제시할, 반박할 수 없는 논거를 마침내 발견한 것이다. 그녀는 이웃 사람들과 친구들과 적들에게, 그리고 자기가 아는 사람들만이 아니라 모르는 사람들에게도 그 이야기를 해주었다.

"사실 우리는 당신이 하는 이야기를 믿지 않아요, 스콜라스티크 부인." 그들은 대답했다. "자카리우스 장인은 항상 악마와 결탁했으니까요."

"그럼 당신들은 우리 주인님의 시계가 시간을 알리기 위해 울리는 아름다운 종소리를 세어보지 않았군요? 우리 주인님의 시계가 기도 시간과 미사 시간을 얼마나 많이 알렸는지 아세요?"

"그건 그래요." 그들은 대답하곤 했다. "하지만 댁의 주인이 혼자서도 잘 가는 기계, 그리고 진짜 사람이 할 일을 실제로 대신하는 기계를 발명하지는 않았잖아요?"

그러자 스콜라스티크는 격분하여 외쳤다.

"악마의 자식이 앙데나트 성의 그 아름다운 철제 시계를 만들 수 있었을까요? 그 시계는 너무 비싸서 제네바 시가 살 수도 없었죠. 경건한 좌우명이 시간마다 나타났고, 그 좌우명에 복종한 기독교도는 곧장 천국으로 갔을 거예요! 그게 악마가 하는 일인가요?"

20년 전에 만들어진 이 걸작 시계는 자카리우스의 명성을 절정에 올려놓았지만, 그때도 그가 마법을 썼다는 비난이 있었다. 하지만 적어도 노인의 성당 방문은 악의적인 입들을 침묵시킬 터였다.

자카리우스는 작업장으로 돌아갔을 때 딸에게 한 약속을 잊어버린 게 분명했다. 그는 자기가 시계에 생명을 줄 수 없다는 것을 납득한 뒤, 새 시계를 만들 수 있는지 시도해보기로 마음먹었다. 그는 쓸모없는 작품들을 모두 버리고 수정시계를 완성하는 데 전념했다. 그는 그 수정시계를 자신의 최고 걸작으로 만들 작정이었다. 하지만 가장 완벽한 도구를 사용하고 마찰을 최소화하기 위해 루비와 다이아몬드를 사용한 것도 다 허사였다. 시계는 태엽을 감으려고 시도하자마자 그의 손에서 떨어져 버렸다.

노인은 이 상황을 아무한테도 말하지 않고 감추었다. 심지어는 딸에게도 비밀로 했다. 하지만 그때부터 그의 건강은 급속히 나빠졌다. 이제 남은 것은 진자의 마지막 진동뿐이었다. 진자의 원래 힘을 회복시켜주지 않으면 진자의 진동은 점점 느려진다. 그에게 직접 작용하는 중력의 법칙이 저항도 하지 못하는 그를 무덤으로 질질 끌어내리고 있는 것 같았다.

제랑드가 그토록 간절히 기다린 일요일이 마침내 돌아왔다. 날씨는 맑았고 기온은 원기를 북돋워주었다. 제네바 사람들은 조용히 거리를 지나면서 봄이 돌아온 것에 대해 쾌활하게 이야기를 나누고 있었다. 제랑드는 늙은 아버지의 팔을 다정하게 잡고 성당 쪽으로 걸어갔다. 스콜라스티크는 기도서를 들고 그 뒤를 따랐다. 사람들은 그들을 호기심 어린 눈으로 바라보았다. 늙은 시계공은 어린애처럼, 아니 장님처럼 딸에게 끌려서 갔다. 생피에르(성 베드로) 성당의 신자들은 노인이 성당 문지방을 넘는 것을 보았을 때 거의 기겁을 했고, 그가 다가오자 뒤로 물러서서 몸을 움츠렸다.

성가대의 노랫소리가 벌써부터 성당 안에 울려 퍼지고 있었다. 제랑드는 친숙한 자리로 가서, 깊고 소박한 존경심으로 무릎을 꿇었다. 자카리우스는 딸 옆에 꼿꼿이 선 채였다.

시계 장인 자카리우스

예배는 신앙심 깊은 시대답게 장엄하고 엄숙하게 계속되었지만, 노인에게는 신앙심이 전혀 없었다. 그는 "키리에!"*라는 고뇌의 외침으로 하늘의 동정을 간청하지도 않았고, "주님께 영광 있으라!"라는 외침으로 하늘의 빛나는 영광을 찬양하지도 않았다. 성서 낭독도 그를 물질주의적 몽상에서 끌어내지 못했고, 그는 다른 신자들과 함께 '사도신경'으로 신앙을 고백하는 것도 잊어버렸다. 이 자존심 강한 노인은 석상처럼 무감각하게 말없이 꼼짝도 하지 않았고, 빵과 포도주를 예수의 살과 피로 변화시키는 기적을 알리는 종소리가 울려 퍼진 엄숙한 순간에도 고개를 숙이지 않고 사제가 신자들의 머리 위로 들어 올린 성체를 똑바로 쳐다보았다. 제랑드는 아버지를 보고 눈물을 흘렸다. 넘쳐흐른 눈물이 그녀의 기도서를 적셨다. 바로 그 순간, 성당의 시계가 열한 시 반을 쳤다. 자카리우스는 아직도 시간을 알리고 있는 이 오래된 시계 쪽으로 휙 돌아섰다. 그에게는 시계의 얼굴이 그를 뚫어지게 바라보고 있는 것처럼 느껴졌다. 문자반의 숫자들이 불로 새긴 것처럼 빛났고, 시곗바늘의 뾰족한 끝에서 전기 불꽃이 튀었다.

미사가 끝났다. 정오에는 '삼종 기도'†를 드리는 것이 관례였고, 사제들은 제단을 떠나기 전에 시계가 정오를 알리기를 기다

---

* '오, 주님!'이라는 뜻으로, 가톨릭에서 하느님의 자비를 구하는 기도.
† 가톨릭에서 아침·정오·저녁의 정해신 시간에 그리스도의 강생(降生)과 성모 마리아를 공경하는 뜻으로 바치는 기도. 삼종(三鐘)이란, 종을 세 번 친다는 데서 나온 말이다.

이 자존심 강한 노인은 석상처럼 무감각하게 말없이……

렸다. 잠시 후에는 이 기도가 성모 마리아의 발치로 올라갈 터였다.

하지만 갑자기 귀에 거슬리는 소리가 들렸다. 자카리우스가 귀를 찢는 듯한 비명을 질렀던 것이다.

시계의 긴 바늘이 12시에 도달한 순간 시계는 갑자기 멈춰 섰고, 더 이상 시간을 알리지 않았다.

제랑드는 서둘러 아버지를 도우러 갔다. 그는 쓰러져서 꼼짝도 하지 않았다. 사람들이 그를 성당 밖으로 옮겼다.

"그건 치명타였어!" 제랑드는 흐느껴 울면서 중얼거렸다.

집으로 실려 온 자카리우스는 의식을 잃은 채 침대에 눕혀졌다. 그의 생명은 방금 꺼진 램프 주위에 마지막 연기가 감돌듯 몸의 표면에만 존재하는 것 같았다. 그가 정신을 차렸을 때 오베르와 제랑드는 그 위에 몸을 숙이고 있었다. 이 마지막 순간, 미래가 그의 눈 속에서 현재의 형태를 취했다. 그는 보호자도 없이 혼자 남겨진 딸을 보았다.

"내 사위." 그는 오베르에게 말했다. "내 딸을 너에게 주마."

이렇게 말하면서 그는 두 자식에게 두 손을 내밀었다. 제랑드와 오베르는 임종하는 자리에서 그렇게 맺어졌다.

하지만 곧 자카리우스는 분노의 발작에 사로잡혀 몸을 일으켰다. 작달막한 노인의 말이 그의 마음에 되살아났던 것이다.

"나는 죽고 싶지 않아!" 그가 외쳤다. "나는 죽을 수 없어! 나 자카리우스는 죽으면 안 돼. 내 장부, 내 거래 장부!"

이 말과 함께 그는 침대에서 뛰쳐나가, 고객들의 이름과 그들에게 팔린 물건이 기록되어 있는 장부 쪽으로 달려갔다. 그는 장부를 움켜잡고 책장을 빠르게 넘겼다. 쇠약해진 그의 손가락이 한 페이지에 고정되었다.

"그래, 이거야!" 그가 외쳤다. "피토나초한테 팔린 낡은 철제 시계! 나한테 돌아오지 않은 유일한 시계야! 이 시계는 아직도 존재해. 아직도 가고 있어. 아직 살아 있어! 그걸 찾아야 돼! 죽음이 나를 데려가지 못하도록 그 시계를 잘 돌봐주겠어!"

그러고는 다시 의식을 잃었다.

오베르와 제랑드는 노인의 침대 옆에 무릎을 꿇고 함께 기도를 드렸다.

5

죽음의 시간

며칠이 지났다. 자카리우스는 거의 죽은 사람이나 마찬가지였지만, 초자연적인 흥분에 사로잡혀 침대에서 일어나 활동적인 생활로 돌아갔다. 그는 자존심으로 살았다. 하지만 제랑드의 생각은 틀리지 않았다. 아버지의 몸과 영혼은 영원히 죽은 것이다.

노인은 그에게 의지하고 있는 사람들을 생각하지 않고 마지막 남은 재산을 끌어모았다. 그는 믿을 수 없는 힘을 드러내며 걸어 다니고, 여기저기 찾아다니고, 이해할 수 없는 이상한 말을 중얼거렸다.

어느 날 아침 제랑드는 아버지의 작업장으로 내려갔다. 자카리우스는 거기에 없었다. 제랑드는 온종일 아버지를 기다렸지만 자카리우스는 돌아오지 않았다.

제랑드는 쓰라린 눈물을 흘렸지만 아버지는 다시 나타나지 않았다. 오베르는 시내를 샅샅이 뒤졌고, 곧 노인이 시내를 떠났다는 슬픈 확신에 이르렀다.

젊은 도제가 이 슬픈 소식을 전하자 제랑드는 외쳤다.

"우리 함께 아버지를 찾아봐요!"

'스승님은 도대체 어디 계실까?' 오베르는 자문했다.

갑자기 그의 머리에 영감이 떠올랐다. 그는 자카리우스가 마지막으로 한 말을 생각해냈다. 유일하게 돌아오지 않은 낡은 철제 시계. 노인이 죽지 않은 것은 그 시계가 살아 있기 때문이었다. 자카리우스는 그 시계를 찾으러 간 게 분명했다.

오베르는 이 생각을 제랑드에게 말했다.

"아버지의 거래 장부를 봐요." 그녀가 대답했다.

그들은 작업장으로 내려갔다. 장부가 탁자 위에 펼쳐져 있었다. 노인이 만들어 판매한, 그러나 고장이 나서 그에게 돌아온 시계들은 모두 장부에서 지워져 있었지만, 예외가 하나 있었다.

'피토나초 씨에게 팔림, 철제 시계, 종과 움직이는 인형 부착, 앙데나트 성으로 보냄.'

그것은 스콜라스티크가 그렇게 열광적으로 이야기한 바로 그 '도덕적인' 시계였다.

"아버지는 거기 계세요!" 제랑드가 외쳤다.

"빨리 거기로 갑시다." 오베르가 대답했다. "아직 아버님을 구할 수 있어요!"

"이 생에서는 구할 수 없다 해도……" 제랑드가 중얼거렸다. "최소한 내세를 위해서는."

"제랑드! 앙데나트 성은 제네바에서 스무 시간 거리인 당뒤 미디 산골짜기에 있어요. 갑시다!"

그날 저녁, 오베르와 제랑드는 늙은 하녀를 데리고 제네바 호수를 둘러싸고 있는 길을 걷기 시작했다. 그들은 유명한 성이 솟아 있는 베생주와 에르망스에도 들르지 않고 밤새 5리그(약 20킬로미터)를 걸었다. 그들은 드랑스 강의 급류를 어렵사리 건넜고, 가는 곳마다 자카리우스에 대해 물으면서 계속해서 나아갔다.

이튿날 해질녘에 그들은 토농을 지나 에비앙에 도착했는데, 거기서는 스위스 영토가 거의 60킬로미터에 걸쳐 펼쳐져 있는 것을 볼 수 있었다. 하지만 두 약혼자는 그 멋진 전망을 알아차리지도 못했다. 그들은 초자연적인 힘에 떠밀려 곧장 앞으로 나아갔다. 지팡이에 몸을 의지한 오베르는 제랑드와 스콜라스티크를 번갈아 부축했고, 그들을 격려하려고 애썼다. 세 사람은 모두 자신의 슬픔과 희망에 대해 이야기했고, 그렇게 호숫가의 아름다운 길을 지나고, 호숫가와 샬레 언덕을 연결하는 좁은 고개를 가로질렀다. 그들은 곧 론 강이 제네바 호수로 흘러드는 지점인 부브레에 도착했다.

이 도시를 떠나자 그들은 호수에서 벗어났다. 이 고지대를 지나는 동안 그들의 피로는 더욱 심해졌다. 반쯤 사라진 비오나, 셰셸, 콜롱베 마을도 곧 지나쳤다. 그러는 동안 무릎은 후들거리고, 발은 땅을 뒤덮은 돌부리에 걸려 상처투성이가 되었다. 하지만 자카리우스의 흔적은 어디에도 없었다.

하지만 그를 반드시 찾아야 한다. 두 젊은이는 외딴 마을이나 몽테 성에서도 휴식을 취하지 않았다. 그날 저녁에 그들은 지쳐서 기진맥진한 상태로 생모리스의 노트르담 암자에 도착했다. 은자가 살고 있는 이 암자는 론 강 수면보다 200미터쯤 위에 있는 당뒤미디 산기슭에 자리 잡고 있었다.

어둠이 깔리고 있었기 때문에 은자는 세 나그네를 받아주었다. 그들도 더 이상은 한 걸음도 걸을 수 없었다.

은자는 그들에게 자카리우스의 소식을 전해주지 못했다. 이렇게 쓸쓸하고 궁벽한 곳에서 아직 살아 있는 자카리우스를 발견하리라고는 거의 기대할 수 없었다. 밤은 캄캄했고, 바람이 산과 계곡들 사이에서 윙윙거렸다. 산사태가 일어나 험한 바위산 꼭대기에서 깨진 바위들이 요란한 소리를 내며 굴러떨어졌다.

오베르와 제랑드는 난로 앞에 웅크리고 앉아서, 은자에게 그들의 우울한 사연을 들려주었다. 눈에 젖은 그들의 망토는 구석에서 말라가고 있었다. 그리고 밖에서는 은자의 개가 애처롭게 짖어댔다. 개 짖는 소리와 거센 바람 소리가 뒤섞였다.

"오만……" 은자가 손님들에게 말했다. "그건 선을 위해 창조된 천사까지도 파멸시켰지요. 오만은 인간의 운명이 맞서 싸워야 하는 장애물입니다. 오만한 마음으로는 이성적인 판단을 내릴 수 없습니다. 오만은 모든 악덕 중에 으뜸이지요. 오만의 본질 그 자체 때문에 오만한 사람은 이성에 귀를 기울이기를 거부하니까요. 이제 남은 일은 당신 아버님을 위해 기도하는 것뿐입니다!"

네 사람이 모두 무릎을 꿇었을 때 개 짖는 소리가 더욱 요란해지더니 누군가가 암자의 문을 두드렸다.

"제발 문 좀 열어주세요!"

밖에서 문을 힘껏 두드리자 문이 거기에 굴복했다. 머리가 헝클어지고 허름한 옷차림의 남자가 나타났다.

"아버지!" 제랑드가 외쳤다.

그것은 늙은 시계공 자카리우스였다.

"여기가 어디지?" 그가 말했다. "나는 영원 속에 있어! 시간은 끝났어. 시계는 더 이상 시간을 알리지 않아. 시곗바늘은 멈추었어!"

"아버지!" 제랑드는 측은한 마음으로 대답했다. 그 한 마디에 담긴 그녀의 감정이 너무 간절했는지, 노인은 다시 살아 있는 사람들의 세계로 돌아오는 것 같았다.

"제랑드, 네가 어떻게 여기에?" 그가 외쳤다. "그리고 오베르, 너도? 아아, 사랑하는 아이들아, 너희는 우리의 오래된 교회에서 결혼할 거야!"

"아버지." 제랑드가 아버지의 팔을 잡으면서 말했다. "집으로 돌아가요. 우리랑 함께 가요!"

노인은 딸의 손을 뿌리치고 서둘러 문 쪽으로 걸어갔다. 문지방에는 커다란 눈송이가 내려 쌓이고 있었다.

"우리를 버리지 마세요!" 오베르가 외쳤다.

"그곳에서 내 삶은 이미 끝났고, 나 자신의 일부가 거기에 영원히 묻혀 있는데, 내가 왜 그런 곳으로 돌아간단 말이냐?" 노인은 슬픈 듯이 대답했다.

"당신의 영혼은 죽지 않습니다." 은자가 엄숙하게 말했다.

"내 영혼? 오오, 아닙니다. 그 톱니바퀴는 괜찮아요! 나는 그게 규칙적으로 고동치는 것을 감지하고 있습니다."

"당신의 영혼은 형체가 없습니다. 당신의 영혼은 불멸입니다." 은자가 엄격하게 대답했다.

"예, 나의 영광처럼! 하지만 그건 앙데나트 성에 갇혀 있답니다. 그걸 다시 보고 싶군요!"

은자는 성호를 그었다. 스콜라스티크는 거의 죽은 사람 같았다. 오베르는 제랑드를 품에 안았다.

"앙데나트 성에는 타락한 사람이 살고 있지요." 은자가 말했다. "내 암자의 십자가에도 경의를 표하지 않는 사람입니다."

"아버지, 거기 가지 마세요!"

"나는 내 영혼이 필요해. 내 영혼은 내 거야."

"잡아요! 아버지를 잡아요!" 제랑드가 외쳤다.

하지만 노인은 문지방을 펄쩍 뛰어넘어 밤의 어둠 속으로 뛰어들면서 소리쳤다.

"내 거! 내 영혼!"

제랑드, 오베르, 스콜라스티크는 서둘러 그 뒤를 따랐다. 그들은 자카리우스가 저항할 수 없는 힘에 떠밀려 폭풍처럼 지나간 험한 길을 따라갔다. 눈이 사납게 휘몰아쳤다. 하얀 눈송이와 불어난 급류의 거품이 뒤섞였다.

그들은 테베 군단의 순교*를 기념하여 세운 예배당을 지날 때 서둘러 성호를 그었다. 그러나 자카리우스는 모자도 벗으려 하지 않았다.

마침내 에비오나 마을이 이 황무지의 한복판에 나타났다. 무서울 만큼 쓸쓸한 이곳에서 길을 잃고 어쩔 줄 모르는 것처럼 오도카니 앉아 있는 이 마을을 보면 아무리 냉혹한 가슴이라도 감동했을 것이다. 하지만 노인은 걸음을 빨리하여, 뾰족한 봉우리로 하늘을 찌르고 있는 당뒤미디 산의 가장 깊은 골짜기로 뛰어들었다.

곧 바위처럼 음울한 토대 위의 오래된 폐허가 그들 앞에 불쑥 나타났다.

"저기다! 저기야!" 노인은 더욱 미친 듯이 걸음을 서두르면서 소리쳤다.

앙데나트 성은 그때도 이미 폐허였다. 무너져 내리고 있는 탑이 우뚝 솟아 있어서, 밑에 솟아 있는 낡은 박공지붕 위로 무너

---

* 로마 제국 시대에 기독교도로만 구성된 군단이 이집트에 주둔하고 있었는데, 이를 '테베 군단'이라고 불렀다. 프랑스 동부에 반란이 일어나자 막시미안 황제는 테베 군단에 부르고뉴로 진군하여 반란을 진압하라는 명령을 내렸다. 그러나 286년에 아우구늄(지금의 생모리스)에 도착한 군단은 이교도인 로마 황제에 대한 충성과 같은 기독교도인 반란군에 대한 토벌을 거부했다. 그러자 황제는 병사들끼리 서로 죽여서 군단을 해체하라는 명을 내렸고, 6666명의 병사들은 떼죽음을 당했다.

"저기다! 저기야!"

져 내리겠다고 위협하는 것처럼 보였다. 깔쭉깔쭉한 돌이 쌓여 있는 거대한 무더기는 보기에도 우울했다. 돌무더기 사이로 검은 방 몇 개가 나타났다. 함몰된 천장은 뱀들의 소굴이 되어 있었다.

쓰레기로 가득 찬 도랑에 뚫려 있는 낮고 좁은 뒷문이 성으로 들어가는 입구였다. 그곳에 누가 살았는지는 아무도 몰랐다. 반은 영주이고 반은 산적인 어떤 백작이 살았던 게 분명하다. 백작 다음에는 산적이나 위폐범들이 살았겠지만, 그들은 범죄 현장에서 붙잡혀 교수형을 당했을 것이다. 전설에 따르면 겨울밤에는 악마가 이 폐허의 그림자를 삼키고 있는 깊은 협곡 비탈에 나타나 악마의 춤을 지휘한다고 했다.

하지만 자카리우스는 이 불길한 광경에도 당황하지 않았다. 그는 뒷문에 이르렀다. 아무도 그가 뒷문을 통과하는 것을 막지 않았다. 널찍하고 어두운 마당이 그의 눈앞에 나타났다. 아무도 그가 마당을 가로지르는 것을 막지 않았다. 그는 긴 복도로 통하는 비탈진 길을 지나갔다. 아무도 그의 전진을 방해하지 않았다. 제랑드와 오베르와 스콜라스티크는 그 뒤를 바싹 따랐다.

자카리우스는 저항할 수 없는 손에 이끌린 것처럼 어느 길로 가야 할지 확신하고 있는 듯했다. 그는 빠른 걸음으로 성큼성큼 걸어갔다. 그는 낡은 문에 이르자 주먹으로 문을 쾅쾅 때렸다. 문이 쓰러지자 박쥐들이 그의 머리 주위에 타원을 그렸다.

그들은 곧 다른 곳보다 잘 보존된 커다란 홀에 이르렀다. 조각이 새겨진 높은 널판이 그 홀의 벽을 뒤덮고 있었다. 벽 위에서는 거대한 뱀들과 송장 먹는 귀신들과 그 밖의 괴상한 형상들이 혼란스럽게 뒤섞여 놀고 있는 것 같았다. 총안처럼 길고 좁은 창문들이 폭풍을 맞아 부들부들 떨고 있었다.

자카리우스는 홀의 한복판에 이르자마자 환성을 질렀다.

벽에 고정된 철제 받침대 위에 그의 모든 생명이 살고 있는 시계가 서 있었다. 이 둘도 없는 걸작은 연철로 만든 버팀벽과 육중한 종탑이 있는 고대 로마 시대의 교회를 묘사한 것이었다. 종탑에는 그날의 성가, 정오의 삼종 기도, 미사, 저녁 기도, 마지막 기도, 식전과 식후의 감사 기도를 알리는 종소리가 완벽하게 갖추어져 있었다. 예배 시간에 열리는 출입문 위에는 장미창*이 있었고, 장미창 한복판에서는 시곗바늘 두 개가 움직이고 있었다. 장미창의 홍예 창틀은 돋을새김으로 새겨진 문자반의 열두 개 숫자를 재현하고 있었다. 출입문과 장미창 사이에는 구리판이 있었고, 그곳에 그날 온종일 해야 할 일과에 대한 격언이 나타나도록 되어 있었다. 일찍이 자카리우스는 참으로 기독교도다운 열의를 가지고 이 장치의 순서를 조정했다. 기도 시간, 노동 시간, 식사 시간, 오락 시간, 휴식 시간은 종교적 규율에 따라 순서가 정해졌고, 그 지시를 빈틈없이 꼼꼼하게 지킨 사람에게는 확실한 구원이 보장되었다.

자카리우스는 기쁨에 도취하여 시계를 가지려고 앞으로 나갔다. 바로 그때 뒤에서 소름끼치는 웃음소리가 울려 퍼졌다.

---

* 13~14세기 유럽의 고딕 건축 양식에서 볼 수 있는 꽃 모양의 둥근 창.

노인은 고개를 돌렸다. 그리고 그을린 램프에서 나오는 희미한 불빛으로 제네바에서 만난 그 작달막한 노인의 모습을 알아보았다.

"당신이 여기에?" 그가 외쳤다.

제랑드는 겁이 나서 오베르에게 바싹 붙었다.

"안녕하시오, 자카리우스 장인." 괴물 같은 남자가 말했다.

"당신은 누구요?"

"이 성의 주인인 피토나초요. 무엇이든 분부만 하시오. 당신은 나한테 딸을 주려고 왔군! '제랑드는 오베르와 결혼하지 않을 것'이라는 내 말을 잊지 않았어."

젊은 도제는 피토나초에게 덤벼들었지만, 피토나초는 그림자처럼 그의 공격을 피했다.

"그만해, 오베르!" 자카리우스가 외쳤다.

"자, 그럼 안녕히." 피토나초는 그렇게 말하고 사라져버렸다.

"아버지, 이 끔찍한 곳에서 어서 나가요!" 제랑드가 외쳤다.

자카리우스는 더 이상 거기에 없었다. 그는 삐걱거리는 복도를 지나 피토나초의 환영을 따라가고 있었다. 스콜라스티크와 제랑드와 오베르는 그 크고 어두운 홀에 말없이 무기력하게 남아 있었다. 제랑드는 돌의자 위에 쓰러졌다. 늙은 하녀는 그 옆에 무릎을 꿇고 기도를 드렸다. 오베르는 꼿꼿이 선 채 약혼녀를 바라보았다. 희미한 불빛이 어둠 속에서 이리저리 흔들렸다. 벌레 먹은 목재 속에 살고 있는 작은 동물들이 움직일 때에만 침묵이 깨졌다. 그리고 그 소리는 '죽음의 시계'의 시간을 알리고 있었다.

날이 밝자 그들은 용기를 내어 이 폐허의 위아래로 구불구불 이어져 있는 끝없는 계단을 오르내렸다. 그들은 두 시간 동안 그렇게 헤매 다녔지만 살아 있는 사람은 아무도 만나지 못했고, 멀리서 그들의 외침 소리에 응답하는 메아리밖에는 듣지 못했다.

이따금 그들은 지하 30미터까지 내려가기도 했고, 때로는 황량한 산들을 내려다볼 수 있는 곳에 이르기도 했다.

우연이 그들을 마침내 그 거대한 홀로 다시 데려다주었지만, 그들이 괴로운 밤을 보낸 그 홀은 이제 더 이상 비어 있지 않았다. 자카리우스와 피토나초가 함께 이야기를 나누고 있었다. 한 사람은 송장처럼 꼿꼿하고 뻣뻣했지만, 또 한 사람은 대리석 탁자 위로 몸을 웅크리고 있었다.

자카리우스는 제랑드를 보더니, 앞으로 나와서 손을 잡고 그녀를 피토나초에게 데려가면서 말했다.

"내 딸아, 너의 영주이자 주인인 네 남편을 보아라!"

제랑드는 머리끝부터 발끝까지 부들부들 떨었다.

"안 됩니다!" 오베르가 외쳤다. "제랑드는 저의 약혼녀니까요!"

"안 돼요!" 제랑드도 애처로운 메아리처럼 응답했다.

피토나초가 소리 내어 웃기 시작했다.

"그럼 너희는 내가 죽기를 바라는 거냐?" 노인이 외쳤다. "저기, 저 시계 속에, 내 손에서 나간 모든 시계 가운데 아직까지 살아 움직이고 있는 마지막 시계인 저 시계 속에 내 목숨이 갇혀 있다. 그런데 이 사람은 나한테 '내가 당신 딸을 가지면 이 시계는 당신 것이 될 거'라고 말하고 있어. 그리고 이 사람은 저 시계의 태엽을 되감으려 하지 않는구나. 이 사람은 저 시계를 부수어서 나를 창세 이전의 혼돈 속에 밀어 넣을 수도 있어. 아아, 내 딸아, 너는 더 이상 나를 사랑하지 않는구나!"

"아버지!" 제랑드가 의식을 되찾으면서 중얼거렸다.

"내 존재의 본질인 이 시계에서 멀리 떨어져 내가 어떤 고통을 겪었는지 네가 안다면!" 노인은 다시 말하기 시작했다. "아마 아무도 이 시계를 돌보지 않았을 거다. 시계의 용수철은 다 닳도록 방치되었을 것이고, 톱니바퀴는 제대로 작동하지 않고 있을 거야. 하지만 이제 내 손에 들어오면 너무나도 소중한 이 시계에 자양분을 주어 건강하게 만들 수 있다. 그러니까 나는 죽으면 안 돼. 제네바의 위대한 시계공인 나는 죽으면 안 돼. 내 딸아, 이걸 보렴. 이 시곗바늘들이 얼마나 확실한 걸음으로 나아가는지. 이제 곧 다섯 시를 칠 거야. 잘 들어라. 그리고 어떤 격언이 나타날지 잘 보려무나."

다섯 시를 알리는 종소리가 제랑드의 영혼 속에서 슬프게 울려 퍼졌다. 그리고 다음과 같은 구절이 붉은 글씨로 나타났다.

'너는 과학의 나무에 열리는 과일을 먹어야 한다.'

오베르와 제랑드는 망연자실하여 서로를 바라보았다. 이것은 더 이상 가톨릭을 믿는 시계공의 경건한 격언이 아니었다. 악마의 숨결이 그 위를 지나간 게 분명했다. 하지만 자카리우스는 여기에 전혀 관심을 기울이지 않고 말을 이었다.

"내 딸아, 들었지? 나는 살아 있다. 아직 살아 있어! 내 숨소리를 들어보렴. 내 혈관을 도는 피를 보렴! 아니, 너는 네 아버지를 죽이지 않을 거야. 그리고 너는 이 사람을 남편으로 받아들일 거야. 내가 불멸의 존재가 될 수 있도록, 그리고 마침내 신의 권능을 얻을 수 있도록!"

이 불경스러운 말을 듣고 늙은 하녀 스콜라스티크는 가슴에 성호를 그었고, 피토나초는 기뻐서 큰 소리로 웃었다.

"그러면 제랑드, 너는 이 사람과 함께 행복할 거야. 이 사람을 보렴. 이 사람은 '시간'이야! 너의 존재는 절대적으로 정확하게 조절될 거야. 제랑드, 나는 너에게 생명을 주었으니까, 너도 나한테 생명을 다오!"

"제랑드." 오베르가 중얼거렸다. "나는 당신의 약혼자요."

"이 분은 저의 아버지예요!" 제랑드는 대답하고 혼절해버렸다.

"피토나초, 내 딸은 당신 거요." 자카리우스가 말했다. "그럼 이제 약속을 지키시오!"

"자, 여기 시계 열쇠가 있소." 소름끼치는 남자가 대답했다.

자카리우스는 똬리를 푼 뱀과 비슷한 길쭉한 열쇠를 낚아채더니 시계로 달려가서, 환상적일 만큼 빠른 속도로 태엽을 감았다. 용수철이 삐걱거리는 소리가 신경에 거슬렸다. 늙은 시계공은 잠시도 쉬지 않고 열쇠를 돌리고 또 돌렸다. 그는 그 움직임을 통제할 수 없는 것 같았다. 그는 완전히 지쳐서 쓰러질 때까

"이 사람을 보렴. 이 사람은 '시간'이야!"

지 이상하게 얼굴을 찡그린 채 점점 더 빨리 열쇠를 돌렸다.

"한 세기 분량은 감아놓았어!" 그가 외쳤다.

오베르는 미친 듯이 홀에서 뛰쳐나갔다. 그는 오랫동안 헤맨 뒤에야 그 가증스러운 성에서 나가는 출구를 발견하고, 서둘러 바깥 공기 속으로 나갔다. 그는 노트르담 암자로 돌아가서 절망적인 기분으로 거룩한 은자에게 자초지종을 털어놓았고, 은자는 그와 함께 앙데나트 성으로 돌아가기로 동의했다.

이 고통스러운 시간 동안 제랑드가 울지 않았다면, 그것은 눈물이 말라버렸기 때문일 것이다.

자카리우스는 홀을 떠나지 않았다. 그는 낡은 시계가 규칙적으로 고동치는 소리를 들으려고 끊임없이 시계로 달려갔다.

그러는 동안 시계가 종을 쳐서 시간을 알렸고, 다음과 같은 구절이 시계의 은빛 문자반에 나타난 것을 보고 스콜라스티크는 공포에 질려버렸다.

'인간은 신과 대등해져야 한다.'

노인은 이 불경스러운 격언에도 충격을 받지 않았을 뿐만 아니라 미친 듯이 기뻐하며 헛소리처럼 그것을 읽었고, 자만심으로 우쭐거렸다. 그러는 동안 피토나초는 그 옆에 바싹 붙어 서 있었다.

결혼 계약서는 자정에 서명될 예정이었다. 제랑드는 거의 무의식 상태여서 아무것도 보지 못했고 듣지도 못했다. 침묵을 깨는 것은 노인의 말과 피토나초의 웃음소리뿐이었다.

시계가 열한 시를 알렸다. 자카리우스는 몸을 부르르 떨면서 큰 소리로 격언을 읽었다.

'인간은 과학의 노예가 되어야 한다.
그리고 가족과 친척을 과학에 바쳐야 한다.'

"그래!" 그가 외쳤다. "이 세상에는 과학밖에 없어!"

시곗바늘이 뱀처럼 쉭쉭거리는 소리를 내며 문자반 위를 미끄러졌고, 시계추는 가속화된 맥박으로 고동쳤다.

자카리우스는 더 이상 말을 하지 않았다. 그는 마룻바닥에 쓰러졌다. 그의 목에서 가르랑거리는 소리가 났다. 짓눌린 그의 가슴에서는 토막난 말들이 띄엄띄엄 새어 나왔을 뿐이다. "목숨, 과학!"

그때 이 현장에 새로운 증인 두 명이 나타났다. 은자와 오베르였다. 자카리우스는 마룻바닥에 누워 있었다. 제랑드는 그 옆에서 기도를 드리고 있었지만, 살아 있다기보다는 죽은 사람 같았다.

갑자기 메마른 금속성이 들리더니, 뒤이어 시계가 시간을 알리기 시작했다.

자카리우스는 벌떡 일어났다.

"자정이다!" 그가 외쳤다.

은자는 낡은 시계 쪽으로 손을 뻗었다. 그러자 자정을 알리는 소리는 더 이상 울리지 않았다.

문자반에 다음과 같은 구절이 나타났을 때 자카리우스는 무시무시한 비명을 질렀다. 그 소리는 아마 지옥에서도 들렸을 것이다.

'누구든 신과 대등해지려고 시도하는 자는
영원히 저주를 받으리라!'

낡은 시계가 우레 같은 소리와 함께 폭발했다. 용수철이 빠져나와 환상적일 만큼 다양한 형태로 뒤틀리면서 홀을 가로질러 달려갔다. 노인은 벌떡 일어나 그 뒤를 따라 달려가면서 용수철을 잡으려고 애썼지만 소용이 없었다. 노인은 계속 외치고 있었다. "내 영혼, 내 영혼!"

용수철은 그의 앞에서 처음에는 이쪽으로, 다음에는 저쪽으로 뛰어 올랐다. 그는 아무리 애써도 용수철에 닿을 수가 없었다.

마침내 피토나초가 용수철을 잡았다. 그리고 끔찍하게 불경스러운 말을 내뱉으면서 땅속으로 사라졌다.

자카리우스는 뒤로 넘어졌다. 그는 그렇게 죽었다.

늙은 시계공은 앙데나트 산기슭에 묻혔다.

그 후 오베르와 제랑드는 제네바로 돌아왔고, 신이 그들에게 베풀어준 긴 생애 동안 과학 때문에 신에게 버림받은 영혼을 구원하는 것이 그들의 의무라고 여기며, 열심히 기도했다.

그는 그렇게 죽었다.

옥스 박사의 환상

1

아무리 좋은 지도에도
키캉돈이라는 도시는 나와 있지 않다

옛날의 지도든 오늘날의 지도든, 플랑드르* 지도에서 키캉돈이라는 도시를 찾으려고 애쓰는 것은 부질없는 짓이다. 그러면 키캉돈은 사라진 도시인가? 아니다. 그럼, 미래의 도시인가? 그것도 아니다. 지도에는 없지만 이 도시는 실제로 존재하고 있으며, 그것도 800년 내지 900년 동안이나 존재해왔다. 모든 주민에게 영혼이 하나씩 인정된다면, 이 도시에 있는 영혼도 2393개를 헤아린다. 이 도시는 플랑드르의 심장부에 자리하고 있는데, 오우데나르데에서 북서쪽으로 13.5킬로미터 떨어져 있고, 브뤼헤에서 남동쪽으로 15.25킬로미터 떨어져 있다. 스헬데 강의 지류인 바르 강이 이 도시에 있는 세 개의 다리(아직도 투르네의 다리처럼 중세의 지붕으로 덮여 있다) 아래를 지난다. 키캉돈에는 고성이 하나 보이는데, 이 성의 첫 번째 주춧돌은 아주 오래전인 1197년에 놓였고, 그때 성채의 주인은 나중에 콘스탄티노폴리스의 황제가 된 보두앵 백작†이었다. 키캉돈에는 시청도 있는데,

---

* 지금의 벨기에 서부·네덜란드 남서부·프랑스 북부를 포함한 북해 연안 지역.
† 보두앵 백작(1172~1205): 제4차 십자군 원정의 지도자로, 비잔티움 제국을 침략하여 콘스탄티노폴리스를 점령하고 라틴 제국을 세워 초대 황제로 추대되었다.

시청 건물에는 고딕식 창문들이 뚫려 있고, 상단에는 총안들이 화관처럼 늘어서 있으며, 지상 108미터 높이의 종탑에서는 매시마다 5옥타브의 종소리를 울리는데, 이 영묘하기 짝이 없는 종소리는 브뤼헤 종탑의 종소리를 능가하는 명성을 얻고 있었다. 키캉돈을 찾아온 이방인들은 블론델[*]이 그린 빌렘 반 나사우[†]의 전신 초상화로 장식된 총독실과 16세기 건축의 걸작인 생마글루아르 성당의 위층 관람석, 생테르뉘프 광장에 있는 주철 우물, 화가이자 대장장이인 쿠엔틴 마사이스[‡]가 만든 우물 장식, 지금은 브뤼헤의 노트르담 성당에 안치되어 있는 '대담한 샤를 공'[#]의 딸 마리 드 부르고뉴를 위해 지어진 무덤 등을 방문하기 전에는 그 기묘하고 오래된 도시를 떠나지 않는다. 키캉돈의 주요 산업은 생크림과 보리 물엿을 대규모로 제조하는 것이다. 키캉돈은 수세기 동안 트리카스 집안이 대대로 지배해왔다. 하지만 키캉돈은 플랑드르 지도에 실려 있지 않다! 지리학자들은 그곳을 잊은 것일까? 아니면 의도적으로 뺀 것일까? 그것은 나도 모른다. 하지만 키캉돈은 실제로 존재한다―존재하는 정도가

---

[*] 란셀롯 블론델(1498~1561): 플랑드르의 화가·건축가.
[†] 빌렘 반 나사우(1533~1584): 네덜란드의 초대 세습 총독이며, 스페인과 가톨릭에 저항한 네덜란드 독립 전쟁의 지도자.
[‡] 쿠엔틴 마사이스(1465~1530): 플랑드르의 화가. 종교화·풍속화·초상화를 주로 그렸다.
[#] 대담한 샤를 공(1433~1477): 부르고뉴(프랑스 중동부)의 공작으로, 그의 치세에 부르고뉴 공국은 가장 크게 번성했다.

아니라, 최근에 그곳은 놀라운 사건의 무대가 되었다.

물론 플랑드르 사람들에 대해서는 험담을 하거나 악의를 품을 이유가 전혀 없다. 그들은 대체로 유복하고 현명하고 신중하고 사교적이고 차분하고 붙임성 있는 사람들이고, 대화할 때는 다소 무겁고 고지식한 편이지만, 이것이 그들의 도시가 아직도 지도에 실려 있지 않은 이유를 설명해주지는 않는다.

키캉돈을 지도에서 뺀 것은 확실히 유감스럽다. 하다못해 역사라도, 역사가 안 된다면 연대기라도, 연대기가 안 된다면 그 고장의 전설이라도 키캉돈을 언급했으면 좋았을 것을! 하지만 아니었다. 지도는 물론이고 여행 안내서에도 키캉돈에 대한 언급이 없다. 작은 도시를 열심히 찾아다니는 조안 씨조차 키캉돈에 대해서는 한 마디도 하지 않는다. 이 묵살이 키캉돈의 상업과 산업에 손해를 주리라는 것은 쉽게 상상할 수 있다. 하지만 서둘러 덧붙이자면 키캉돈에는 산업도 상업도 없고, 그런 게 없어도 키캉돈은 잘 돌아가고 있다. 키캉돈의 보리 물엿과 생크림은 현지에서 다 소비되고 수출은 전혀 이루어지지 않는다. 요컨대 키캉돈 사람들은 외부 사람을 전혀 필요로 하지 않는다. 그들의 욕망은 제한되어 있고, 그들의 생활은 검소하다. 그들은 차분하고 절제할 줄 알고 냉정하다. 한마디로 말해서 그들은 전형적인 플랑드르 사람이다. 스헬데 강과 북해 사이에서 아직도 그런 사람들을 이따금 만날 수 있다.

2
트리카스 시장과 니클로스 고문이
시의 현안에 대해 협의하다

"그렇게 생각하나?" 시장이 물었다.

"나는…… 그렇게 생각하네." 고문은 잠시 뜸을 들인 뒤에 대답했다.

"알다시피 우리는 성급하게 행동하면 안 돼." 시장이 다시 말했다.

"우리는 이 중대한 문제에 대해 벌써 10년 동안이나 논의해 왔네." 니클로스 고문이 대답했다. "그리고 솔직히 말하면 나는 아직도 결정을 내릴 책임을 스스로 떠맡을 수 없네."

"자네가 망설이는 건 나도 이해해." 시장은 꼬박 15분 동안 심사숙고한 뒤에야 겨우 입을 열어 말했다. "충분히 이해하고, 자네와 마찬가지로 나도 망설이고 있어. 이 문제는 좀 더 신중하게 검토하기 전에는 아무 결정도 내리지 않는 편이 현명할 것 같군."

"보안관이라는 자리는 키캉돈처럼 평화로운 도시에는 아무 쓸모도 없는 게 확실해." 니클로스가 말했다.

"우리 전임자도 무언가가 확실하다고는 말하지 않았네. 감히 그렇게 말하지는 못했을 거야. 모든 단정은 골치 아픈 제한 조건을 필요로 하니까."

고문은 동의한다는 표시로 천천히 고개를 끄덕였다. 그런 다음 거의 30분 동안 침묵을 지켰다. 그동안 고문도 시장도 손가락 하나 까딱하지 않았다. 그 시간이 지난 뒤, 니클로스 고문은 트리카스 시장에게 그의 전임자—약 20년 전에 시장을 지낸—도 해마다 키캉돈 시에 1375프랑이라는 무거운 부담을 주고 있는 이 보안관이라는 자리를 폐지할 생각을 한 게 아니었냐고 물었다.

"틀림없이 생각했겠지." 시장은 위엄 있고 신중하게 손을 넓은 이마로 가져가면서 대답했다. "하지만 그분은 이 문제에 대해서도, 그 밖의 다른 행정 조치에 대해서도 감히 결정을 내리지 못하고 돌아가셨네. 그분은 현자였어. 그런데 나는 왜 그분이 했던 대로 하면 안 되는 거지?"

니클로스 고문은 시장의 의견에 반대할 이유를 하나도 생각해낼 수 없었다.

"평생 동안 아무 결정도 내리지 않고 죽는 사람은 거의 완벽한 수준에 도달한 걸세." 트리카스가 엄숙하게 덧붙였다.

이렇게 말하고 시장은 새끼손가락 끝으로 초인종을 눌렀다. 초인종은 무언가에 감싸여 있는 것처럼 작은 소리를 냈다. 그것은 소리라기보다는 한숨처럼 들렸다. 곧 타일 바닥을 미끄러지듯 부드럽게 가로지르는 가벼운 발소리가 들렸다. 두꺼운 카펫 위를 달려가는 생쥐도 그보다 작은 소리를 내지는 못했을 것이다. 기름칠이 잘된 경첩이 돌아가면서 문이 열리고, 금발을 길게 늘어뜨린 젊은 여자가 나타났다. 시장의 외동딸인 수젤 반 트리카스였다. 그녀는 아버지에게 담배를 채운 파이프와 조그마한

휴대용 구리 화로를 건네고는 한 마디도 하지 않고 당장 사라졌다. 그녀는 들어올 때와 마찬가지로 나갈 때도 거의 소리를 내지 않았다.

존경스러운 시장은 파이프에 불을 붙이고, 곧 푸르스름한 연기 속으로 사라졌다. 니클로스 고문은 흥미롭기 이를 데 없는 생각 속으로 빠져들었다.

키캉돈의 통치를 맡고 있는 이 두 사람이 이야기를 나누고 있는 방은 짙은 갈색 나무에 새겨진 조각으로 화려하게 장식된 응접실이었다. 참나무 한 그루를 통째로 태우거나 황소 한 마리를 통째로 구울 수도 있을 만큼 크고 높은 벽난로가 방의 한쪽 면을 온통 차지하고 있었다. 그 맞은편에는 격자 세공된 창문이 하나 있었는데, 창문에 끼워진 색유리가 햇빛의 밝기를 누그러뜨리고 있었다. 벽난로 위에 걸린 고풍스러운 액자 안에는 멤링*이 그린 어떤 훌륭한 인물의 초상화가 들어 있었다. 그것은 믿을 만한 족보가 14세기까지 거슬러 올라가는 트리카스 가문의 선조를 그린 초상화가 분명했다. 14세기는 플랑드르 사람들과 기즈 반 당피에르†가 합스부르크 가의 루돌프 황제와 전쟁을 치른 시대였다.

이 응접실은 키캉돈에서 가장 쾌적한 집으로 꼽히는 시장 저택의 중심이었다. 플랑드르 양식으로 지어졌지만 고딕 건축의

---

* 한스 멤링(1430?~1494): 독일 태생의 플랑드르 화가.
† 기즈 반 당피에르(1226?~1305): 1251~1305년에 플랑드르 백작을 지냄.

그녀는 아버지에게 파이프와 휴대용 화로를 건네고……

가파름과 기묘함과 아름다움도 모두 갖추고 있는 이 저택은 키캉돈에서 가장 야릇한 기념물 가운데 하나로 여겨졌다. 카르투지오 수녀원*이나 농아자 수용소도 이 저택보다 더 조용하지는 않았다. 그곳에 소음은 존재하지 않았다. 사람들은 저택 안을 걸어 다니는 게 아니라 이리저리 미끄러지듯 움직였고, 말을 하는 게 아니라 속삭였다. 하지만 집에 여자가 없는 것은 아니었다. 이 집에는 트리카스 시장 외에 그의 아내인 브리기트 반 트리카스 부인과 딸인 수젤 반 트리카스, 하녀인 로체 얀셰우가 살고 있었다. 시장의 누이인 에르망스 고모도 빼놓을 수 없다. 에르망스는 조카인 수젤이 어렸을 때 붙여준 타타네망스라는 별명을 아직도 갖고 있는 노처녀였다. 하지만 이렇게 불화와 소음의 원인이 될 수 있는 요소들을 모두 갖추고 있는데도 시장 저택은 사막처럼 조용했다.

트리카스 시장은 쉰 살쯤 되었으며, 뚱뚱하지도 마르지도 않고, 키가 작지도 크지도 않고, 늙지도 젊지도 않고, 안색은 불그레하지도 창백하지도 않고, 쾌활하지도 우울하지도 않고, 만족하지도 불만족하지도 않고, 활동적이지도 둔감하지도 않고, 오만하지도 겸손하지도 않고, 착하지도 못되지도 않고, 너그럽지도 인색하지도 않고, 용감하지도 비겁하지도 않고, 무엇이든 지나치게 많지도 지나치게 적지도 않은 사람—모든 면에서 적당

---

* 1084년 프랑스의 샤르트뢰즈에서 성 브루노(1032~1101)가 창설한 관상수도회에 속한 수녀원.

한 남자였다. 언제나 느릿느릿한 동작, 약간 튀어나온 아래턱, 돌출한 눈썹, 구리판처럼 매끄럽고 주름살 하나 없는 넓은 이마는 관상가에게 트리카스 시장이 냉담함의 화신이라는 것을 당장 알려주었을 것이다. 지금까지 분노 때문이든 열정 때문이든 어떤 감정도 이 남자의 심장을 더 빨리 뛰게 하거나 그의 얼굴을 붉어지게 한 적이 없었고, 아무리 일시적이라 해도 초조감의 영향으로 그의 눈동자가 수축된 적도 없었다. 그는 언제나 너무 크지도 작지도 않은 좋은 옷을 입었고, 그 옷도 절대로 닳아 해질 때까지 입는 법이 없었다. 그는 삼중 구두창에 은버클이 달려 있는 크고 각진 구두를 신었는데, 이 구두는 너무 튼튼해서 그의 구두를 만드는 사람이 절망에 빠질 만큼 오래 신을 수 있었다. 머리 위에는 플랑드르가 네덜란드에서 분리된 시대*에 만들어진 커다란 모자를 썼는데, 따라서 이 오래된 걸작 모자는 적어도 40년은 되었을 게 분명하다. 하지만 어떻게 하겠는가? 영혼만이 아니라 몸도, 몸만이 아니라 옷도 닳아 없어지게 하는 것은 열정이다. 그러나 우리의 존경스러운 시장은 냉담하고 게으르고 무관심해서 어떤 것에도 열정을 쏟지 않았다. 그는 아무 것도, 그 자신조차도 닳아 없어지게 하지 않았다. 그는 자기야말로 키캉돈과 거기에 사는 조용한 사람들의 일을 처리할 적임자라고 생각했다.

---

* 벨기에가 1830년에 독립 전쟁을 통해 네덜란드 왕국의 지배로부터 벗어나면서 플랑드르도 분리되었다.

도시는 정말로 트리카스 저택 못지않게 조용했다. 이 평화로운 거처에서 트라카스 시장은 인간 수명의 최대한까지 살 수 있기를 기대했다. 하지만 그 전에 그는 아내인 브리기트 반 트리카스 부인이 그보다 먼저 무덤으로 가는 것을 보아야 할 것이다. 무덤에서 그녀는 60년 동안 지상에서 누린 것보다 더 충분한 휴식을 찾지는 못할 테지만 말이다.

여기엔 설명이 필요하다.

누구나 알다시피 이 인물의 칼은 주인만큼이나 유명하고, 손잡이나 날이 닳으면 교체하는 작업을 끊임없이 되풀이한 덕에 닳을 수도 없었다. 트리카스 가에서도 아주 먼 옛날부터 그와 비슷한 작업이 진행되었고, '자연'의 여신은 예사롭지 않게 사근사근한 태도로 그것을 도와주었다. 1340년부터 트리카스 가의 남자들은 아내를 여의고 홀아비가 되면 자기보다 젊은 트리카스 가의 여자와 재혼했고, 그 여자가 남편을 여의고 과부가 되면 다시 자기보다 젊은 트리카스 가의 남자와 재혼했고, 이런 일이 대대로 끊임없이 계속되었다. 이 집안의 남자와 여자는 기계적일 만큼 규칙적으로 번갈아 죽었다. 그리하여 존경스러운 브리기트 반 트리카스 부인은 지금 두 번째 남편과 재혼한 상태였다. 그녀가 모든 의무를 어기지 않는다면, 남편보다 먼저—남편은 그녀보다 열 살이나 젊으니까—저승으로 가고 새 트리카스 부인에게 자리를 내줄 것이다. 시장은 집안의 전통이 무너지지 않도록 이것을 차분하게 기대하고 있었다. 이 저택은 너무 평화롭고 조용해서 문들은 결코 삐걱거리지 않았고, 창문은 결

트리카스 부인은 지금 두 번째 남편과 재혼한 상태였다.

코 덜컹거리지 않았고, 마룻바닥은 결코 신음 소리를 내지 않았고, 굴뚝은 결코 울부짖지 않았고, 풍향계는 결코 삐걱거리지 않았고, 가구는 결코 삐걱거리지 않았고, 빗장은 결코 절거덕 소리를 내지 않았고, 그 집에 사는 사람들은 자신의 그림자보다 더 큰 소리를 낸 적이 한 번도 없었다. 하르포크라테스*는 그 집을 '침묵의 성전'으로 선택했을 게 분명하다.

3

파소프 보안관이 예기치 않게
그리고 그만큼 시끄럽게 들어오다

위에 서술한 흥미로운 대화가 시작된 것은 오후 2시 45분이었다. 트리카스가 담배 1리터를 담을 수 있는 거대한 파이프에 불을 붙인 것은 3시 45분이었고, 그가 파이프를 다 피운 것은 5시 35분이었다.

그동안 두 친구는 한 마디도 나누지 않았다.

6시쯤, 무엇이든 간단히 요약하여 말하는 버릇이 있는 고문이 이런 말로 다시 대화를 시작했다.

"그러니까 우리 결정은······."

---

* 그리스 신화의 침묵과 비밀의 신. 이집트의 하르파-크루티(아기 호루스)가 그리스로 옮겨가 신격을 얻었다.

"아무것도 결정하지 않는 것." 시장이 대답했다.

"대체로 자네 말이 옳은 것 같네, 트리카스."

"나도 그렇게 생각하네, 니클로스. 이 문제는 좀 더 생각해보고, 그런 다음 보안관에 대해 조치를 취하기로 하세. 아직 한 달 동안은 그럴 필요가 전혀 없어."

"앞으로 1년 동안은 그럴 필요가 전혀 없지." 니클로스는 손수건을 펼쳐 차분하게 코에 대면서 대답했다.

거의 15분 동안 또다시 침묵이 흘렀다. 아무것도 이 되풀이된 침묵을 방해하지 않았다. 집에서 기르는 개 렌토의 출현도 마찬가지였다. 주인 못지않게 냉담한 렌토는 응접실에 경의를 표하러 와서 예의바르게 응접실을 한 바퀴 돌고는 왔을 때처럼 조용히 나갔다. 얼마나 훌륭한 개인가! 개들의 모범이다. 렌토가 판지로 만들어져 앞발에 바퀴가 달렸다 해도, 응접실에 머무는 동안 그렇게 소리를 내지 않을 수는 없었을 것이다.

8시쯤 하녀 로체가 윤이 나게 닦은 유리로 만들어진 고풍스러운 램프를 가져온 뒤, 시장이 고문에게 말했다.

"그 밖에 우리가 검토해야 할 긴급한 문제는 없지?"

"없네. 내가 아는 한, 하나도 없어."

"하지만 오우데나르데 성문의 탑이 무너질 것 같다는 말을 듣지 않았나?" 시장이 물었다.

"아아!" 고문이 대답했다. "정말로 그 탑이 어느 날 지나가는 행인의 머리 위로 무너진다 해도 나는 놀라지 않을 걸세."

"그런 불상사가 일어나기 전에 그 문제에 대한 결정을 내려야

겠군."

"나도 그렇게 생각하네, 트리카스."

"그보다 더 긴급하게 결정해야 할 문제가 있어."

"확실히 그래. 예를 들면 가죽 시장 문제라든가."

"아니, 그 시장은 아직도 불타고 있나?"

"아직도 불타고 있지. 지난 3주 동안 계속 불탔다네."

"회의에서 그걸 불타게 내버려두기로 결정하지 않았던가?"

"그래, 트리카스. 자네의 발의로 그렇게 결정했지."

"그게 그 문제를 처리하는 가장 확실하고 가장 간단한 방법이 아니었나?"

"확실히 그랬지."

"그럼 기다리세. 그것뿐인가?"

"그래." 고문은 중요한 것을 잊지 않았다고 자신을 안심시키려는 것처럼 머리를 긁으면서 대답했다.

"아 참!" 시장이 외쳤다. "물이 새어 나와 생자크의 저지대가 침수될 위험이 있다는 말도 듣지 않았나?"

"들었어. 그 누수가 가죽 시장 위쪽에서 일어나지 않은 건 정말 불운이야! 그랬다면 화재도 자연스럽게 진정되었을 테고, 우리도 많은 논의를 할 필요가 없었을 텐데 말이야."

"그게 당연하지, 뭘 기대할 수 있겠나? 사고만큼 비논리적인 건 없네, 니콜로스. 사고는 어떤 규칙에도 묶여 있지 않고, 각각의 사고 사이에는 아무 관계도 없으니까. 그렇게 우리가 바라는 대로 하나의 사고를 다른 사고에 이용할 수는 없다네."

니클로스가 친구의 훌륭한 의견을 이해하는 데에는 잠시 시간이 걸렸다.

"그런데……" 니클로스는 잠시 후에 다시 말을 이었다. "우리는 중대한 문제에 대해 아직 이야기하지 않았어."

"무슨 중대한 문제? 그럼 우리에게 중대한 문제가 있나?" 시장이 물었다.

"물론이지. 도시를 밝히는 문제."

"아, 그래. 내 기억이 맞다면 자네는 옥스 박사의 조명 계획을 말하고 있는 거겠지?"

"맞아."

"그 일은 순조롭게 진행되고 있다네, 니클로스." 시장이 대답했다. "이미 가스관을 깔았고, 공장도 완공됐어."

"아무래도 이 문제에서는 우리가 좀 서두른 것 같아." 고문은 고개를 저으면서 말했다.

"그럴지도 모르지. 하지만 핑계는 있어. 옥스 박사가 실험에 필요한 경비를 모두 부담한다는 거지. 우리는 한 푼도 들지 않을 거야."

"그게 우리의 핑계인 건 사실이지. 게다가 우리는 시대와 함께 진보해야 돼. 실험이 성공하면 키캉돈은 플랑드르에서 최초로 산소 가스인지 뭔지로 조명되는 도시가 될 걸세. 그런데 그 가스 이름이 뭐랬지?"

"산수소 가스."

"그래, 산수소 가스였지."

그 순간 문이 열리고, 로체가 들어와서 시장에게 저녁 식사가 준비되었다고 알렸다.

니클로스는 트리카스에게 작별 인사를 하려고 일어났다. 너무 많은 문제를 논의했고 너무 많은 결정을 내린 것이 시장의 식욕을 자극했다. 그들은 회의를 상당히 오랫동안 연기한 뒤, 정말로 시급한 오우데나르데 성문 문제와 관련하여 임시로 어떤 결정을 내려야 할 것인지 말 것인지를 결정하기 위해 명사 회의를 소집하기로 합의했다.

이후 존경스러운 두 행정가는 한 사람이 다른 사람을 안내하여 길거리에 접한 문 쪽으로 향했다. 고문은 마지막 계단에 이르자, 옥스 박사가 아직 밝히지 않아서 어두컴컴한 도로에서 그를 안내해줄 작은 초롱에 불을 켰다. 10월의 어두운 밤이었다. 옅은 안개가 도시를 음산하게 짓누르고 있었다.

니클로스가 떠날 준비를 하는 데에는 적어도 15분이 걸렸다. 그는 초롱에 불을 켠 뒤, 소가죽으로 만든 단화를 신고 양가죽으로 만든 장갑을 끼어야 했기 때문이다. 그런 다음 코트의 모피 칼라를 세우고, 펠트 모자의 챙을 눈 바로 위까지 내리고, 까마귀 부리 같은 손잡이가 달린 무거운 우산을 움켜쥐고 떠날 준비를 했다.

하지만 주인에게 불빛을 비추어주고 있던 로체가 문의 빗장을 막 당기려는 순간, 밖에서 예기치 않은 소란이 일어났다.

그렇다! 이상하게 생각되겠지만, 무서운 소음—1513년에 스페인 사람들이 아성을 점령한 이래 이 도시가 한 번도 들은 적이 없는 진짜 소음—이 유서 깊은 트리카스 저택에 오랫동안 잠들어 있던 메아리를 깨운 것이다.

그때까지 한 번도 난폭한 손길을 받아본 적이 없는 이 문을 누군가가 마구 두드리고 있었다! 노크 소리가 보통보다 두 배나 큰 것을 보면, 힘센 팔이 휘두르는 둔기—아마 마디가 많은 지팡이—가 문을 두드리는 것 같았다. 외치는 소리와 부르는 소리가 문을 두드리는 소리에 섞여 들렸는데, 이런 말이 또렷이 들렸다.

"트리카스 씨! 시장님! 문을 열어주세요. 빨리요!"

시장과 고문은 깜짝 놀라서 말없이 서로를 바라보았다.

그들은 이 상황을 도저히 이해할 수 없었다. 1385년 이후 한 번도 사용된 적이 없는 성의 오래된 컬버린 포*가 응접실에서 발사되었다 해도, 트리카스 저택에 사는 사람들이 그렇게 아연실색할 만큼 놀라지는 않았을 것이다.

그러는 동안 노크 소리와 외침 소리는 더욱 커졌다. 로체는 침착성을 되찾고 용기를 내어 말했다.

"누구세요?"

"나야, 나! 나라니까!"

"'나'가 누구예요?"

"파소프 보안관!"

---

* 15~17세기 유럽에서 사용된 대포. '컬버린'은 뱀을 뜻하는 라틴어 '콜리브리누스'에서 유래했으며, 당시의 가늘고 긴 대포 형태에서 붙은 애칭이다.

파소프 보안관이라고? 10년 동안 자리를 폐지하는 문제가 논의되고 있는 바로 그 당사자다. 그런데 무슨 일이 일어난 것일까? 14세기에 그랬듯이 부르고뉴 놈들이 키캉돈을 침략했나? 그보다 덜 중요한 사건이 파소프 보안관을 그렇게 흥분시켰을 리가 없었다. 보안관도 침착하고 냉정하다는 점에서는 시장에게 결코 뒤지지 않았기 때문이다.

트리카스의 손짓에 따라—이 존경할 만한 남자는 한 음절도 발음할 수가 없었다—빗장이 뒤로 밀려나고 문이 열렸다.

파소프 보안관이 대기실로 뛰어들었다. 누가 그 모습을 보았다면 태풍이 닥쳐온 줄 알았을 것이다.

"무슨 일이세요, 보안관님?" 어떤 곤경에서도 허둥대지 않는 용감한 여성인 로체가 물었다.

"무슨 일이냐고?" 파소프가 대답했다. 그의 크고 둥근 눈은 진정한 흥분을 표현하고 있었다. 그 눈길이 시장과 고문을 일별했다. "문제는 내가 방금 옥스 박사한테 다녀왔다는 겁니다. 옥스 박사가 리셉션을 열고 있었는데, 거기서……."

"거기서?" 트리카스가 받았다.

"거기서 격렬한 언쟁을 목격했는데, 그건 마치…… 시장님, 그 사람들은 정치 이야기를 하고 있었습니다."

"정치라고?" 트리카스는 가발을 손가락으로 쓸어 올리면서 보안관의 말을 받았다.

"그렇습니다. 정치요!" 파소프 보안관은 다시 말을 이었다. "정치는 아마 100년 동안은 키캉돈에 존재하지 않았지요. 그러

"문제는 내가 방금 옥스 박사한테 다녀왔다는 겁니다."

다가 논쟁이 점점 가열되었고, 안드레 슈트 변호사와 도미니크 쿠스토스 의사가 미친 듯이 사나워졌으니까, 어쩌면 서로 결투를 신청할지도 모릅니다."

"서로 결투를 신청한다고?" 고문이 외쳤다. "결투! 결투! 키캉돈에서 결투라니! 그런데 슈트 변호사와 쿠스토스 의사는 무슨 말을 하던가?"

"그건 이렇습니다. 의사가 변호사한테 이렇게 말했지요. '변호사 양반, 당신은 말이 너무 지나친 것 같군요. 충분한 주의를 기울여서 말을 통제하지 않아요!'라고."

트리카스 시장은 두 손을 깍지 끼었고, 니클로스 고문은 얼굴이 창백해져서 초롱을 떨어뜨렸고, 파소프 보안관은 고개를 저었다. 도시의 주요 인물인 두 사람이 분명히 남을 화나게 하는 그런 도발적인 말을 하다니!

"그 쿠스토스 의사는 확실히 위험인물이야." 트리카스가 중얼거렸다. "경솔하고 무모한 녀석이라고! 둘 다 안으로 들어오게!"

이 말에 고문과 보안관은 시장을 따라 응접실로 들어갔다.

4

옥스 박사가 제1급 생리학자이자
대담한 실험자의 면모를 드러내다

그러면 옥스 박사라는 이상한 이름으로 알려진 이 인물은 누구인가?

확실히 특이한 인물이지만, 그와 동시에 대담한 석학이었고, 그의 저서가 유럽 전역의 학자들 사이에 널리 알려져 높은 평가를 받고 있는 생리학자였고, 데이비, 돌턴, 보스톡, 멘지, 고드윈, 비에로르트 같은 위대한 학자들—현대 과학에서 가장 높은 수준까지 생리학을 끌어올린 고결한 정신들—의 행복한 경쟁자였다.

옥스 박사는 체격도 중간, 키도 중간이었고, 나이는…… 하지만 그의 국적을 말할 수 없는 것처럼 그의 나이도 말할 수 없다. 게다가 그건 별로 중요하지 않다. 그가 충동적이고 성마르고 다혈질인 별난 인물, 호프만*의 책에서 빠져나온 듯한 괴짜, 키캉돈의 선량한 주민들과는 유쾌할 만큼 대조적인 인물이었다고만 말해두자. 그는 자기 자신과 자기 학설에 대해 확고한 자신감을 갖고 있었다. 항상 미소를 띠고 있고, 고개를 꼿꼿이 들고 어깨를 젖힌 채 활달하게 걸어 다니고, 흔들리지 않는 시선과 크게 열린 콧구멍, 한 번에 많은 공기를 들이마시는 커다란 입을 가진 그의 외모는 결코 불쾌하지 않았다. 그는 활기에 가득 차 있었고, 신체 기관의 모든 부위가 균형 잡혀 있었고, 활발한 기질과 경쾌한 걸음걸이를 갖고 있었다. 그는 절대로 한곳에 가만히 서 있지 못했고, 성급한 말과 지나치게 풍부한 몸짓으로 긴장을

---

* E.T.A. 호프만(1776~1822): 독일 낭만주의의 대표 작가. 환상적인 작품 세계로 유명하다.

풀었다.

그러면 옥스 박사는 자비로 키캉돈 시 전체를 환하게 밝히는 일을 떠맡을 만큼 부자였을까? 그런 엉뚱한 사업에 전념할 수 있는 걸 보면 아마 부자였을 것이다. 그리고 우리가 이 무분별한 질문에 줄 수 있는 대답은 이것뿐이다.

옥스 박사는 다섯 달 전에 기드온 이젠이라는 이름의 조수를 데리고 키캉돈에 왔다. 이젠은 키가 크고 비쩍 마르고 오만했지만, 주인 못지않게 활발했다.

그리고 다음으로, 옥스 박사는 왜 자비로 도시를 밝히겠다고 제의했을까? 왜 하고많은 플랑드르 사람들 중에서 하필이면 평화를 사랑하는 유순한 키캉돈 사람들을 골라, 전례가 없는 조명 체계의 혜택을 이 도시에 주려는 것일까? 이런 혜택을 구실 삼아 혹시 모종의 중요한 생리학 실험을 하려는 속셈은 아닐까? 요컨대 이 유별난 인물은 무슨 꿍꿍이속을 가지고 있는 것일까? 우리는 모른다. 옥스 박사는 조수인 이젠 외에는 가까운 친구가 전혀 없었고, 게다가 이젠은 주인에게 맹목적으로 복종했기 때문이다.

옥스 박사는 적어도 표면적으로는 도시를 환하게 밝히기로 동의했다. 키캉돈은 조명을 필요로 했고, 파소프 보안관이 재치 있게 말했듯이 '특히 야간에는' 그 필요성이 더욱 높아졌다. 그에 따라 조명용 가스를 생산하기 위한 공장이 세워졌다. 가스탱크는 언제든지 쓸 수 있도록 준비되었고, 포장도로 아래를 달리는 가스관은 이제 곧 공공건물과 진보적인 인사들이 거주하는 개인 주택에 가스버너의 형태로 나타날 것이다. 트리카스와 니클로스, 그리고 그 밖에 몇몇 명사들은 공적인 자격으로 이 근대식 조명이 그들의 집에 들어가는 것을 허락해야 했다.

독자들도 잊지 않았다면 기억하겠지만, 고문과 시장이 긴 대화를 나누는 동안 도시의 조명은 석탄을 증류하여 생산하는 흔한 탄화수소를 연소시키는 방법이 아니라, 수소와 산소를 섞어서 만드는 더 근대적이고 스무 배나 밝은 산수소 가스를 사용하는 방법으로 이루어져야 한다는 말이 나왔다.

독창적인 생리학자일 뿐만 아니라 유능한 화학자이기도 했던 옥스 박사는 테시에 뒤 모테* 씨의 방식에 따라 소다의 망간산염을 사용하지 않고, 새로운 성분으로 이루어진 배터리를 직접 발명하여 그것으로 약간 신맛이 나는 물을 직접 분해하는 과정에 의해 양질의 산수소 가스를 대량으로 얻는 방법을 알고 있었다. 따라서 비싼 재료도, 백금도, 증류기도, 가연성 물질도, 두 가지 가스를 따로따로 생산하기 위한 정밀기계도 필요 없었다.

물이 가득 든 거대한 수조에 전류를 보내면 액체는 두 구성요소인 산소와 수소로 분해되었다. 산소는 한쪽 끝에서 나왔고, 조금 전까지 자기와 화합물을 이루었던 산소보다 부피가 두 배나 큰 수소는 다른 쪽 끝에서 나왔다. 수소와 산소의 혼합물이 점화되면 무서운 폭발을 일으킬 테니까, 꼭 필요한 예방 조치로 산소와 수소는 별개의 가스통에 모였다. 거기서 도관이 두 가지

---

* 테시에 뒤 모테(1818~1880): 프랑스의 화학자.

가스를 따로따로 여러 버너에 보내도록 되어 있었다. 버너는 폭발 가능성을 모두 방지하도록 배치될 것이다. 그러면 놀랄 만큼 환한 불꽃을 얻을 수 있고, 그 빛은 전깃불과 맞먹을 것이다. 누구나 알고 있듯이, 카셀만의 실험에 따르면 전깃불의 밝기는 더도 덜도 아닌 1171개의 촛불과 같다.

키캉돈 시가 이 진보적인 계획 덕분에 훌륭한 조명을 마련하게 될 것은 확실했다. 그런데 나중에 보게 되겠지만, 옥스 박사와 그의 조수는 여기에 거의 주의를 기울이지 않았다.

파소프 보안관이 시장의 응접실에 소란스럽게 들어온 이튿날, 기드온 이젠과 옥스 박사는 둘이 함께 쓰고 있는 가스 공장 본관 일 층의 연구실에서 이야기를 나누고 있었다.

"이봐, 기드온." 박사가 두 손을 맞비비면서 외쳤다. "어제 리셉션에서 키캉돈 사람들이 얼마나 냉담하게 굴었는지, 자네도 보았지? 생기라는 점에서 보면 그들은 해면과 산호의 중간쯤에 있어! 그들이 목소리와 몸짓으로 서로 다투고 상대를 화나게 하는 것도 보았지? 그 사람들은 정신적으로나 육체적으로 이미 변형됐어! 그런데 이건 시작일 뿐이야. 우리가 그 사람들한테 큰 것 한 방 먹일 때까지 기다려!"

"정말입니다, 박사님." 이젠은 뾰족한 코를 집게손가락 끝으로 긁으면서 대답했다. "실험은 잘 시작되었고, 제가 신중하게 공급 마개를 닫지 않았다면 무슨 일이 일어났을지 몰라요."

"슈트 변호사와 쿠스토스 의사 이야기 들었나?" 옥스 박사가 다시 말을 이었다. "그 말 자체는 결코 심술궂은 게 아니었지만,

키캉돈 사람이 말하면 호메로스*의 책에 나오는 영웅들이 칼을 빼들기 전에 서로에게 퍼붓는 욕설을 모두 합친 것과 맞먹어. 아아, 이 플랑드르 사람들! 언젠가 우리가 무슨 짓을 할지, 자네도 알게 될 거야!"

"우리는 그들을 배은망덕한 인간으로 만들어버리겠죠." 이젠은 인류를 정확하게 평가하는 사람의 어조로 대답했다.

"흥! 우리 실험이 성공하기만 한다면, 그들이 우리를 좋게 생각하든 나쁘게 생각하든 무슨 상관이야?"

"게다가……" 조수는 심술궂은 표정으로 미소를 지으며 대답했다. "우리가 이 존경할 만한 키캉돈 사람들의 호흡기에 그런 흥분을 불러일으켜도 그들의 폐를 손상시킬 염려는 없겠죠?"

"그 사람들한테는 오히려 그게 안된 일이지! 그건 과학을 위한 일이야. 개나 개구리가 생체 해부 실험에 도움이 되기를 거부하면, 자네는 뭐라고 하겠나?"

개와 개구리한테 의논하면 아마 반대 의견을 제출하겠지만, 옥스 박사가 만족스러운 한숨을 크게 내쉰 것을 보면 그는 자기가 아무도 반박할 수 없는 주장을 했다고 생각한 게 분명했다.

"결국 박사님이 옳습니다." 이젠은 확신하는 것처럼 대답했다. "우리 실험에 이 키캉돈 사람들보다 더 적합한 대상은 만날 수 없었을 거예요."

"그래―만날 수―없었겠지." 박사는 말을 한 마디씩 끊어서

---

* 고대 그리스의 시인. 서사시 〈일리아스〉와 〈오디세이〉의 작자로 알려져 있다.

"그건 과학을 위한 일이야."

천천히 말했다.

"그 사람들의 맥을 짚어보셨나요?"

"수백 번 짚어봤지."

"평균 맥박은 어느 정도였습니까?"

"분당 50번도 안 돼. 키캉돈은 한 세기 동안 어떤 논쟁도 없었던 도시야. 짐마차의 마부들도 욕 한 마디 하지 않고, 역마차의 마부들도 서로 욕하지 않고, 말들은 사납게 달아나지 않고, 개들은 짖지 않고, 고양이들은 할퀴지 않는 도시—재판소가 1년 내내 할 일이 없는 도시—사람들이 어떤 것에 대해서도, 예술에 대해서도 사업에 대해서도 열성을 쏟을 줄 모르는 도시—100년 동안 기소장이나 고발장이 한 통도 작성되지 않은 도시—요컨대 300년 동안 아무도 주먹으로 남을 때리거나 서로 따귀를 때린 적조차 없는 도시지! 이런 상태는 오래 계속될 수 없어. 우리는 그것을 완전히 바꾸어야 돼."

"완전히! 완전히!" 열광적인 조수가 외쳤다. "그럼 이 도시의 공기를 분석하셨나요?"

"나는 그 일을 게을리 한 적이 없어. 질소가 79, 산소가 21, 그리고 다양한 분량의 탄산과 수증기가 섞여 있지. 이건 통상적인 비율이야."

"좋습니다, 박사님! 좋아요!" 이젠이 대답했다. "실험은 대규모로 이루어질 테고, 결정적일 겁니다."

"그리고 그게 결정적이라면……" 옥스 박사는 의기양양하게 덧붙였다. "우리는 세계를 개혁할 수 있을 거야!"

5

시장과 고문이 옥스 박사를 방문한 결과

 니클로스 고문과 트리카스 시장은 흥분한 상태로 하룻밤을 보내는 것이 어떤 것인가를 마침내 알았다. 옥스 박사의 집에서 일어난 중대한 사건은 실제로 그들을 밤새 잠들지 못하게 했다. 이 사건은 어떤 결과를 초래할 운명이었을까? 그들은 상상도 할 수 없었다. 그들이 결정을 내릴 필요가 있을까? 시 당국이 할 수 없이 개입해야 할까? 그렇게 엄청난 스캔들이 되풀이되지 않도록 체포 명령을 내려야 할까? 이 모든 의문은 그 온화한 사람들을 괴롭히지 않을 수 없었다. 그날 저녁, 헤어지기 전에 두 명사는 이튿날 다시 만나기로 '결정'했다.

 이튿날 아침, 그리고 점심 전에 트리카스 시장이 직접 니클로스 고문의 집으로 갔다. 그는 친구가 전날보다 조금 차분해진 것을 보았다. 그 자신도 평정을 되찾고 있었다.

 "새 소식은 없나?" 트리카스가 물었다.

 "어제 이후로 새로운 소식은 없어." 니클로스가 대답했다.

 "도미니크 쿠스토스 의사는?"

 "의사 소식도, 안드레 슈트 변호사 소식도 전혀 못 들었어."

 되풀이할 필요가 없는 위의 세 가지 소견으로 이루어진 대화가 한 시간 동안 계속된 뒤, 고문과 시장은 옥스 박사를 찾아가서 겉으로 내색하지 않고 사건의 세부를 알아내기로 결정했다.

 이런 결정에 도달한 뒤 두 사람은 평소의 습관과는 반대로 즉

시 그 결정을 실행에 옮기기 시작했다. 그들은 집을 나와서 교외의 오우데나르데 성문—탑이 금방이라도 무너질 것 같은—근처에 있는 옥스 박사의 연구소로 향했다.

그들은 느리고 엄숙한 걸음으로 나란히 걸었다. 그 느린 걸음은 그들을 1초에 33센티미터밖에 전진시키지 않았다. 사실은 이것이 키캉돈 사람들의 보통 걸음이었다. 키캉돈 사람들이 기억하는 한, 이 도시에서 도로를 뛰어서 건너는 사람을 본 적은 한 번도 없었다.

두 명사는 이따금 행인들과 인사를 나누기 위해 평온한 교차로나 조용한 도로 끝에 멈춰 서곤 했다.

"시장님, 안녕하세요?" 행인 하나가 말했다.

"자네도?" 트리카스가 대답했다.

"고문님, 별일 없으시죠?" 또 다른 행인이 물었다.

"그럭저럭." 니클로스가 대답했다.

하지만 흥분한 동작과 묻는 듯한 표정으로 보아, 전날 저녁의 말다툼은 도시 전체에 알려진 게 분명했다. 키캉돈 주민 가운데 가장 우둔한 사람조차도 트리카스가 가고 있는 방향을 보면, 시장이 뭔가 중요한 조치를 취하려 하고 있다는 것을 짐작할 수 있었다. 쿠스토스와 슈트의 말다툼은 어디서나 화제가 되었지만, 아직 사람들은 어느 한쪽을 편드는 단계까지는 오지 않았다. 요컨대 변호사와 의사는 둘 다 존경할 만한 인물이었다. 변호사와 집행관이 전통 속에만 존재하는 도시에서 슈트 변호사는 법정에서 변호할 기회가 한 번도 없었고, 따라서 소송에 패

옥스 박사의 환상 217

한 적도 없었다. 쿠스토스 의사로 말할 것 같으면, 그는 존경할 만한 개업의였고, 동료 의사들의 본보기에 따라 죽은 사람의 질병을 제외하고는 자기 환자들의 병을 모두 치료했다. 그것은 어느 나라에서 개업하든 모든 의사들이 불행히도 얻을 수밖에 없는 습성이다.

오우데나르데 성문에 도착하자 고문과 시장은 탑이 무너질 경우 그 '낙하 범위'를 지나가지 않도록 신중하게 길을 조금 우회한 다음, 돌아서서 조심스럽게 탑을 쳐다보았다.

"금세라도 무너질 것 같군." 트리카스가 말했다.

"내 생각도 그래." 니클로스가 대답했다.

"버팀목을 대주지 않으면 무너지고 말 거야." 트리카스가 덧붙였다. "하지만 버팀목을 대주어야 할까? 그게 문제야."

"그게—정말로—문제야."

잠시 후 그들은 가스 공장 정문에 도착했다.

"옥스 박사를 만나러 왔소."

키캉돈 시의 최고 권력자들은 언제든 항상 옥스 박사를 만날 수 있었다. 그들은 당장 그 유명한 생리학자의 서재로 안내되었다.

아마 두 명사는 적어도 한 시간은 박사를 기다렸을 것이다. 어쨌든 그렇게 생각하는 것이 합리적이다. 시장이 상당한 초조감을 드러냈고(이것은 그의 평생에 한 번도 없었던 일이다), 그의 친구도 짜증이 나는 것을 면치 못했기 때문이다.

마침내 옥스 박사가 들어와서 그들을 기다리게 한 것을 사과하기 시작했다. 하지만 그는 가스탱크 설계도를 승인해야 했고, 기계 몇 개를 조정해야 했다. 하지만 만사가 잘 돌아가고 있었다! 산소용 가스관은 이미 깔렸다. 몇 달 안에 도시는 환하게 밝혀질 것이다. 두 명사는 지금도 연구실에 설치된 가스관의 구멍들을 볼 수 있었다.

이어서 박사는 시장과 고문이 여기까지 찾아온 용건이 뭐냐고 정중하게 물었다.

"당신을 만나러 왔을 뿐이오. 당신을 만나러." 트리카스가 대답했다. "우리가 만난 지도 꽤 오래되었잖소. 우리는 이 아름다운 키캉돈 시에서는 좀처럼 집 밖에 나가지 않아요. 우리는 발걸음을 헤아리고 보행 거리를 재면서 천천히 다니지요. 우리의 한결같은 습관을 어지럽히는 게 없으면 우리는 행복하오."

니클로스는 친구를 바라보았다. 트리카스는 말을 한 번에 그렇게 많이 한 적이 없었다. 적어도 시간을 많이 들이지 않고, 그리고 문장과 문장 사이에 긴 간격을 두지 않고 연달아 몇 문장을 말한 적은 없었다. 그에게는 트리카스가 상당히 유창하게 자신을 표현한 것처럼 보였다. 이것은 그에게 결코 흔한 일이 아니었다. 니클로스 자신도 말을 하고 싶은 욕망이 꿈틀거리는 것을 느꼈다.

옥스 박사는 교활한 눈으로 주의 깊게 시장을 바라보았다.

커다란 안락의자에 편안하게 자리를 잡고 앉을 때까지는 절대로 논의를 하지 않는 트리카스가 지금은 두 발로 서 있었다. 그의 기질과는 전혀 맞지 않는 어떤 신경성 흥분이 그를 사로잡았는지도 모른다. 그는 아직 몸짓을 하지는 않았지만, 그것 역시 시간문제였다. 고문은 두 다리를 문지르고, 천천히 길게 숨을 쉬고 있었다. 그의 표정은 조금씩 활기를 띠었고, 필요하다면 만난을 무릅쓰고 충실한 친구인 시장을 지원하기로 '결심'했다.

트리카스는 일어나서 몇 걸음 걸어갔다. 그런 다음 돌아와서 박사와 마주 섰다.

"당신 작업은 몇 달 뒤에 끝납니까?" 그는 약간 강한 어조로 물었다.

"서너 달이면 끝납니다, 시장님." 옥스 박사가 대답했다.

"서너 달? 그건 너무 길어요!" 트리카스가 말했다.

"너무 길어요!" 니클로스도 자리에 앉아 있지 못하고 일어나면서 덧붙였다.

"작업을 끝내려면 그 정도 시간은 필요합니다." 옥스 박사가 대답했다. "우리가 키캉돈에서 뽑아야 했던 노동자들은 일솜씨가 별로 빠르지 않습니다."

"얼마나 빠르지 않은가요?" 시장은 그 말을 불쾌하게 받아들인 듯, 그렇게 소리쳤다.

"빠르지 않아요." 옥스 박사도 고집스럽게 대답했다. "여기 노동자 열 명이 하는 일을 프랑스 노동자라면 혼자서 하루 만에 해치울 겁니다. 아시다시피 여기 사람들은 진정한 플랑드르인이죠!"

"플랑드르인?" 고문은 주먹을 움켜쥐면서 외쳤다. "그 말이 대체 무슨 뜻이오?"

"얼마나 빠르지 않은가요?"

"우호적인 뜻입니다." 옥스 박사는 미소를 지으면서 대답했다.

"아아, 하지만 박사님." 시장이 방을 오락가락하면서 말했다. "나는 이렇게 넌지시 암시하는 것을 좋아하지 않습니다. 키캉돈의 노동자들은 세계 어느 도시의 노동자 못지않게 능률적이라는 것을 박사님도 알아야 합니다. 그리고 우리는 본보기를 찾으러 파리나 런던에 가지는 않을 겁니다! 당신의 프로젝트에 관해서 말하면, 제발 실행을 서둘러주세요. 도로는 가스관을 매설하는 공사 때문에 파헤쳐진 채 포장도 되지 않았고, 그게 통행에 방해가 되고 있어요. 장사가 어려워질 테고, 나는 책임 있는 당국자로서 지극히 당연한 비난을 초래할 생각은 없습니다."

존경스러운 시장! 그는 장사와 교통에 대해 이야기했다. 그에게 전혀 익숙하지 않은 말들이 그의 입술을 태우지 않고 나온 것은 놀라웠다. 그의 마음속에서 도대체 무슨 일이 일어나고 있는 것일까?

"게다가……" 니클로스가 덧붙였다. "도시는 오랫동안 조명을 박탈당할 수 없어요."

"하지만……" 옥스 박사가 주장했다. "이 도시는 800년 내지 900년 동안 불을 밝히지 않고……"

"그래서 더욱 조명이 필요합니다." 시장은 제 말을 강조하며 대답했다. "시대가 변하면 풍습도 변하게 마련이지요. 세상은 진보하고 있어요. 우리는 뒤처지고 싶지 않습니다. 우리는 한 달 안에 우리 거리에 불이 켜지기를 바랍니다. 그러지 않으면 당신은 하루 늦어질 때마다 배상금을 내야 합니다. 어둠 속에서 무슨 소동이라도 일어나면 어떻게 되겠습니까?"

"그래요." 니클로스가 외쳤다. "플랑드르 사람을 흥분시키는 데에는 불꽃 하나만 있으면 충분합니다. 불꽃 하나만……."

"그 말을 듣고 생각이 났는데……" 시장이 친구의 말을 가로막았다. "우리 보안관인 파소프 씨가 어젯밤 당신네 응접실에서 논쟁이 벌어졌다고 보고하더군요. 그게 정치적 논쟁이었다고 하던데, 보안관의 판단이 틀렸습니까?"

"아닙니다, 시장님. 틀리지 않았습니다." 옥스 박사는 만족스러운 한숨을 간신히 억누르고 대답했다.

"그러니까 도미니크 쿠스토스와 안드레 슈트 사이에 말다툼이 일어났다는 말이죠?"

"예, 고문님. 하지만 둘 사이에 오간 말들은 별로 중요하지 않았습니다."

"중요하지 않다고요?" 시장이 외쳤다. "한 사람이 다른 사람한테 말의 효과는 생각지도 않고 함부로 말한다고 비난하는 게 중요하지 않다고요? 도대체 하느님은 당신을 어떤 재료로 만드신 거죠? 키캉돈에서는 그 정도의 말만으로도 파멸적인 결과를 초래할 수 있다는 걸 모르세요? 하지만 당신이나 다른 누군가가 나한테 감히 그렇게 말한다면……."

"나한테도." 니클로스가 덧붙였다.

위협적인 태도로 이렇게 말했을 때 두 명사는 팔짱을 끼고 격분한 태도로 옥스 박사와 대결했다. 옥스 박사가 몸짓이나 눈빛으로 반박하려는 의도를 보이기만 하면 그들은 당장 그에게 덤벼들어 폭력을 행사할 준비가 되어 있었다.

하지만 박사는 꿈쩍도 하지 않았다.

"어쨌든……" 시장이 다시 말을 이었다. "당신네 집에서 일어나는 일에는 당신이 책임을 지세요. 나는 이 도시의 평온을 지켜야 하고, 평온이 어지럽혀지는 것을 바라지 않습니다. 어젯밤의 사건이 되풀이되면 안 됩니다. 그런 일이 또 일어나면 나는 의무를 수행할 겁니다. 아시겠습니까?"

이 말을 할 때 시장은 이상한 흥분에 사로잡혀 성난 사람처럼 목소리를 높였다. 존경스러운 트리카스가 격분하여, 밖에서도 목소리를 들을 수 있을 만큼 소리를 지른 것이다. 마침내 흥분한 시장은 옥스 박사가 그의 도발에 응하지 않는 것을 보고 친구에게 말했다.

"가세, 니클로스."

그러고는 집이 흔들릴 만큼 난폭하게 문을 쾅 닫고, 시장은 친구를 끌고 걸어갔다.

존경스러운 두 명사는 길에서 스무 번째 걸음을 내딛자 조금씩 차분해졌다. 걷는 속도는 느려졌고, 걸음걸이는 차츰 안정을 되찾았다. 얼굴에 번졌던 홍조도 서서히 사라져, 진홍빛이었던 얼굴이 이제 장밋빛이 되었다. 가스 공장을 떠난 지 15분 뒤, 트리카스는 니클로스에게 조용히 말했다.

"옥스 박사는 온후한 사람이야. 그 사람을 만나는 건 항상 즐거워!"

6

프란츠 니클로스와 수젤 반 트리카스가 장래 계획을 세우다

시장에게 수젤이라는 딸이 있다는 것은 독자들도 알고 있다. 하지만 독자들이 아무리 날카로운 통찰력을 갖고 있다 해도 니클로스 고문에게 프란츠라는 아들이 있다는 것까지 알아차리지는 못했을 것이다. 설령 독자들이 이것을 알아차렸다 해도, 프란츠가 수젤과 결혼을 약속한 사이라는 것은 상상도 하지 못했을 것이다. 여기에 한마디 덧붙이면, 이 젊은이들은 서로를 위해 태어났고, 키캉돈 사람들이 사랑하는 방식으로 서로를 사랑했다.

이 예외적인 도시에서는 젊은 심장도 뛰지 않았을 거라고 생각하면 안 된다. 단지 좀 신중하게 뛰었을 뿐이다. 세계의 다른 모든 도시와 마찬가지로 키캉돈에도 결혼이 있었지만, 결혼하는 데 시간이 좀 걸렸다. 약혼한 남녀는 결혼이라는 끔찍한 굴레로 묶이기 전에 서로 상대를 연구하고 싶어 했다. 이 연구는 대학에서처럼 적어도 10년 동안은 계속되었다. 이 기간이 지나기 전에 누군가가 '받아들여지는' 일은 드물었다.

그렇다. 10년! 구애가 10년 동안 지속된다! 평생 묶이는 것이 문제일 때, 10년이라는 기간이 너무 긴가? 엔지니어나 의사, 변호사나 검사가 되기 위해서는 10년 동안 공부하면서, 좋은 남편이 되기 위한 지식을 얻는 데 그보다 적은 시간을 써야 할까? 그것은 합리적이지 않은가? 그들의 기질 때문이든 분별력 때문이든 키캉돈 사람들이 구애 기간을 그렇게 연장하는 것은 보기에 옳은 것 같다. 더 활기차고 자극적인 다른 도시에서 결혼이 두세 달 만에 이루어지는 것을 보면, 우리는 서둘러 우리 아들들을 키캉돈의 학교로 보내고 우리 딸들을 키캉돈의 기숙사로 보내야 한다.

2년의 구애 기간만 거친 뒤에 결혼한 사례는 반세기 동안 한 건밖에 알려지지 않았는데, 결국 그 결과는 좋지 않았다!

그때 프란츠 니클로스는 수젤 반 트리카스를 사랑했지만, 사랑하는 대상을 얻으려면 앞으로 10년을 기다려야 하는 남자답게 조용히 사랑했다. 일주일에 한 번, 약속한 시간에 프란츠는 수젤을 데리러 가서 함께 바르 강변을 산책했다. 그는 조심하기 위해 낚시 도구를 가져갔고, 수젤은 자수틀을 잊지 않았다. 그녀의 섬섬옥수는 세상에 있음직하지 않은 꽃들을 자수틀에 수놓았다.

프란츠는 스물두 살의 젊은이였고, 그의 볼은 복숭앗빛 솜털을 드러냈고, 그의 목소리는 겨우 한 옥타브의 음역밖에는 갖고 있지 않았다.

수젤은 금발과 장밋빛 살결을 갖고 있었다. 그녀는 열일곱 살이었고, 낚시를 싫어하지는 않았다. 하지만 돌잉어와 능란하게 싸워야 하는 낚시질은 그녀에게 기묘한 소일거리로 여겨졌다. 반면에 프란츠는 낚시를 좋아했다. 그 소일거리는 그의 기질에도 맞았다. 그는 수면 위에서 까딱거리는 코르크 부표를 약간 꿈꾸는 듯한 눈으로 참을성 있게 지켜보며 만족할 줄 알았고,

기다리는 법을 알았다. 그가 여섯 시간 동안 앉아 있으면, 조심성 많은 돌잉어가 그를 딱하게 여긴 나머지 마침내 낚시에 걸려주기로 마음먹었고, 그러면 그는 행복했다. 하지만 그는 감정을 억제하는 법을 알고 있었다.

이날 두 연인(두 약혼자라고 말할 수도 있을 것이다)은 풀이 우거진 강둑 위에 앉아 있었다. 맑고 깨끗한 바르 강이 몇 미터 밑에서 속삭였다. 수젤은 자수틀을 가로질러 조용히 바늘을 잡아당겼다. 프란츠는 자동적으로 낚싯줄을 왼쪽으로 오른쪽으로 가져갔다. 그런 다음 낚싯줄이 강물의 흐름을 따라 오른쪽에서 왼쪽으로 내려가도록 내버려두었다. 물고기는 물속에서 변덕스러운 고리를 만들었다. 낚싯바늘이 바닥 근처에 쓸데없이 늘어져 있는 동안, 물고기가 만드는 고리는 코르크 부표 주위에서 서로 엇갈렸다.

이따금 프란츠는 눈도 들지 않고 중얼거리곤 했다.

"입질이 온 것 같아, 수젤."

"그래요?" 그녀는 잠시 일감을 놓고 연인의 낚싯줄을 진지한 눈으로 좇으면서 대답했다.

"아, 아니야." 프란츠가 다시 말을 이었다. "살짝 당기는 느낌을 받았는데, 내가 잘못 생각했어."

"입질이 올 거예요, 프란츠." 수젤은 순수하고 부드러운 목소리로 대답했다. "하지만 제때에 낚아채는 것을 잊지 마세요. 당신은 항상 몇 초가 늦고, 돌잉어는 그 틈을 이용해서 도망쳐버리니까요."

"낚싯줄 좀 잡아주겠어?"

"그래요."

"자수틀은 이리 줘. 나도 수예 솜씨를 발휘해볼 테니까."

소녀는 떨리는 손으로 낚싯줄을 잡았고, 그녀의 연인은 자수바늘을 바쁘게 움직였다. 몇 시간 동안 그들은 그렇게 부드러운 말을 나누었고, 코르크 부표가 수면 위에서 까딱거리면 그들의 가슴도 두근거렸다. 아아, 그들이 나란히 앉아서 강물의 속삭임을 들었던 그 매력적인 시간을 잊을 수 있을까?

태양은 서쪽 지평선으로 빠르게 다가가고 있었다.

수젤과 프란츠의 기술에도 불구하고 입질은 전혀 없었다. 돌잉어들은 자기만족에 빠진 모습을 보여주지 않았고, 너무 공정해서 물고기한테 적개심이나 원한도 품지 못하는 두 연인을 비웃는 것 같았다.

"다음에는 운이 더 좋을 거예요." 젊은 낚시꾼이 입질 한번 맛보지 못한 낚싯바늘을 끌어올리자, 수젤이 말했다.

"그러기를 바라야지." 프란츠가 대답했다.

그 후 그들은 나란히 걸어서, 한 마디도 나누지 않고 그들 앞에 뻗어 있는 그림자처럼 말없이 집으로 향했다. 석양의 비스듬한 햇살 아래에서 수젤의 키는 아주 많이 커졌다. 프란츠는 그가 손에 쥐고 있는 기다란 낚싯대처럼 아주 많이 여위어 보였다.

그들은 시장 저택에 도착했다. 초록빛 풀이 빛나는 포장도로 옆에 무성하게 나 있었다. 풀은 행인들이 내는 소음을 누그러뜨렸기 때문에, 풀을 뽑아버릴 생각은 아무도 하지 않았을 것이다.

소녀는 떨리는 손으로 낚싯줄을 잡았고……

그들이 막 현관문을 열려고 했을 때, 프란츠는 수젤에게 말하는 것이 의무라고 생각했다.

"수젤, 중요한 날이 다가오고 있는 건 알고 있지?"

"정말 그래요, 프란츠." 소녀는 눈을 내리깔고 대답했다.

"그래, 5년이나 6년 뒤에."

"잘 가요, 프란츠."

"잘 있어, 수젤."

그리고 문이 닫힌 뒤 젊은이는 차분하고 한결같은 걸음으로 자기네 집을 향해 걸어갔다.

7

안단테가 알레그로가 되고, 알레그로가 비바체가 되다

슈트와 쿠스토스 사건이 일으킨 흥분은 가라앉았다. 이 사건은 어떤 심각한 결과도 낳지 않았다. 키캉돈은 이 예기치 않은 사건이 도시를 잠시 어지럽히기 전 평소의 냉담하고 무관심한 상태로 돌아간 것 같았다.

그러는 동안에도 산수소 가스를 시내의 주요 건물로 보낼 도관을 매설하는 공사는 빠른 속도로 진행되고 있었다. 도관의 본선과 지선은 포장도로 밑에서 차츰 뻗어나가고 있었다. 하지만 가스버너는 아직 부족했다. 버너를 만들려면 정밀한 기술이 필

"잘 있어, 수젤."

요했고, 그래서 버너는 외국에서 만들어졌기 때문이다.

옥스 박사는 여기저기 어디에나 있었다. 박사나 그의 조수 이젠은 한순간도 낭비하지 않았고, 노동자들을 재촉하여 가스탱크의 정교한 장치를 완성했고, 강력한 전류의 힘으로 물을 분해하는 거대한 전지에 밤낮으로 물과 전류를 공급했다. 그렇다. 가스관 매설 공사는 아직 끝나지 않았지만 박사는 이미 가스를 만들고 있었다. 우리끼리의 이야기지만, 이 사실은 좀 이상하게 여겨졌을지도 모른다. 하지만 오래지 않아―적어도 그러기를 바랄 만한 이유는 있었다―옥스 박사는 시내 극장에서 자신이 발명한 눈부신 빛을 처음으로 밝힐 것이다.

키캉돈에는 극장이 하나 있었기 때문이다. 정말로 멋진 건물이었고, 내부와 외부의 꾸밈은 모든 건축 양식을 결합한 것이었다. 비잔틴 양식, 로마 양식, 고딕 양식, 르네상스 양식에, 반원형 출입문, 뾰족한 창문, 화려한 장미창, 환상적인 종탑―한마디로 말해서 파르테논*과 파리의 그랑 카페를 반반씩 섞어놓은 듯한 온갖 양식의 표본이었다. 사실 이것은 놀라운 일도 아니었다. 이 극장은 루드비히 반 트리카스 시장 시절인 1175년에 착공되어 나탈리스 반 트리카스 시장 시절인 1837년에야 겨우 완공되었기 때문이다. 극장을 짓는 데 무려 700년이 걸렸고, 그동안 각 시대에 유행한 건축 양식에 연속적으로 순응해온 것이다.

---

* 그리스 아테네의 아크로폴리스 언덕에 있는 신전. 고대 아테네의 주신인 아테나이 파르테노스를 모신 신전으로, 기원전 5세기에 세워진 대표적인 도리스 양식 건축물이다.

하지만 그럼에도 불구하고 그것은 참으로 인상적인 건물이었다. 로마 양식의 기둥들과 비잔틴 양식의 아치는 산수소 가스를 이용한 조명의 혜택을 받을 것 같았다.

키캉돈 극장에서는 모든 것이 공연되었지만, 오페라와 희가극이 특히 많은 성원을 받았다. 하지만 음악의 '박자'가 완전히 바뀌었기 때문에, 그 음악을 만든 작곡가들도 자기 작품을 알아듣지 못했을 것이다.

요컨대 키캉돈에서는 아무것도 서둘러 이루어지지 않았기 때문에, 극적인 작품들은 키캉돈 사람들의 독특한 기질과 조화를 이루어야 했다. 극장 문은 규칙적으로 4시에 열리고 10시에 닫혔지만, 그 여섯 시간 동안 두 막 이상이 상연된 적은 한 번도 없었다. 마이어베어*의 〈악마 로베르〉와 〈위그노교도들〉, 로시니†의 〈빌헬름 텔〉을 상연하는 데에는 사흘이 걸렸다. 이런 걸작들은 그만큼 느리게 연주되었다. 키캉돈 극장에서는 '비바체' (아주 빠르게)가 '아다지오'(느리게)처럼 느려졌다. '알레그로'(빠르고 경쾌하게)는 정말로 '길게 잡아 늘어졌다.' 32분음표는 다른 나라의 보통 온음표와 거의 같았다. 가장 빠른 '룰라드'‡도 키캉돈 사람들의 취향에 따라 연주되면 엄숙한 성가처럼 느려졌다.

---

* 자코모 마이어베어(1791~1864): 독일의 오페라 작곡가. 〈위그노교도들〉은 5막으로 된 오페라이며, 성 바르톨로메오 축일의 학살(프랑스의 가톨릭교도들이 개신교도의 영향을 없애기 위해 1572년 수천 명의 위그노교도들을 학살한 사건)을 다루고 있다. 1836년 파리에서 초연되었다.
† 조아키노 로시니(1792~1868): 이탈리아의 오페라 작곡가.
‡ 두 개의 주요 선율 사이에 삽입되는 빠른 연속음으로 된 장식음.

가장 경쾌한 '트릴'*도 애호가들의 귀에 충격을 주지 않도록 느려지고 규칙적이 되었다. 한 예를 들면 피가로가 〈세비야의 이발사〉† 제1막에서 등장할 때 부르는 빠른 노래는 무려 58분 동안 이어졌고, 그때 배우는 특히 열심이었다.

당연히 상상할 수 있는 일이지만, 외국에서 온 연주자들도 키캉돈 방식에 순응할 수밖에 없었다. 하지만 보수가 많았기 때문에 불평하지 않았고, 알레그로에서도 1분에 기껏해야 여덟 번밖에 움직이지 않는 지휘봉에 기꺼이 따랐다.

하지만 키캉돈의 청중을 매혹시킨 이 예술가들은 얼마나 열렬한 박수갈채를 받았는지 모른다. 참을 수 있을 만큼 긴 막간에는 모든 사람이 잇따라 차례로 박수를 쳤다. 신문들은 그것을 '광란의 갈채'라고 묘사했고, 그런 열광적인 갈채에도 공연장 지붕이 무너지지 않은 것은 12세기에 이 극장을 지을 때 회반죽과 석재를 아낌없이 쓴 덕분이라고 말하기도 했다.

게다가 극장에서는 이 열광적인 플랑드르 사람들을 지나치게 흥분시키지 않도록 일주일에 한 번만 공연이 이루어졌다. 그래서 배우들은 자기 역할을 좀 더 철저히 연구할 수 있었고, 관객들은 공연된 걸작의 아름다움을 한가할 때 좀 더 충분히 음미할 수 있었다.

---

* 어떤 음을 연장하기 위해 그 음과 2도 높은 음을 교대로 빨리 연주하여 물결 모양의 음을 내는 장식음.
† 로시니가 작곡한 2막 오페라. 1816년 로마에서 초연되었다.

키캉돈에서 상연되는 극예술은 오래전부터 그러했다. 외국의 예술가들은 다른 곳에서 힘들게 일한 뒤 쉬고 싶으면 키캉돈의 연출가와 계약하는 버릇이 있었다. 어떤 것도 이 뿌리 깊은 관습을 바꿀 수는 없을 것 같았다. 그런데 슈트와 쿠스토스 사건이 일어난 지 보름 뒤, 예기치 않은 사건이 일어나 키캉돈 주민들을 새로운 흥분으로 몰아넣었다.

오페라가 상연되는 날인 토요일이었다. 충분히 상상할 수 있겠지만 아직은 새 조명 설비를 공개할 작정이 아니었다. 그럴 예정은 전혀 없었다. 가스관은 이미 공연장까지 들어와 있었지만, 위에서 말한 이유 때문에 버너는 아직 설치되지 않았고, 그래서 아직은 촛불이 극장을 가득 메운 관객들에게 부드러운 빛을 던지고 있었다. 1시에 문이 열려서 관객을 받아들였고, 3시에는 공연장이 절반쯤 찼다. 한때는 밖에 줄이 생겼고, 생테르뉘프 광장 끝에 있는 조세 리프링크의 약국 앞까지 줄이 늘어나기도 했다. 이런 열성은 보기 드물게 매력적인 공연이라는 표시였다.

"오늘 저녁에 극장에 갈 텐가?" 그날 아침 고문이 시장에게 물었다.

"반드시 갈 거야." 트리카스가 대답했다. "그리고 아내와 딸애와 누이도 데려갈 거야. 모두 좋은 음악에 푹 빠져 있으니까."

"그럼 수젤 양도 가는군?"

"물론이지."

"그럼 내 아들 프란츠가 극장에 맨 먼저 도착하겠군." 니클로스가 말했다.

"프란츠는 씩씩한 젊은이야." 시장이 점잔을 빼면서 딱딱하게 대답했다. "하지만 성미가 너무 급해! 조심할 필요가 있을 거야!"

"그 녀석은 사랑에 빠져 있어. 자네의 매력적인 딸 수젤을 사랑하고 있지."

"그래, 니클로스. 프란츠는 수젤과 결혼할 거야. 우리는 이 결혼에 이미 합의했는데, 프란츠는 더 이상 뭘 바랄 수 있지?"

"그 아이는 아무것도 바라지 않아. 하지만, 아니, 그 이야기는 하지 않겠네. 어쨌든 프란츠는 매표소에서 마지막으로 표를 사진 않을 거야."

"아, 쾌활하고 열정적인 젊음!" 시장은 자신의 과거를 회상하면서 대답했다. "우리도 그랬지! 우리도 사랑을 했었어! 우리도 한창 때는 여자들 비위를 맞추었지! 그럼 오늘 밤에 만나요, 하면서! 그런데 자네는 이 피오바란티가 위대한 예술가라는 걸 알고 있나? 그 사람은 우리에게 대단한 환영을 받았지! 그 사람은 키캉돈의 박수갈채를 오랫동안 잊지 못할 거야!"

테너 피오바란티가 정말로 노래를 부를 예정이었다. 그는 음악의 대가로서의 재능, 완벽한 창법, 아름다운 목소리로 키캉돈의 음악 애호가들을 열광시켰다.

3주 동안 피오바란티는 〈위그노교도들〉에서 화려한 성공을 거두고 있었다. 키캉돈 사람들의 취향에 따라 해석된 제1막은 그 달 첫째 주의 하룻밤을 통째로 차지했다. 둘째 주의 또 하룻

피오바란티는 〈위그노교도들〉에서 화려한 성공을 거두고 있었다.

밤은 무한한 안단테의 연속으로 공연 시간이 연장되었고, 그 유명한 가수는 정말 대단한 박수갈채를 받았다. 마이어베어의 걸작 오페라〈위그노교도들〉제3막에서 그의 성공은 더욱 두드러졌다. 하지만 지금 피오바란티는 오늘 저녁 그의 노래를 듣고 싶어 애태우는 대중 앞에서 상연될 제4막에 출연할 예정이었다. 아아, 라울과 발랑틴의 2중창, 두 목소리를 위한 애절한 연가, '크레셴도'(점점 세게)와 '스트링겐도'(점점 빠르게)와 '피우 크레셴도'(더 세게)로 가득 찬 그 노래—이 모든 것을 그는 천천히, 간결하게, 끝없이 노래했다! 아아, 얼마나 즐거운 일인가!

4시에 공연장은 가득 찼다. 칸막이가 되어 있는 특등석, 오케스트라석, 무대 바로 앞의 일층석도 넘쳐흘렀다. 일층 정면의 일등석에는 트리카스 시장과 그의 딸 트리카스 양, 아내인 트리카스 부인과 초록색 보닛을 쓴 상냥한 타타네망스가 앉았다. 거기서 그리 멀지 않은 곳에 니클로스 고문과 그의 가족이 있었는데, 사랑에 빠진 프란츠도 거기에 있었던 것은 물론이다. 쿠스토스 의사네 가족과 슈트 변호사네 가족, 수석판사인 오노레 생탁스의 가족, 보험회사 간부인 노르베 송트망, 독일 음악에 열중해 있고 그 자신도 아마추어 음악가인 은행가 콜라에르트, 학교 교장인 제롬 레시, 그리고 파소프 보안관, 그 밖에 독자들의 인내심을 건드리지 않고는 여기에 다 열거할 수 없는 수많은 명사들을 극장 여기저기서 볼 수 있었다.

막이 오르기를 기다리는 동안 말없이 앉아서 신문을 읽거나, 낮은 소리로 옆사람과 속삭이거나, 천천히 소리도 내지 않고 자기 자리로 이동하거나, 맨 위층 관람석의 매혹적인 미인들에게 수줍은 눈길을 던지는 것이 키캉돈 사람들의 관례였다.

하지만 이날 저녁에는 막이 오르기도 전에 객석에 이상한 활기가 도는 것을 알아차린 구경꾼이 있었을지도 모른다. 지금까지 한 번도 침착성을 잃어본 적이 없는 사람들이 침착성을 잃고 들떠 있었다. 여자들의 부채는 비정상적으로 빠르게 펄럭거렸다. 모두 특별히 자극적인 힘을 가진 공기를 들이마시고 있는 것 같았다. 모두 평소보다 더 거리낌 없이 숨을 쉬었다. 어떤 사람의 눈은 특이하게 밝아져서, 극장 전체에 더 환한 빛을 던지고 있는 촛불과 맞먹는 빛을 발산하는 것 같았다. 촛불의 수는 늘어나지 않았지만 사람들이 주위를 더 또렷이 본 것은 분명했다. 아아, 옥스 박사의 실험이 이루어지고 있었다면! 하지만 그 실험은 아직 이루어지고 있지 않았다.

오케스트라의 연주자들이 마침내 자리를 잡았다. 제1바이올린이 악보대로 가서 동료들에게 '라'음을 조율해 보였다. 현악기와 관악기, 드럼과 심벌즈가 모두 화음을 이루었다. 지휘자는 종소리가 첫 마딧줄을 치기만 기다렸다.

종소리가 울린다. 제4막이 시작된다. 막간의 '알레그로 아파시오나토'(빠르게 열정적으로)는 여느 때처럼 장엄하고 신중하게 연주된다. 이 연주를 들으면 작곡가인 마이어베어는 미친 듯이 날뛰었겠지만, 키캉돈의 음악 애호가들은 그 장엄함을 높이 평가했다.

하지만 곧 지휘자는 자기가 더 이상 연주자들을 통제할 수 없다는 것을 감지했다. 평소에는 한없이 순종적이고 차분했던 연주자들이었건만 지금은 제어하기가 어려웠다. 관악기는 박자를 서두르는 경향을 드러냈고, 그래서 단호하게 억제할 필요가 있었다. 그러지 않으면 현악기를 계속 앞지르곤 했기 때문이다. 이것은 음악적 관점에서 보면 재앙이었을 것이다. 바순 연주자는 약제사인 조세 리프링크의 아들로서 본데 있게 자란 젊은이였는데, 완전히 자제력을 잃은 것 같았다.

그러는 동안 발랑틴이 서창인 '나는 혼자예요'를 부르기 시작하지만, 그녀도 그것을 서두른다.

지휘자와 모든 연주자들은 거의 무의식적으로 그녀의 '칸타빌레'(노래하듯이)를 따라간다. 여기는 원래 8분의12 박자로 천천히 연주되어야 할 대목이다. 심지어 라울이 무대 뒤쪽에 있는 문에 나타날 때, 발랑틴이 그에게 다가가는 순간부터 그녀가 옆방으로 몸을 숨기는 순간까지 15분이 채 걸리지 않는다. 전에는 키캉돈 극장의 전통에 따라 37개의 마딧줄로 이루어진 이 서창은 정확히 37분 동안 지속되는 것이 관례였다.

생브리, 느베르, 카반, 그리고 가톨릭 귀족들이 좀 성급하게 무대에 나타난다. 작곡가는 악보에 '알레그로 폼포소'(빠르고 장중하게)라고 표시했다. 오케스트라와 귀족들은 정말로 빠르게 행진하지만 전혀 장중하지는 않다. 그리고 음모와 비수에 축복을 내리는 유명한 장면에서 합창을 할 때 그들은 더 이상 '알레그로'로 노래하라는 지시를 따르지 않는다. 가수와 연주자들은 성급하게 돌진한다. 지휘자는 이제 그들을 제어하려는 시도조차 하지 않는다. 대중도 항의하지 않는다. 반대로 사람들은 빠른 박자에 도취하고 열중하는 자신을 발견한다. 그리고 그 박자가 제 영혼의 충동과 일치함을 깨닫는다.

점점 커지는 골칫거리인 사악한 무리로부터
우리 함께 나라를 구하시렵니까?

그들은 약속하고 맹세한다. 느베르는 항의할 시간도 거의 없고, "그의 조상들 가운데 군인은 많았지만 암살자는 한 명도 없었다"고 노래할 시간도 거의 없다. 그는 체포된다. 경찰과 시의원들이 앞으로 달려나와 "당장 일망타진하겠다"고 빠르게 맹세한다. 생브리는 가톨릭교도들에게 복수를 요구하는 서창을 외친다. 세 명의 수도사가 하얀 장식띠를 담은 바구니를 들고 '천천히 나아가라'는 무대 지시를 완전히 무시한 채 느베르의 방 뒤쪽에 있는 문에서 서둘러 들어온다. 음모자들은 이미 검이나 비수를 빼들었고, 세 명의 수도사가 거기에 축복을 내린다. 소프라노와 테너와 베이스들은 분노의 외침과 함께 '알레그로 푸리오소'(빠르고 격렬하게)로 연주되는 악구를 공격하고, 오페라의 극적인 8분의6 박자를 카드릴 춤곡의 8분의6 박자로 만들어 버린다. 그런 다음 고함을 지르며 밖으로 뛰쳐나간다.

한밤중에, 소리도 없이!
하느님의 뜻으로!

그래, 한밤중에!

이 순간 관객들은 벌떡 일어난다. 모두 흥분해 있다—특등석도, 일층석도, 위층 관람석도. 구경꾼들이 무대 위로 돌진하려는 것 같다. 트리카스 시장을 선두로 모두 무대에 올라가 음모자들과 합세하여 위그노교도들을 몰살하려는 것 같다. 하지만 그들은 위그노교도들과 같은 종교적 견해를 갖고 있다. 그들은 박수를 치고 앞에서 환호하고 큰 소리로 갈채를 보낸다! 타타네망스는 열에 들뜬 듯한 손으로 보닛을 움켜잡는다. 수많은 촛불들이 현란한 빛을 던진다.

라울은 막을 천천히 올리는 대신, 당당한 몸짓으로 막을 찢고 발랑틴과 마주 선다.

마침내! 그것은 장엄한 이중창이다. 노래는 '알레그로 비바체'로 시작된다. 라울은 발랑틴의 변명을 기다리지 않고, 발랑틴은 라울의 반응을 기다리지 않는다.

위험은 지나가고 있다
시간은 날듯이 지나간다……

이렇게 시작되는 아름다운 구절은 오펜바흐*를 유명하게 만

---

* 자크 오펜바흐(1819~1880): 독일 태생의 프랑스 작곡가. 〈호프만의 이야기〉, 〈천국과 지옥〉 등 100여 편의 희가극을 작곡했다.

든 음모자들의 춤곡처럼 빠른 가락으로 변한다.

그대는 말했지.
그래, 당신은 나를 사랑해.

'안단테 아모로소'(천천히 다정하게)인 이 구절은 '비바체 푸리오소'(빠르고 격렬하게)로 변하고, 바이올린과 첼로는 작곡가의 악보에 지시된 대로 가수 목소리의 억양을 흉내내는 것을 그만둔다. 라울은 헛되이 외친다.

계속 말해주오.
내 영혼의 형언할 수 없는 잠을 연장시켜주오.

그러나 발랑틴은 연장할 수 없다. 익숙지 않은 불이 그녀를 삼켜버린 것이 분명하다. 그녀의 '시'음과 '도'음은 악보의 지시 이상으로 심하게 떨린다. 라울은 몸부림치고, 격렬한 몸짓과 함께 온몸이 빨갛게 달아오른다.

경종 소리가 들린다. 종소리가 울려 퍼진다. 하지만 얼마나 헐떡거리는 종소리인가! 종을 울리는 사람이 자제력을 잃은 게 분명하다. 그것은 오케스트라의 분노와 맹렬히 맞서 싸우는 무서운 경보다.

마침내 이 장엄한 막의 마지막 곡이 시작된다.

더 이상 사랑은 없다.

더 이상 도취도 없다.

오, 나를 짓누르는 회한이여!

작곡가가 '알레그로 콘모토'(빠르고 발랄하게)라고 표시해놓은 이 부분은 미친 듯이 빠른 '프레스티시모'(아주 빠르게)가 된다. 급행열차가 질주하는 소리라고 말할 수도 있다. 다시 경종이 울려 퍼진다. 발랑틴은 기절하여 쓰러진다. 라울은 창문에서 뛰어내린다.

막이 내릴 시간이다. 정말로 도취된 오케스트라는 연주를 계속할 수 없었을 것이다. 지휘자의 지휘봉은 이제 프롬프터 박스 위에 놓인 부러진 막대기에 불과하다. 바이올린의 현은 끊어지고 목은 뒤틀린다. 드럼 연주자는 격분하여 자기 북을 찢었다. 콘트라베이스 연주자는 괴물 같은 제 악기 위에 올라앉았다. 제1클라리넷 연주자는 제 악기의 리드를 삼켜버렸고, 제2오보에 연주자는 리드키를 씹고 있다. 트롬본의 슬라이드는 뒤틀렸고, 마지막으로 불행한 호른 연주자는 제 악기의 종처럼 생긴 입구에 손을 너무 깊이 집어넣어서 손을 뺄 수 없다.

그리고 관객들! 완전히 흥분한 관객들은 숨을 헐떡거리며 격렬한 몸짓으로 아우성을 친다. 몸 안에서 불이 타고 있는 것처럼 모든 얼굴이 벌겋다. 그들은 서로 밀치락달치락 떠밀면서 밖으로 나가려고 서두른다. 남자들은 모자도 쓰지 않았고 여자들은 망토도 걸치지 않았다! 그들은 통로에서 팔꿈치로 사람들을

그들은 통로에서 팔꿈치로 사람들을 밀어제치고……

밀어제치고, 문 사이에서 붐비는 사람들 틈에 끼여 짜부라지고, 말다툼을 하고 싸운다! 더 이상 관리도, 시장도 없다. 이 지옥의 광란 속에서는 모두 평등하다!

잠시 후 모두 거리로 나가자 그들은 저마다 평소의 평정을 되찾고, 방금 경험한 것에 대한 혼란스러운 기억을 안은 채 평화롭게 집으로 돌아간다.

〈위그노교도들〉 제4막이 전에는 여섯 시간 동안 계속되었지만, 이날은 오후 4시 반에 시작하여 5시 12분 전에 끝났다. 요컨대 18분밖에 걸리지 않았던 것이다!

8

고풍스럽고 엄숙한 독일 왈츠가 회오리로 변하다

극장을 떠난 뒤에는 관객들이 평상시의 차분함을 되찾았고, 일종의 덧없는 도취 상태를 마음에 간직한 채 조용히 집으로 돌아갔지만, 그럼에도 불구하고 그들은 놀랄 만한 흥분을 경험했고, 너무 방탕하게 유흥을 즐기기라도 한 것처럼 벅차고 기진맥진하여 침대에 털썩 쓰러졌다.

이튿날 키캉돈 사람들은 저마다 전날 저녁에 일어났던 일을 생각나게 하는 손실을 한 가지씩 확인했다. 어떤 남자는 소란 속에서 모자를 잃어버렸고, 또 어떤 남자는 말다툼을 하다가 코트 깃이 찢어졌다. 어떤 여자는 고급 구두를 잃어버렸고, 또 어떤 여자는 제일 아끼는 망토를 잃어버렸다. 이 훌륭한 시민들에게 기억이 돌아왔고, 그 기억과 함께, 어떤 말로도 변명할 수 없는 흥분에 대한 부끄러움이 찾아왔다. 그들에게는 무의식중에 자기가 진탕 마시고 떠드는 방탕한 잔치의 주인공이 된 것처럼 여겨졌다. 그들은 거기에 대해 말하지 않았고, 생각하고 싶지도 않았다. 하지만 키캉돈 시내에서 가장 놀란 사람은 트리카스 시장이었다.

이튿날 아침, 잠에서 깨어났을 때 그는 가발을 찾을 수 없었다. 하녀인 로체가 구석구석까지 다 찾아보았지만 소용이 없었다. 가발은 전쟁터에 남아 있었다. 포고꾼*인 장 미스트롤을 시켜서 가발을 보란 듯이 찾아오는 것은 어떨까?—아니, 그건 좋지 않아. 그는 키캉돈의 최고 행정관이라는 명예를 갖고 있었기 때문에 그런 식으로 자기가 한 짓을 널리 알리기보다는 차라리 가발을 잃는 편이 나았다.

존경스러운 트리카스는 멍든 몸과 무거운 머리, 백태가 낀 혀와 불타는 듯한 가슴으로 이불 속에 누워서 이런 생각을 하고 있었다. 일어나고 싶은 마음이 전혀 없었다. 반대로 그의 뇌는 활발하게 돌아가고 있어서, 아마 지난 40년 동안 활동한 것을 전부 합친 것보다 오늘 아침에 활동한 양이 더 많았을 것이다. 존경스러운 시장은 오페라 공연 때 일어난 이해할 수 없는 사건들을 모두 생각해냈다. 그는 그 사건들을 그 직전에 옥스 박사의 리셉션에서 일어난 사건들과 결부지었다. 그는 두 사건에서

---

* 관청의 포고 사항을 외치고 다니는 관리.

키캉돈의 가장 존경스러운 시민들에게 일어난 기묘한 흥분 상태의 원인을 찾아내려고 애썼다.

'도대체 무슨 일이 벌어지고 있는 걸까?' 그는 자문했다. '이 평화로운 도시 키캉돈을 어떤 경망스러운 정령이 사로잡은 것일까? 우리는 미쳐가고 있는 걸까? 그래서 이 도시를 거대한 정신병원으로 만들어야 하나? 어제 우리는 모두 거기에 있었으니까. 명사들, 고문들, 판사들, 변호사들, 의사들, 교장들, 아니, 우리 모두가 이 격렬하고 어리석은 발작에 시달렸어. 하지만 그 악마 같은 음악 속에 무엇이 있었지? 그건 설명할 수 없어! 하지만 나는 분명 나를 그런 상태로 몰아넣을 수 있는 음식은 먹지도 마시지도 않았어. 그래, 내가 어제 점심때 먹은 건 충분히 익힌 송아지 고기 한 토막, 설탕을 친 시금치 몇 숟가락, 달걀, 그리고 맥주 조금과 물뿐이었어. 그걸 마시고 취했을 리는 없어! 아니야! 내가 설명할 수 없는 무언가가 있어. 그리고 어쨌든 나는 시민들의 행동을 책임지고 있으니까, 조사를 좀 해봐야겠군.'

하지만 시의회에서 하기로 의결된 조사는 아무 성과도 거두지 못했다. 사실들은 명확했지만, 머리 좋은 행정관들도 원인을 알아내지 못했다. 게다가 대중의 마음에는 평온이 돌아왔고, 평온과 함께 극장에서 일어난 이상한 사건에 대한 건망증도 찾아왔다. 신문들은 거기에 대해 언급하기를 꺼렸고, 〈키캉돈 메모리얼〉지에 실린 공연 기사에는 관객 전체를 도취 상태에 빠뜨린 현상에 대해 한 줄도 나와 있지 않았다.

한편 도시는 평소의 냉정함을 되찾고 겉으로는 여전한 플랑드르가 되었지만, 사람들의 성격과 기질이 조금씩 변하는 것을 관찰할 수 있었다. 사람들은 의사인 도미니크 쿠스토스와 함께 "그들의 신경이 영향을 받았다"고 말할 수 있었을 것이다.

설명해보자. 의심할 여지가 없는 이 변화는 어떤 조건 아래에서만 일어났다. 키캉돈 사람들은 거리를 지나갈 때 또는 광장이나 바르 강을 따라 걸을 때는 전처럼 언제나 냉정하고 꼼꼼한 사람들이었다. 집에 있을 때도 마찬가지였다. 어떤 사람들은 손으로 일하고 또 어떤 사람들은 머리로 일했지만, 이 사람들은 여전히 아무 일도 하지 않았고 저 사람들은 아무 생각도 하지 않았다. 그들의 사생활은 전처럼 조용하고 무기력해져서, 무위 그 자체였다. 말다툼도 하지 않고, 가족끼리 시시한 일로 다투지도 않고, 심장 박동이 빨라지지도 않고, 뇌가 흥분하는 일도 없었다. 그들의 평균 맥박수는 전처럼 분당 쉰 번 내지 쉰두 번에 머물러 있었다.

하지만 당시의 가장 똑똑한 생리학자들이 그 좋은 머리를 아무리 쥐어짜도 해결하지 못했을 만큼 기묘하고 불가해한 현상이 일어난 것은 확실했다. 키캉돈 주민들의 가정생활에는 아무런 변화가 없었다 해도 시민 생활은 눈에 띄게 달라졌고, 당연히 인간관계에도 변화가 일어났다.

그들이 공공건물에 모이면 '일이 잘 돌아가지 않는다'고 파소프 보안관은 표현했다. 거래소에서도, 시청에서도, 아카데미의 강당에서도, 시의회 회의뿐만 아니라 석학들의 친목회에서도 야릇한 흥분이 그 자리에 모인 시민들을 사로잡았다. 그들이 모인 지 한 시간도 지나기 전에 그들의 상호관계는 곤혹스러워졌고, 두 시간 뒤에는 토론이 논쟁으로 변질되었다. 머리는 뜨거워졌고 인신공격이 오갔다. 교회에서도 신자들은 슈타벨 목사의 설교에 묵묵히 귀를 기울일 수 없었다. 목사는 설교단에서 손을 마구 휘두르고, 평소 때보다 훨씬 엄격하게 신자들을 나무라고 훈계했다. 마침내 이런 상황은 쿠스토스와 슈트 사이에 일어난 말다툼보다 더 중대한 다툼을 초래했는데, 이런 다툼이 당국의 개입을 요하는 사태로까지 번지지 않은 것은 당사자들이 집으로 돌아간 뒤에 차분함을 되찾고 다투었던 일을 모두 잊어버렸기 때문이다.

자기 마음속에서 벌어지는 일을 전혀 인식하지 못하는 그들은 이 기묘함을 알아차리지 못했다. 키캉돈에서 오직 한 사람, 시의회가 30년 동안이나 폐지를 고려해온 자리에 앉아 있는 미카엘 파소프 보안관만이 개인 주택에는 존재하지 않는 이 흥분이 공공건물에서는 당장 모습을 드러낸다는 사실에 주목했다. 이 전염병이 가족들이 살고 있는 집에서 발생하면, 그리고 유행병—이것이 그가 사용한 낱말이었다—이 도시의 거리를 통해 확산되면 어떻게 될까 하고 생각하자 그는 좀 불안해졌다. 그러면 사람들은 더 이상 모욕을 잊지도 않을 것이고, 더 이상 평온도 없을 것이고, 광란 상태에 막간도 없을 것이다. 흥분만 끊임없이 계속되면, 필연적으로 키캉돈 사람들은 서로 충돌할 것이다.

'그러면 어떻게 될까?' 파소프 보안관은 공포에 사로잡혀 자문했다. '흥분하여 미쳐 날뛰는 그 야만인들을 어떻게 체포할 수 있을까? 그 격렬한 기질을 어떻게 억제하지? 내 자리는 더 이상 한직이 아닐 테니, 시의회는 내 봉급을 두 배로 올려주어야 할 거야. 공공질서를 어지럽혔다는 이유로 시의회가 나를 체포하지 않는다면!'

지극히 합리적인 이런 두려움이 실현되기 시작했다. 전염병은 거래소와 극장, 교회와 시청, 아카데미와 시장에서 개인 주택으로 퍼졌다. 그 끔찍한 〈위그노교도들〉이 상연된 뒤 보름도 채 지나기 전이었다.

전염병의 첫 징후는 은행가인 콜라에르트의 집에서 나타났다.

이 부유한 인사는 키캉돈의 명사들을 초대하여 댄스파티를 열었다. 그는 몇 달 전에 3만 프랑의 공채를 발행했는데, 벌써 그 4분의 3을 팔았다. 이 성공을 축하하기 위해 그는 자택 응접실을 개방하고 동료 시민들을 위해 파티를 연 것이다.

플랑드르 사람들의 파티가 평화롭고 무해하다는 것은 누구나 알고 있었다. 파티에서 가장 많은 비용이 드는 것은 대개 맥주와 시럽이었다. 사람들은 날씨와 농작물의 상태, 정원의 상태, 꽃 가꾸기, 특히 튤립 가꾸기에 대해 대화를 나누고, 이따금 미뉴에트*처럼 느리고 절도 있는 춤을 췄다. 때로는 왈츠도 추지만, 그 왈츠는 1분에 한 바퀴 반을 돌고 팔을 최대한 뻗어서 파트너를 안는 독일식 왈츠였다. 키캉돈의 귀족적인 상류층 사람

---

* 미뉴에트: 4분의3 또는 8분의3 박자의 우아하고 약간 빠른 춤. 왈츠: 3박자의 경쾌한 춤. 폴카: 4분의2 박자의 경쾌한 춤. 지그: 8분의3 박자 또는 8분의6 박자의 빠른 춤. 갤럽: 4분의2 박자의 경쾌한 춤.

들이 참석하는 무도회의 진행 방식은 대개 그러했다. 또 폴카가 네 박자로 바뀐 뒤 그 방식에 익숙해지려고 애썼지만, 춤추는 사람들은 곡조가 아무리 느려도 항상 오케스트라보다 뒤처졌고 그래서 포기할 수밖에 없었다.

선남선녀들이 정직하고 절도 있는 즐거움을 누리는 이런 평화로운 사교 모임에서는 심술궂은 성격이 폭발한 적이 한 번도 없었다. 그런데 왜 이날 저녁에 은행가 콜라에르트의 집에서는 시럽이 독한 포도주로, 거품 이는 샴페인으로, 몸을 후끈 달아오르게 하는 펀치*로 바뀐 것 같았을까? 파티가 절반쯤 진행되었을 때, 왜 신비로운 도취가 손님들을 사로잡은 것일까? 왜 미뉴에트가 빠르고 경쾌한 춤인 지그로 바뀌었을까? 오케스트라는 왜 연주를 서둘렀을까? 왜 촛불은 극장에서처럼 이례적으로 눈부시게 타올랐을까? 어떤 전류가 은행가의 응접실에 침입했을까? 남녀가 서로 그렇게 몸을 밀착시키고 그렇게 발작적으로 손을 깍지 끼어, 평소에는 그렇게 장중하고 그렇게 엄숙하고 그렇게 당당하고 그렇게 품위있는 그 곡에서 '파트너가 없이 독무를 추는 남자들'이 그렇게 이상한 스텝으로 남의 눈에 띄는 일이 도대체 어떻게 일어났을까?

아아! 어떤 오이디푸스†가 이런 해결할 수 없는 의문에 대답

---

* 과일즙에 설탕·양주 따위를 섞은 음료.
† 그리스 신화에 나오는 테베의 왕 라이오스와 이오카스테의 아들. 부왕을 죽이고 생모와 결혼하게 되리라는 아폴론의 신탁 때문에 버려졌으나 결국 신탁대로 되자, 스스로 두 눈을 빼고 방랑하였다. 스핑크스의 수수께끼를 풀었다고 한다.

할 수 있었을까? 파티에 참석한 파소프 보안관은 폭풍이 다가오는 것을 분명히 알아차렸지만, 그것을 막을 수도 없었고 거기에서 달아날 수도 없었다. 그는 일종의 도취가 자신의 뇌 속에도 들어오고 있는 것을 느꼈다. 그의 신체 기능과 감정 능력이 모두 강해졌다. 그가 긴 단식을 방금 끝내기라도 한 것처럼 케이크나 파이 따위를 기세 좋게 먹어대고 요리를 게걸스럽게 먹어치우는 모습이 여러 번 목격되었다.

그러는 동안에도 파티는 계속 활기를 더해가고 있었다. 희미하게 윙윙거리는 긴 한숨 소리가 모든 가슴에서 새어 나왔다. 그들은 춤을 추었다. 정말로 춤을 추었다. 발들은 점점 더 광적으로 움직였고, 얼굴들은 실레노스*의 얼굴처럼 자줏빛이 되었다. 눈들은 석류석처럼 번득였다. 모든 사람의 흥분이 최고조에 이르렀다.

그리고 오케스트라가 〈마탄의 사수〉†의 왈츠곡을 요란하게 연주했을 때—그렇게 독일적이고 박자가 느린 이 왈츠곡을 연주자들이 거친 팔로 공격했을 때—아, 그것은 더 이상 왈츠가 아니라 잔인한 회오리였고, 현기증 나는 회전이었고, 메피스토펠레스‡ 같은 악마들이 횃불로 박자를 맞추며 이끌기에 적합한

---

* 그리스 신화에 나오는 산야의 요정. 수염이 더부룩한 노인인데, 때로는 말의 다리와 꼬리를 가진 모습으로 표현되기도 하며, 대개는 술에 취한 모습으로 그려진다.
† 독일의 작곡가 카를 폰 베버(1786~1826)가 작곡한 3막의 오페라.
‡ 독일의 파우스트 전설에 나오는 악마. 파우스트가 부와 권력을 얻는 대가로 그에게 영혼을 팔았으나 결국 신과의 대결에서 패하여 파우스트를 타락시키지 못한다.

그것은 더 이상 왈츠가 아니라 잔인한 회오리였고……

선회였다. 이어서 갤럽—그 지옥 같은 갤럽이 아무도 중단시키지 못한 채 한 시간 동안이나 지속되었다. 젊은 남녀들, 아버지와 어머니들, 나이도 체중도 다양한 남녀들이 모두 그 소용돌이에 휘말려 홀과 응접실과 대기실을 가로지르고 계단을 통해 호화 저택의 지하실에서 다락방까지 휩쓸고 다녔다. 뚱뚱한 은행가인 콜라에르트 씨와 그의 부인, 고문들과 행정관들, 수석판사와 니클로스, 그리고 트리카스 부인과 트리카스 시장, 파소프 보안관도 예외가 아니었다. 나중에 파소프 보안관은 그 무서운 저녁의 댄스파티에서 누가 파트너였는지도 기억하지 못했다.

하지만 그녀는 잊지 않았다! 그리고 그날 이후 그녀는 꿈속에서 열정적으로 그녀를 포옹하는 격렬한 보안관을 자주 보았다! 그리고 '그녀'는 바로 상냥한 타타네망스였다!

9

옥스 박사와 조수 이젠이 몇 마디 나누다

"어때?"

"모두 준비됐습니다. 가스관 매설 작업은 다 끝났습니다."

"드디어! 자, 그럼 이제 대규모로 대중에게 실험해보세!"

이 전설을 소재로 한 문학작품으로는 독일의 시인 괴테(1749~1832)가 쓴 희곡 〈파우스트〉가 유명하다.

10
도시 전체가 전염병에 감염되다

그 후 몇 달 동안 전염병은 가라앉기는커녕 더욱 확산되었다. 전염병은 개인 주택에서 거리로 퍼져 나갔다. 키캉돈 시는 이제 몰라보게 달라졌다.

이미 일어난 일보다 더 이상한 현상이 나타나기 시작했다. 동물계만이 아니라 식물계도 영향을 받게 된 것이다.

통상적인 추세에 따르면 전염병은 작용하는 대상이 특정되어 있다. 동물은 인간을 공격하는 전염병에 걸리지 않고, 식물은 동물을 공격하는 전염병에 걸리지 않는다. 말은 천연두에 걸린 적이 없고, 인간은 구제역에 걸리지 않고, 양은 감자역병에 시달리지 않는다. 하지만 키캉돈에서는 이제 모든 자연법칙이 뒤집힌 것 같았다. 시민들의 성격과 기질과 생각이 변했을 뿐만 아니라 가축들—개와 고양이, 말과 소, 노새와 염소—도 평소의 평형 상태가 달라진 것처럼 이 전염병의 영향을 받았다. 식물도 마찬가지로 기묘하게 변형되었다.

정원과 텃밭과 과수원에서는 아주 이상야릇한 징후가 나타났다. 덩굴식물은 전보다 더 대담하게 기어 올라갔고, 무더기로 더부룩하게 나는 식물은 전보다 더욱 더부룩해졌으며, 관목은 교목이 되었다. 곡물은 씨를 뿌리자마자 초록빛 싹이 돋아났고, 전에는 가장 좋은 환경에서도 아주 조금씩밖에 자라지 않았는데 지금은 같은 기간에 몇 센티미터씩 쑥쑥 자랐다. 아스파라

거스는 키가 몇 미터까지 자랐고, 아티초크는 멜론만 한 크기로 부풀었고, 멜론은 호박만 한 크기로, 호박은 호리병박만 한 크기로, 호리병박은 지름이 3미터 가까이나 되는 종탑의 종만 한 크기로 자랐다. 양배추는 덤불이 되었고 버섯은 우산 같았다.

과일도 채소에 뒤지지 않았다. 딸기 한 알을 두 사람이 먹어야 했고, 배 하나를 먹으려면 네 사람이 필요했다. 포도도 푸생*이 〈약속의 땅에서 가져온 포도〉라는 그림에서 그렇게 잘 묘사한 포도만큼 거대해졌다.

꽃도 마찬가지였다. 거대한 제비꽃은 공기 속에 강렬한 향기를 퍼뜨렸고, 커다란 장미는 화려한 색깔로 빛났고, 백합은 며칠 사이에 발을 들여놓을 수 없을 만큼 빽빽한 숲을 이루었다. 제라늄과 데이지, 동백나무, 철쭉이 정원의 산책길을 침범하여 서로 질식시킬 만큼 무성해졌다. 그리고 튤립―플랑드르 사람들에게 그토록 소중한 백합과 식물―은 열성적인 재배자들에게 어떤 감정을 불러일으켰을까? 존경스러운 비스트롬 씨는 어느 날 정원에서 거대한 괴물 같은 '툴리파 제스네리아나'를 보고 하마터면 뒤로 넘어질 뻔했다. 그 튤립의 컵은 울새 가족 전체의 보금자리가 되어 있었다.

모든 시민들이 이 진기한 현상을 보려고 몰려들어 그 튤립의 이름을 '툴리파 키캉도니아'로 바꾸었다.

---

* 니콜라 푸생(1594~1665): 프랑스의 화가. 고전주의의 대표적인 화가로, 종교와 신화를 주제로 한 풍경화를 많이 그렸다.

배 하나를 먹으려면 네 사람이 필요했다.

하지만 아아! 이 식물들, 이 과일들, 이 꽃들이 맨눈으로도 볼 수 있을 만큼 무럭무럭 자랐다면, 모든 채소가 거대한 크기로 자랐다면, 그것들의 화려한 색깔과 향기가 시각과 후각을 중독시켰다면, 그것들은 시드는 것도 대단히 빨랐다. 식물들이 빠르게 흡수한 공기는 그것들을 소모시켰고, 그것들은 곧 죽어서 색이 바래고 말라버렸다.

유명한 튤립의 운명도 마찬가지였다. 그 튤립은 이레 동안 화려하게 빛난 뒤 쇠약해져서 결국 쓰러져 죽고 말았다.

가축들도 집에서 기르는 개에서부터 우리에서 키우는 돼지에 이르기까지, 새장 속의 카나리아에서부터 뒷마당의 칠면조에 이르기까지 곧 같은 신세가 되었다. 미리 말해두자면, 평소에 이 짐승들은 주인 못지않게 침착하고 냉정했다. 개와 고양이는 생활방식이 동물적이라기보다 식물적이었다. 녀석들은 아무리 기뻐도 꼬리를 흔들지 않았고, 화가 나도 으르렁대지 않았다. 꼬리는 청동으로 만들어지기라도 한 것처럼 움직일 줄 몰랐다. 기억할 수도 없을 만큼 오래전부터 녀석들은 이빨로 물거나 발톱으로 할퀸 적이 없었다. 미친개는 그리핀*이나 묵시록에 나오는 짐승처럼 상상 속의 동물로 여겨졌다.

하지만 몇 달 동안 도대체 무슨 변화가 일어난 것일까? 지금 우리는 그중에서도 가장 사소한 사건들을 재현하려고 애쓰고

---

* 머리·앞발·날개는 독수리이고, 몸통·뒷발은 사자인 상상의 동물. 오리엔트가 기원으로, 건축이나 장식미술에서 많이 볼 수 있다.

있다! 개와 고양이가 이빨과 발톱을 드러내기 시작했다. 녀석들의 공격이 몇 번 되풀이된 뒤, 개와 고양이가 몇 번 처형되었다. 어떤 말이 이빨로 재갈을 물고 키캉돈의 거리를 달려가는 모습이 처음으로 목격되었다. 황소 한 마리가 뿔을 낮추고 제 무리에 속해 있는 다른 소를 맹렬히 공격하는 모습이 관찰되었다. 노새 한 마리가 생테르뉘프 광장에서 앞발을 들어 올리고 빙글빙글 돌면서 큰 소리로 우는 것이 목격되었다. 지금까지 어떤 노새도 그렇게 소리 높여 운 적이 없었다. 양이, 정말로 양이 제 살을 푸주한의 칼로부터 지키려고 용감하게 싸웠다.

광기에 사로잡힌 가축들로 말미암아 키캉돈의 거리가 위험해졌기 때문에, 트리카스 시장은 가축과 관련된 치안 규정을 새로 만들 수밖에 없었다.

하지만 아아! 동물들이 미쳤다면, 인간들도 그에 못지않았다. 어떤 연령의 사람도 이 재앙을 면치 못했다. 아기는 지금까지 그토록 키우기가 쉬웠는데, 곧 참을 수 없는 존재가 되었다. 판사인 오노레 생탁스는 어린 자녀에게 처음으로 회초리를 들 수밖에 없었다.

고등학교에서는 일종의 폭동이 일어났고, 사전은 교실에서 만만찮은 무기가 되었다. 학생들은 교실에 갇히는 것을 참으려 하지 않았고, 교사들마저 전염병에 걸려 지나친 숙제와 처벌로 남녀 학생들을 질리게 했다.

또 다른 기묘한 현상이 일어났다. 전에는 술을 거의 마시지 않고 생크림을 주식으로 삼았던 키캉돈 주민들이 이제는 과식과 과음을 일삼게 되었다. 그들이 평소에 먹는 식사는 이제 충분치 않았다. 모든 사람의 위가 바닥 모를 심연으로 바뀌었고, 이 심연을 채우려면 열심히 먹고 마셔야 했다. 키캉돈 시의 식품 소비량은 세 배로 늘어났다. 전에는 하루에 두 끼를 먹었던 그들이 이제는 여섯 끼를 먹었다. 많은 사람이 소화불량에 시달렸다. 니클로스 고문은 허기를 채울 수 없었고, 트리카스 시장은 갈증을 달랠 수 없어서 언제나 반쯤 술에 취한 상태에 머물러 있었다.

요컨대 가장 걱정스러운 징후들이 나날이 심해졌다. 술에 취한 사람들이 길거리에서 비틀거렸고, 이들은 지체 높은 시민들인 경우가 많았다.

의사인 도미니크 쿠스토스는 가슴앓이와 신경증 환자를 치료하느라 바빴다. 이것은 사람들의 신경이 얼마나 이상하게 흥분하고 얼마나 많은 자극을 받았는지를 보여주는 증거였다.

과거에는 텅 비어 있었지만 지금은 사람들로 북적거리는 키캉돈의 거리에서는 날마다 말다툼과 싸움이 일어났다. 아무도 더 이상 집 안에 머물러 있을 수 없었기 때문이다. 공공질서를 어지럽히는 사람들을 통제할 경찰대를 창설할 필요가 있었다. 시청 안에 구치소가 만들어졌고, 다루기 어려운 범법자들이 곧 밤낮으로 구치소를 가득 채우게 되었다. 파소프 보안관은 절망에 빠졌다.

어떤 결혼은 두 달이 채 지나기도 전에 성립되었다. 그런 일은 지금까지 한 번도 본 적이 없었다. 그렇다. 교사인 뤼프의 아들이 오귀스틴 드 로베르의 딸과 결혼했는데, 그것은 신랑이 신부에게 청혼한 지 겨우 57일 뒤였다!

옛날에는 몇 년 동안 확신을 갖지 못하고 망설이며 논의를 거듭했을 다른 결혼도 몇 건이나 결정되었다. 시장은 딸 수젤이 그의 손에서 벗어나고 있는 것을 감지했다.

사랑스러운 타타네망스는 과감하게 파소프 보안관에게 결혼 문제를 타진했다. 그녀에게는 이 결혼이 행복과 행운, 명예와 젊음의 모든 요소를 갖추고 있는 것으로 보였다.

마침내—혐오와 증오의 밑바닥에 도달하여—결투가 벌어졌다. 그렇다. 권총을 이용한 결투—일흔다섯 걸음 떨어진 곳에서 실탄을 쏘는 결투—였다. 그런데 결투를 벌인 사람은 누구였을까? 독자들은 아마 믿기지 않을 것이다.

그 두 사람은 니클로스 고문의 아들인 선량한 낚시꾼 프란츠와 부유한 은행가 콜라에르트의 아들인 시몬이었다.

그리고 이 결투의 원인은 다름 아닌 트리카스 시장의 딸이었다. 시몬은 자기가 수젤에 대한 열정에 사로잡힌 것을 알았고, 그녀에 대한 권리를 주장하는 뻔뻔한 경쟁자에게 그녀를 양보하기를 거부했다.

11
키창돈 사람들이 영웅적인 결의안을 채택하다

우리는 키창돈 사람들이 얼마나 비참한 상태로 전락했는지를 보았다. 그들의 머리는 동요하고 있었다. 그들은 이제 더 이상 자신을 알거나 인식하지 못했다. 가장 평화로운 시민들이 싸움을 좋아하게 되었다. 그들을 곁눈질로 흘겨보기라도 했다가는 당장에 도전장을 받게 될 것이다. 어떤 사람들은 콧수염을 길렀고, 그들 가운데 가장 호전적인 몇 사람은 콧수염의 양끝을 말아 올렸다.

그들의 상태가 이러했기 때문에 도시 행정과 질서 유지는 어려운 일이 되었다. 정부는 그런 상태에 적합하게 조직되어 있지 않았기 때문이다. 시장—그렇게 침착하고 그렇게 둔감하고, 어떤 결정에도 이르지 못하는 모습을 우리에게 보여준 그 존경스러운 트리카스 시장—은 이제 까다롭고 고집불통인 독불장군이 되었다. 그의 집에서는 그의 날카로운 목소리가 울려 퍼졌다. 그는 하루에 스무 가지씩 결정을 내렸고, 부하들을 꾸짖고, 행정 법규를 직접 집행했다.

아, 얼마나 큰 변화인가! 편안하고 조용한 시장 저택, 그 훌륭한 플랑드르풍 주택—과거의 평온함은 어디로 가버렸는가? 지금은 부부 싸움이 끊이지 않았다. 가정 경제에는 무슨 일이 일어난 것일까? 트리카스 부인은 심술궂고 변덕스럽고 거칠어졌다. 그녀의 남편은 이따금 아내보다 더 큰 소리로 말하여 아내의 목소리를 압도하는 데 성공했지만, 아내를 침묵시킬 수는 없었다. 모든 것이 이 존경스러운 부인의 까다로운 심기를 자극했다. 아무것도 잘 돌아가지 않았다. 하인들은 계속 그녀의 기분을 상하게 했고, 시누이인 타타네망스도 그녀 못지않게 성미가 급해서 그녀에게 가시 돋친 목소리로 대답했다. 게다가 훌륭한 집안은 모두 그렇듯이, 트리카스 씨도 당연히 하녀인 로체를 편들었다. 그리고 이것이 언제나 부인을 화나게 했다. 그녀는 끊임없이 남편과 말다툼을 하고 논쟁을 벌이고 소란을 피웠다.

"도대체 우리가 어찌된 거지? 문제가 뭐야?" 불행한 시장이 외쳤다. "우리를 집어삼키고 있는 이 불은 뭐냐고? 우리가 악마한테 사로잡혔나? 아아, 트리카스 부인, 결국 당신은 나를 당신보다 먼저 죽게 해서 집안의 전통을 깨뜨릴 거요!"

독자들은 이 집안의 이상한 관습을 기억하고 있을 것이다. 관습에 따르면 트리카스 씨는 대가 끊어지지 않도록 홀아비가 되어 다시 결혼하도록 되어 있었다.

한편 모든 사람의 이런 정신 상태는 주목할 만한 또 다른 묘한 결과를 낳았다. 우리는 지금까지 이 흥분의 원인을 알지 못했지만, 이 흥분은 예기치 않은 생리적 변화를 일으켰다. 지금까지 미처 알아차리지 못한 재능이 드러났다. 전에는 평범했던 예술가들이 새로운 능력을 보여주었고, 정치인과 작가들이 속출했다. 연설가들은 아무리 격렬한 토론도 충분히 감당할 수 있다는 것을 보여주었고, 모든 문제에서 언제든 흥분할 준비가 되어 있는 청중을 흥분시켰다. 이런 움직임은 시의회에서 대중 집회로 퍼져갔고, 급기야는 키캉돈에 정치 결사가 결성되었다. 〈키캉돈의 경중〉, 〈중도 키캉돈〉, 〈급진 키캉돈〉을 비롯하여 격렬한 논조로 글을 쓰는 20개 신문이 중요한 문제들을 제기했다.

하지만 무엇에 대해서? 당신은 그렇게 물을 것이다. 모든 것에 대해서, 그리고 아무것도 아닌 일에 대해서, 지금 무너져 내리고 있어서 어떤 사람은 아예 허물어버리기를 원하고 또 다른 사람들은 버팀목을 대기를 원하는 오우데나르데 성탑에 대해서, 완고한 시민들이 저항할 우려가 있는 시의회의 치안 규정 발표에 대해서, 도랑 청소와 하수도 수리 등에 대해서……. 격분한 연설가들은 도시의 내부 행정만 공격하지도 않았다. 그들은 흐름을 타고 더 멀리까지 나아가서 동료 시민들을 전쟁의 위험 속으로 밀어 넣으려고 했다.

키캉돈은 800년 내지 900년 동안 가장 질 좋은 전쟁 씨앗을 품고 있었다. 하지만 성물처럼 소중하게 간직해온 전쟁 씨앗은 결국에는 활력을 잃어서 쓸모가 없게 될 가능성도 있는 것 같았다.

그런데 그 전쟁 씨앗에 불이 붙어 이런 일이 일어났다.

플랑드르의 이 아늑한 구석에 있는 키캉돈이 비르가멘이라는 작은 도시 옆에 있다는 것은 널리 알려져 있지 않다. 두 도시의 영토는 서로 이웃해 있다.

보두앵 백작이 십자군 전쟁에 참전하러 떠나기 전인 1195년에 비르가멘의 암소 한 마리—시민의 개인 소유가 아니라 공유재산이라는 점에 주목할 것—가 대담하게도 키캉돈 영토에 있는 목초지로 풀을 뜯으러 왔다. 이 불운한 짐승은 풀을 겨우 세 입 뜯어 먹었을 뿐이지만, 그로 말미암아 위법 행위, 불법 행위, 범죄 행위—무엇이든 당신 마음대로 불러도 좋다—는 이미 저질러졌고, 그래서 정식으로 기소되었다. 그 당시 치안판사들은 어떻게 기록해야 할지를 이미 알기 시작했기 때문이다.

"적절한 때에 복수하고 말 거야." 현재 시장의 32번째 전임자인 나탈리스 반 트리카스는 간단히 말했다. "그리고 비르가멘 사람들은 기다려도 전혀 잃을 게 없을 거야."

비르가멘 사람들은 사전 경고를 받았다. 그들은 분명 시간이 흐르면 위법 행위에 대한 기억도 희미해질 거라고 생각하면서 기다렸다. 그리고 정말로 수백 년 동안 그들은 이웃인 키캉돈 사람들과 사이좋게 지냈다.

하지만 그들은 중요한 점을 빠뜨렸다. 아니, 키캉돈 사람들의 성격을 근본적으로 바꾸어 잠자고 있던 복수심을 깨운 그 이상한 전염병을 고려하지 않았던 것이다.

호전적인 연설가 슈트가 청중에게 느닷없이 그 문제를 꺼내어, 그런 경우에 사용되는 표현과 은유로 그들을 선동한 것은 몬스트를레 가의 클럽에서였다. 그는 그 위법 행위와 그것이 키캉돈에 끼친 손해를 상기시키고, '자신의 권리를 지키는 데 신경을 쓰는' 나라라면 그런 위법 행위를 선례로 인정하면 안 된다고 말했다. 그는 그때 받은 모욕이 아직도 존재하고 있고 상처에서는 여전히 피가 흐르고 있다는 것을 보여주었다. 그는 비르가멘 사람들의 머리 흔드는 독특한 버릇에 대해서도 이야기했는데, 그것은 비르가멘 사람들이 키캉돈 사람들을 얼마나 경멸하고 있는가를 보여주는 증거라고 주장했다. 그는 지난 수백 년 동안 이 치명적인 모욕을 무의식중에 지지해온 동료 시민들에게 호소했다. 그는 실질적인 배상을 받는 것 외의 다른 목적을 가지면 안 된다고, '오랜 역사를 가진 도시의 자식들'에게 명령했다. 그리고 마지막으로 그는 '국민의 모든 활력'에 호소했다.

키캉돈 사람들에게 처음 듣는 이 말이 얼마나 열광적으로 받아들여졌는지를 짐작할 수는 있지만, 말로 다 표현할 수는 없을 것이다. 청중은 모두 일어나서 두 팔을 뻗으며 큰 소리로 전쟁을 요구했다. 슈트 변호사는 지금까지 한 번도 그런 성공을 거둔 적이 없었다. 그가 적잖은 승리를 거둔 것은 인정해야 한다.

시장과 고문을 비롯하여 이 기억할 만한 모임에 참석한 명사들이 대중의 흥분에 저항하려 해도 소용이 없었을 것이다. 게다가 그들은 그렇게 하고 싶은 마음도 전혀 없었고, 다른 사람들보다 더 큰 소리는 아니라 해도 그에 못지않게 큰 소리로 외쳤다.

"전선으로! 전선으로!"

전선은 키캉돈 성벽에서 3킬로미터밖에 떨어져 있지 않았기 때문에 비르가멘 사람들이 정말로 위험에 빠진 것은 분명했다. 그들은 주위를 둘러볼 새도 없이 손쉽게 침략당할 수 있을 것이었기 때문이다.

한편 이 중대한 상황에서 유일하게 분별을 잃지 않은 약제사 조세 리프링크는 전쟁을 치르기에는 총도 대포도 장군도 부족하다는 점을 동료 시민들에게 이해시키려고 애썼다.

시민들은 초조한 몸짓을 하면서, 장군과 대포와 총은 즉석에서 임시변통으로 조달할 수 있을 것이고, 정의와 애국심만 있으면 충분하며, 그것이 국민을 무적으로 만들어준다고 대답했다.

그러자 시장이 앞으로 나와 뛰어난 열변을 토하면서, 두려움을 신중함이라는 베일 밑에 감추고 있는 겁쟁이들을 몰아세우고 그 베일을 애국적인 손으로 찢어발겼다.

시장이 이 열띤 연설을 했을 때 강당은 박수갈채로 무너져 내릴 것 같았다.

사람들은 열렬히 투표를 요구했고, 박수갈채 속에서 표결이 이루어졌다.

"비르가멘으로! 비르가멘으로!"라는 외침 소리는 두 배로 커졌다.

그러자 시장은 군대를 동원하는 책임을 떠맡았고, 승리를 거두고 돌아올 개선장군에게는 로마 시대의 개선식과 같은 영광을 베풀어주겠다고 시의 이름으로 약속했다.

한편 고집스러운 약제사 조세 리프링크는 자기가 실제로 패배했는데도 그것을 인정하지 않고, 또 다른 의견을 말하겠다고 고집했다. 로마에서 개선식을 거행하는 영광은 적을 5천 명 이상 죽인 개선장군에게만 주어졌다는 점을 그는 지적하고 싶어 했다.

"좋아, 좋아!" 회의에 참석한 사람들은 미친 듯이 기뻐 날뛰며 외쳤다.

"비르가멘은 인구가 3575명밖에 안 되니까, 같은 사람을 여러 번 죽이지 않으면 그건 어려울……."

하지만 사람들은 그 불운한 논객이 말을 끝내도록 내버려두지 않고, 온몸에 멍이 들도록 흠씬 때려서 내쫓아버렸다.

"시민 여러분." 식료품 소매상인 풀마허가 말했다. "그 겁쟁이 약제사가 무슨 말을 했든지 간에 나는 비르가멘 사람 5천 명

"비르가멘으로! 비르가멘으로!"

을 나 혼자 죽이겠다고 약속하겠습니다. 여러분이 내 헌신을 받아주신다면!"

"5천 5백 명!" 훨씬 더 단호한 애국자가 외쳤다.

"6천 6백 명!" 식료품 상인이 반격했다.

"7천 명!" 헴링 가에서 과자를 팔고 있는 장 오르비덱이 외쳤다. 그는 거품을 낸 생크림을 만들어서 떼돈을 벌고 있는 중이었다.

"낙찰!" 더는 아무도 입찰하지 않는 것을 보고 트리카스 시장이 외쳤다.

이것이 과자 장수인 장 오르비덱이 키캉돈 군대 총사령관이 된 전말이었다.

12

조수 이젠이 합리적인 제안을 하고, 옥스 박사는 그것을 진지하게 거절하다

"박사님." 이튿날 이젠이 거대한 배터리의 홈통에 황산을 부으면서 말했다.

"그래." 옥스 박사가 다시 말을 이었다. "내가 틀렸나? 국민 전체의 신체적 발달만이 아니라 도덕성과 품위, 재능, 정치적 감각까지도 무엇에서 유래했는지 잘 봐! 그건 분자의 문제일 뿐이야."

"분명 그렇겠지요. 하지만……."

"하지만……."

"이 정도면 충분히 성공을 거두었고, 이 가엾은 사람들을 한도 이상으로 지나치게 흥분시키면 안 된다고 생각지 않으세요?"

"천만에, 아니야!" 박사가 외쳤다. "아니야! 나는 끝까지 계속 갈 거야!"

"좋으실 대로 하세요. 하지만 실험은 제가 보기에 결정적인 것 같고, 이제 때가……."

"때라니, 뭐할 때?"

"밸브를 잠글 때가."

"해볼 테면 어디 한번 해봐!" 옥스 박사가 외쳤다. "밸브를 잠그려고 하면 내가 네놈 목을 졸라버릴 거야!"

13

높은 지위에 오르면 인간의 쩨쩨함은
모두 간과될 수 있다는 사실이 다시 한 번 입증되다

"자네 의견은 어때?" 트리카스 시장이 니클로스 고문에게 물었다.

"이 전쟁은 필요하고, 이 모욕을 앙갚음할 때가 왔다고 생각하네." 니클로스는 단호하게 대답했다.

"다시 한 번 말하지만……." 시장은 간결하게 대답했다. "키캉돈 사람들이 자기 권리를 주장하는 이 기회를 이용하여 이익을 얻지 않으면 키캉돈 사람이라는 이름에 어울리지 않을 거야."

"나는 우리가 지체 없이 군대를 소집해서 전선으로 이끌고 가야 한다고 생각하네."

"정말이야! 정말로 그래!" 트리카스가 대답했다. "그러니까 자네는 나한테 그렇게 말하는 건가?"

"시장인 자네한테 말하는 걸세. 그리고 자네는 진실을 들어야 돼. 그 진실이 아무리 달갑지 않더라도."

"그리고 자네도 진실을 들어야 돼." 트리카스는 열정적으로 대답했다. "진실은 자네 입보다 내 입에서 더 많이 나올 테니까! 그래, 아무렴, 그렇고말고. 조금이라도 꾸물거리는 건 불명예스러운 일이겠지. 키캉돈 시는 복수할 때를 900년이나 기다려왔어. 자네가 뭐라고 말하든, 그게 자네 마음에 들든 안 들든, 우리는 적을 향해 진격할 거야."

"자네도 그렇게 생각하는군!" 니클로스는 거칠게 대답했다. "좋아. 자네가 가고 싶지 않다면, 우리는 자네 없이 진격할 거야."

"시장의 자리는 맨 앞줄이야!"

"고문의 자리도 맨 앞줄이야!"

"자네는 내 소망을 좌절시켜서 나를 모욕하는군." 시장이 외쳤다. 시장의 주먹은 금방이라도 상대를 공격할 것 같았다.

"그리고 자네는 내 애국심을 의심해서 나를 모욕하고 있어." 니클로스도 똑같이 싸울 태세를 갖추고 외쳤다.

"분명히 말하겠는데, 키캉돈 군대는 이틀 안에 동원될 거야!"

"시장의 자리는 맨 앞줄이야!"

"그리고 다시 한 번 말하겠는데, 우리는 48시간 안에 적을 향해 진격할 거야!"

이 대화에서 쉽게 알 수 있는 것은 두 사람이 같은 생각을 가지고 있다는 것이다. 둘 다 전쟁을 원했다. 하지만 흥분한 그들은 말다툼을 하고 싶었기 때문에, 니클로스는 트리카스의 말을 들으려 하지 않았고 트리카스는 니클로스의 말을 들으려 하지 않았다. 그들이 이 중대한 문제에 대해 서로 반대 의견을 갖고 있었다 해도, 가령 시장은 전쟁에 찬성하고 고문은 평화를 주장했다 해도, 말다툼이 이보다 더 격렬해지지는 않았을 것이다. 오랫동안 우정을 나눈 두 친구는 서로 상대를 무섭게 노려보았다. 빨라지는 심장 박동과 붉게 물든 얼굴, 수축한 눈동자, 떨리는 근육, 거친 목소리를 보면, 그들이 서로 싸울 준비가 되어 있다는 것을 짐작할 수 있었다.

하지만 그들이 바야흐로 상대를 공격하려는 순간, 다행히도 큰 시계의 시간을 알리는 소리가 적대 행위를 저지했다.

"드디어 때가 왔군!" 시장이 외쳤다.

"무슨 때?" 고문이 물었다.

"종탑에 갈 시간."

"그건 사실이야. 그리고 자네가 원하든 원하지 않든 나는 갈 거야."

"나도 갈 거야."

"가세!"

"가세!"

이 마지막 말만 듣고, 마침내 충돌이 일어나 두 적수가 결투를 하러 가나 보다고 추측했을지도 모른다. 하지만 사실은 그렇지 않았다. 시장과 고문은 시의 주요 고관으로서 시청에 가야 한다는 데 합의했고, 키캉돈이 내려다보이는 시청의 높은 탑에 올라가 군대의 진격에 가장 유리한 전략을 세우기 위해 주변 지형을 자세히 조사해야 한다는 데 합의했다.

이 문제에서는 의견이 일치했지만, 그들은 시청으로 가는 동안에도 신랄한 말다툼을 그치지 않았다. 그들의 큰 목소리가 거리에 울려 퍼졌다. 하지만 행인들은 여기에 익숙해져 있었다. 고관들이 격분하는 것은 지극히 당연하게 여겨졌고, 아무도 거기에 주의를 기울이지 않았다. 이런 상황에서 침착한 사람이 있다면 도리어 그가 괴물로 여겨졌을 것이다.

시장과 고문은 종탑 입구에 다다랐을 때 발작적인 분노에 사로잡혔다. 그들의 안색은 더 이상 붉지 않고 창백했다. 그들은 똑같은 생각을 갖고 있었지만, 이 격렬한 논쟁은 몸속에 경련을 일으켰다. 누구나 알고 있듯이 창백한 안색은 분노가 마지막 한계에 도달했다는 것을 보여준다.

좁은 종탑 계단 밑에서 진짜 폭발이 일어났다. 누가 먼저 올라갈 것인가? 나선식 계단을 누가 먼저 올라갈 것인가? 진실을 말해야 한다면, 거기서 격투가 벌어졌으며, 니클로스가 상관인 키캉돈 시의 최고 행정관에게 신세진 것을 모두 잊어버리고, 트리카스를 난폭하게 뒤로 밀친 다음 자기가 먼저 계단을 뛰어 올라갔다고 말할 수밖에 없다.

그들은 한 계단 올라갈 때마다 상대를 비난하고 나무라면서 둘 다 위로 올라갔다. 아무래도 지상에서 108미터 높이로 솟아 있는 종탑 꼭대기에서 무서운 클라이맥스에 다다를 것 같았다.

하지만 두 적수는 곧 숨이 차기 시작했고, 잠시 후 열여덟 번째 계단에 이르자 헐떡거리는 가쁜 숨소리를 내면서 느릿느릿 힘겹게 계단을 올라가기 시작했다.

이윽고―숨이 찼기 때문일까?―그들의 분노가 가라앉았다. 아니, 어쨌든 꼴사나운 형용구의 연속으로만 분노를 표출하게 되었다. 그들은 차츰 침묵하게 되었고, 이상한 말이지만 도시 위로 높이 올라갈수록 그들의 흥분은 줄어드는 것 같았다. 그들의 마음속에 일종의 소강상태가 찾아왔다. 그들의 머리는 불에서 내린 커피포트처럼 식어서 냉정해졌다. 왜 그럴까?

우리는 이 '왜'에 대답할 수 없지만, 진실은 두 적수가 지상에서 84미터 위에 있는 층계참에 이르렀을 때 거기에 앉아서 정말로 차분하게 서로 얼굴을 마주 보았다는 것이다. 그들의 얼굴에서는 어떤 분노도 보이지 않았다.

"정말 높군!" 시장이 손수건으로 빨개진 얼굴을 문지르면서 말했다.

"무척 높아!" 고문이 대답했다. "우리가 함부르크의 성 미카엘 교회보다 5미터나 높이 올라온 걸 알고 있나?"

"알고 있지." 시장은 자만심에 가득 찬 어조로 말했지만, 그 정도의 자만심은 키캉돈의 최고 행정관에게는 충분히 허용되는 것이었다.

두 사람은 곧 일어나서, 종탑의 벽에 뚫린 총안으로 호기심 어린 눈길을 던지며 다시 계단을 오르기 시작했다. 이번에는 시장이 앞장섰지만 고문은 아무 말도 하지 않았다. 304번째 계단쯤에서 트리카스가 완전히 기진맥진하자 니클로스가 친절하게도 그를 뒤에서 밀어주기까지 했다. 시장은 여기에 저항하지 않았고, 종탑 꼭대기에 도착하자 상냥하게 말했다.

"고맙네, 니클로스. 나도 언젠가는 자네를 뒤에서 밀어줄게."

조금 전, 종탑 발치에 있을 때 그들은 서로 찢어 죽일 태세를 갖춘 두 마리 야생동물이었다. 그런데 종탑 꼭대기에 다다른 지금은 정다운 두 친구였다.

날씨는 더할 나위 없이 좋았다. 때는 5월이었다. 태양이 모든 증기를 빨아들였다. 공기는 얼마나 맑고 깨끗한가! 그 넓은 공간에 있는 아무리 작은 물체라도 또렷이 분간할 수 있었다. 몇 킬로미터밖에 떨어지지 않은 곳에 하얗게 빛나는 비르가멘 성벽—뾰족한 붉은 지붕, 햇빛에 빛나는 종탑—이 나타났다. 그리고 이 도시는 이제 곧 무서운 화재와 약탈의 공포에 휩싸일 운명에 놓여 있었다!

시장과 고문은 깊이 공감하는 영혼을 가진 훌륭한 두 사람답게 작은 돌의자에 나란히 앉았다. 그들은 가쁜 숨을 고르면서 주위를 둘러보았다. 그리고 잠깐 침묵이 흐른 뒤 시장이 외쳤다.

"정말 아름답군!"

"그래, 정말 감탄할 만해!" 고문이 대답했다. "나의 좋은 친구 트리카스, 인간은 지표면을 기어 다니기보다 이런 높은 곳에 살

운명이라고 생각지 않나?"

"나도 같은 생각일세, 대단한 니클로스." 시장이 대답했다. "동감이야. 자연에서 벗어나면 정취를 더 잘 포착할 수 있고, 모든 의미에서 그것을 호흡하게 돼! 철학자들은 그런 높이에서 만들어져야 하고, 현자들은 이 세상의 비참함을 초월한 그런 높이에서 살아야 돼."

"한 바퀴 돌아볼까?" 고문이 물었다.

"한 바퀴 돌아보세." 시장이 대답했다.

두 친구는 팔짱을 끼고, 전처럼 질문과 대답 사이에 긴 간격을 두면서 지평선의 모든 지점을 관찰했다.

"이 종탑에 올라와본 지가 적어도 17년은 됐어." 트리카스가 말했다.

"나는 여기 올라와본 적이 한 번도 없는 것 같아." 니클로스가 대답했다. "그게 후회스럽군. 이 높이에서 보는 전망은 정말 아름다워서 말이야! 나무들 사이로 굽이쳐 흐르는 저 바르 강의 아름다운 흐름이 보이나?"

"그리고 저 너머에 솟아 있는 헤르만다드 고원을 봐! 얼마나 우아하게 지평선을 막고 있는지! 푸른 나무들로 이루어진 저 경계선을 봐. 자연이 그림처럼 아름답게 배열해놓았군! 아아, 자연, 자연…… 니클로스! 인간의 손이 자연과 경쟁하기를 바랄 수 있을까?"

"참으로 넋을 잃을 만큼 매혹적이야." 고문이 대답했다. "푸른 목초지에 누워 있는 양 떼와 소 떼를 봐."

두 친구는 팔짱을 끼고……

"그리고 들로 나가는 일꾼들! 마치 아르카디아*의 양치기 같군. 백파이프가 없을 뿐이야!"

"그리고 이 비옥한 땅 위에는 구름 한 점 없이 아름답고 푸른 하늘이 펼쳐져 있어! 아아, 니클로스, 여기서는 누구나 시인이 될 수 있을 거야! 나는 성 시메온 스틸리테스†가 왜 세상에서 가장 위대한 시인이 아니었는지 이해할 수가 없어."

"그건 아마 그가 올라간 기둥이 충분히 높지 않았기 때문일 거야." 고문이 온화한 미소를 지으며 대답했다.

바로 그 순간, 키캉돈의 종소리가 울려 퍼졌다. 맑은 종소리는 선율이 특히 아름다운 곡 가운데 하나를 연주했다. 두 친구는 황홀경에 빠져 귀를 기울였다.

이윽고 트리카스가 차분한 목소리로 말했다.

"그런데 니클로스, 우리가 뭐 하러 이 탑 꼭대기에 올라왔지?"

"사실은 우리가 백일몽에 빠져버렸어." 고문이 대답했다.

"우리가 여기 뭐 하러 올라왔지?" 시장이 같은 질문을 되풀이했다.

"우리는……" 니클로스가 말했다. "이 맑은 공기를 마시러 왔지. 인간의 나약함으로 오염되지 않은 맑은 공기를."

---

* 고대 그리스의 펠로폰네소스 반도에 있었던 고원. 이곳 주민들은 목양을 업으로 삼고 목가적이며 평화로운 도원경을 이루고 살았다는 전설이 있다.
† 성 시메온 스틸리테스(388?~459): 초기 기독교 시대의 시리아의 성인. 소년 시절부터 수도 생활에 들어갔으며, 422년경부터는 수도에 더욱 전념하기 위해 야외에 기둥(스틸로스)을 세우고 그 꼭대기에 앉아서 생애를 보냈기 때문에 '스틸리테스'(기둥 고행자)라는 이름이 붙었다.

"이제 내려갈까, 친구?"

"내려가세, 친구."

그들은 눈앞에 펼쳐진 아름다운 파노라마에 작별의 눈길을 던진 다음, 시장이 앞장서서 천천히 내려가기 시작했다. 고문은 몇 걸음 뒤에서 따라갔다. 그들은 아까 올라올 때 멈춰서 쉬었던 층계참에 이르렀다. 벌써 그들의 볼은 붉어지기 시작했다. 그들은 그곳에 잠시 머물러 있다가 다시 계단을 내려갔다.

잠시 후 트리카스는 니클로스가 바싹 뒤따라오는 것을 느끼고 '걱정'이 되었기 때문에, 좀 더 천천히 오라고 친구에게 말했다. 그것은 그를 걱정시킨 정도가 아니었다. 계단을 스무 개쯤 더 내려간 뒤에 시장은 자기가 좀 더 멀찌감치 앞서갈 수 있도록, 고문에게 그 자리에 잠시 서 있으라고 명령했기 때문이다.

고문은 시장의 즐거움을 위해 자기 한쪽 다리를 공중에 들어올린 채 기다리고 싶지는 않다고 대꾸하고, 계속 계단을 내려왔다.

트리카스는 무례한 표현으로 응수했다.

고문은 집안 전통에 따라 재혼할 수밖에 없는 시장의 나이에 대한 모욕적인 언급으로 반격했다.

시장은 스무 계단을 더 내려간 뒤, 이 문제는 그렇게 넘어가면 안 된다고 니클로스에게 경고했다.

니클로스는 어쨌든 자기가 먼저 통과하겠다고 대꾸했다. 공간이 너무 좁았기 때문에 두 사람은 충돌했고, 그들은 완전한 암흑 속에 있었다. '멍청이'와 '얼간이'라는 말은 그들이 지금

서로에게 던진 말들 가운데 가장 부드러운 말이었다.

"두고 보자, 미련한 짐승아!" 시장이 외쳤다. "두고 보자. 네가 이 전쟁에서 어떤 꼬락서니를 보일지, 또 어느 위치에서 행군할지 두고 보자고!"

"난 네 앞줄에서 행군할 거야. 이 멍청한 늙은이야!" 니클로스가 대답했다.

그러자 다시 외침 소리가 들렸다. 두 사람의 몸이 한데 얽혀서 엎치락뒤치락하고 있는 것처럼 보였다. 무슨 일이 일어나고 있었을까? 왜 그들의 기질이 그렇게 순식간에 변했을까? 종탑 꼭대기에서는 온순한 양 같았던 사람들이 60미터 아래에서는 왜 호랑이로 변했을까?

그 이유야 어찌 됐든 탑의 경비원은 시끄러운 소리를 듣고 문을 열었다. 그때 여기저기 멍이 들고 눈이 퉁방울눈처럼 튀어나온 두 적수는 서로의 머리카락을 쥐어뜯고 있던 참이었다. 다행히도 그들은 둘 다 가발을 쓰고 있었다.

"나를 이렇게 모욕했으니, 너는 내 결투 신청에 응해야 할 거야!" 시장이 상대의 코 밑에 주먹을 들이대고 흔들면서 외쳤다.

"언제든 상대해주겠다!" 니클로스는 힘찬 발차기로 응수하면서 으르렁거렸다.

역시 흥분한—그 이유는 나도 모른다—경비원은 이 장면을 지극히 자연스러운 것으로 생각했다. 어떤 흥분이 그를 이 소동에 참여하도록 부추겼는지는 모르지만, 그는 충동을 억누르고 트리카스 시장과 니클로스 고문 사이에 이제 곧 결투가 벌어진다는 것을 동네방네에 알리러 달려 나갔다.

14

문제가 너무 커져서 키캉돈 주민과 독자들, 심지어는 저자까지도 즉각적인 해결을 요구하다

 마지막 사건은 키캉돈 사람들이 어떤 흥분의 절정까지 다다랐는지를 말해준다. 전염병이 출현하기 전에는 시내에서 가장 오래된 두 친구, 그리고 가장 온후했던 두 신사가 이 정도까지 난폭해지다니! 게다가 종탑 꼭대기에서 과거와 같은 상호 공감과 상냥한 본능과 명상적 습관을 되찾은 지 겨우 몇 분 뒤에!
 무슨 일이 벌어지고 있는지를 알고 옥스 박사는 기쁨을 억누르지 못했다. 사태가 얼마나 심각해지고 있는지를 깨달은 조수 이젠이 아무리 설득해도 박사는 아랑곳하지 않았다. 게다가 그들도 이제는 전반적인 격정에 감염되어 있었다. 그들도 키캉돈의 다른 사람들 못지않게 흥분해 있었고, 마지막에는 결국 시장과 고문처럼 격렬한 말다툼을 벌이곤 했다.
 게다가 한 가지 현안이 너무 중대했기 때문에 다른 모든 문제는 거기에 가려 빛을 잃었다. 예정된 결투는 비르가멘과의 전쟁이라는 어려운 문제 때문에 모두 연기되었다. 위기에 빠진 조국을 위해 자기 피를 마지막 한 방울까지 바쳐야 할 때는 아무도 그 피를 쓸데없이 흘릴 권리가 없었다. 요컨대 사태는 중대했고, 거기서 물러날 방법은 없었다.

트리카스 시장은 호전적인 열정으로 충만해 있었지만, 예고도 하지 않고 적을 공격하는 것이 상책이라고는 생각지 않았다. 그래서 그는 산림감시원인 호터링을 비르가멘에 보내, 1195년에 비르가멘 사람들이 키캉돈 영토에서 저지른 불법 행위에 대한 손해 배상을 요구했다.

비르가멘 당국은 처음에는 호터링이 도대체 무슨 말을 하고 있는지 짐작도 하지 못했고, 그래서 공식적으로 파견된 사절을 아주 무례하게 시 경계 밖으로 내쫓았다.

그러자 트리카스 시장은 장군의 전속부관인 힐데베르트 슈만을 파견했다. 물엿 제조업자인 슈만은 아주 단호하고 정력적인 남자였다. 그는 1195년에 나탈리스 반 트리카스 시장의 지시로 작성된 고소장의 원본을 비르가멘 당국에 전달했다.

비르가멘 당국자는 웃음을 터뜨리며 전속부관을 산림감시원과 똑같이 다루었다.

그러자 시장은 시의 고관들을 소집했다. 그리고 단호하고 강경하게 쓰인 서한이 최후통첩으로 작성되었다. 이 편지에는 다툼의 원인이 분명히 기술되었고, 키캉돈에 저지른 불법 행위를 배상하도록 비르가멘 시에는 24시간의 유예가 주어졌다.

최후통첩이 보내졌고, 그 서한은 몇 시간 뒤에 갈기갈기 찢긴 채 돌아왔다. 이것은 새로운 모욕이었다. 비르가멘 사람들은 옛날부터 키캉돈 사람들의 자제심과 침착성을 알고 있었기 때문에 그들은 물론, 그들의 요구와 최후통첩을 조롱한 것이다.

이제 할 일은 하나밖에 남지 않았다. 무력을 사용하고, 전쟁의 신에게 도움을 청하고, 프로이센 방식*에 따라 비르가멘 사람들이 준비를 갖추기 전에 공격하는 것이다.

이 결정은 시의회에서 열린 진지한 비밀회의에서 내려졌다. 회의에서는 고함과 비난, 위협적인 몸짓이 유례없는 폭력과 뒤섞였다. 머저리들의 집회, 미치광이들의 회의, 편집광적 애호가들의 클럽도 이보다 더 소란스럽지는 않았을 것이다.

선전포고가 알려지자마자 장 오르비덱 장군은 군대를 소집했다. 군대는 2393명의 인구 가운데 2393명의 전투원으로 이루어졌다. 남녀노소 할 것 없이 모두 합류했다. 모든 날붙이와 둔기도 무기가 되었다. 시내의 총은 모두 징발되었다. 총은 다섯 자루가 취합되었는데, 그 가운데 두 자루는 공이치기가 없었다. 총은 모두 전위부대에 배분되었다. 포병대는 성에 있는 낡은 컬버린 포로 편성되었는데, 이 대포는 역사상 대포가 사용된 최초의 전투 가운데 하나인 1339년의 케누아† 공격에서 탈취한 전리품이었고, 그 후 5세기 동안 한 번도 발포된 적이 없었다. 이 대포를 맡은 사람들에게는 다행히도 대포에 장전할 포탄이 하나도 없었다. 하지만 이 무기가 그렇게 대단한 것은 아니라 해도

---

* 이 소설은 프랑스가 프로이센과의 전쟁(1870~1871)에서 패한 뒤에 발표되었다(1872년 3월). 프로이센이 승리한 데에는 기동력을 갖춘 전격 작전이 주효했다.
† 서프랑스 북단의 노르 현에 있는 도시. 백년전쟁(1337~1453) 초기에 영국군의 공격을 받아 함락된 적이 있다. 이때 플랑드르는 종주국 프랑스에 대항하기 위해 영국에 협력했다.

적을 위압할 수는 있었다. 허리에 차는 무기는 고대유물박물관에서 가져왔다. 전투용 돌도끼, 투구, 프랑크족*의 전투용 도끼, 던지는 창, 창과 도끼를 겸한 도끼창, 가볍고 가느다란 칼 등등. 그리고 흔히 '찬장'과 '부엌'으로 알려진 가정용 무기고에서도 무기가 반출되었다. 하지만 용기와 정의, 외지인에 대한 증오, 복수의 갈망이야말로 최고의 무기였고, 현대의 후장식 기관총을 대신할 수도 있었다—적어도 그렇게 되기를 모두 바라고 있었다.

군대는 사열을 받았다. 점호에 참석하지 않은 시민은 한 명도 없었다. 말에 올라탄 오르비덱 장군의 자세는 안정과는 거리가 멀었고, 그의 말은 성질이 사나워서 군대 앞에서 세 번이나 장군을 내동댕이쳤다. 하지만 그는 조금도 다치지 않고 다시 일어났다. 이것은 길조로 여겨졌다. 시장과 고문, 보안관, 수석판사, 학교 교장, 은행가, 교구 목사—요컨대 키캉돈 시의 명사들—가 앞장서서 행진했다. 어머니들도 누이들도 딸들도 눈물을 흘리지 않았다. 그들은 남편과 아버지와 오라비를 전쟁터로 내몰았고, 용감한 트리카스 부인의 지휘 아래 후위부대를 결성하여 남자들을 따라가기까지 했다.

포고꾼인 장 미스트롤이 나팔을 불었다. 군대는 출발했고, 사나운 외침 소리를 지르며 오우데나르데 성문으로 향했다.

---

* 서게르만족의 한 갈래로, 라인 강 하류 지방에서 일어나 민족대이동 때 갈리아 지방(오늘날의 북이탈리아·프랑스·벨기에 일대)으로 진출하여 5세기 말에 프랑크 왕국을 건설했다. 오늘날 프랑스의 기원은 이 종족에서 유래한다.

*

　대열의 선두가 성벽을 막 통과하려는 순간, 한 남자가 대열 앞으로 뛰쳐나왔다.

　"멈추세요! 멈춰요! 당신들은 정말 어리석군요!" 그가 외쳤다. "공격을 중지하세요! 내가 밸브를 닫겠습니다! 당신들의 본성은 변하지 않았어요! 당신들은 조용하고 평화를 사랑하는 훌륭한 시민입니다! 당신들이 그렇게 흥분했다면 그건 모두 옥스 박사 때문이에요! 그건 실험입니다! 옥스 박사는 당신네 거리를 밝힌다는 구실로 이 도시를 산수소 가스로 가득 채워서……."

　옥스 박사의 조수는 흥분해 있었지만 말을 다 끝내지 못했다. 박사의 비밀이 그의 입에서 막 나오려는 순간, 형언할 수 없는 분노에 사로잡힌 옥스 박사가 이젠에게 덤벼들어 주먹질로 그의 입을 막은 것이다.

　그것은 하나의 전투였다. 그런데 이번에는 시장과 고문을 비롯한 고관들—그들은 이젠이 갑자기 나타나는 바람에 행진이 중단된 것 때문에 잔뜩 화가 나 있었다—이 박사와 조수의 말을 다 들을 때까지 기다리지도 않고 두 사람에게 덤벼들었다.

　옥스 박사와 조수는 주먹과 채찍으로 얻어맞고, 트리카스 시장의 명령으로 구치소로 끌려가려는 참이었다. 바로 그때…….

15

문제가 해결되다

무서운 폭발음이 울려 퍼졌다. 키캉돈을 둘러싼 대기가 모두 불타는 것 같았다. 특이하기 이를 데 없는 강렬하고 선명한 불길이 별똥별처럼 하늘로 발사되었다. 밤이었다면 아마 이 불길을 50킬로미터나 떨어진 곳에서도 볼 수 있었을 것이다.

키캉돈 군대는 모두 장기말처럼 땅바닥에 쓰러졌다. 다행히 희생자는 한 명도 나오지 않았다. 몇 명이 찰과상과 가벼운 타박상을 입었을 뿐이다. 과자 장수는 우연히도 이번에는 말에서 떨어지지 않았기 때문에 투구 앞에 꽂은 깃털이 그슬렸을 뿐 더 이상 다치지 않고 화를 면했다.

무슨 일이 일어난 것일까?

곧 알게 되었지만, 아주 간단한 일이었다. 가스 공장이 날아간 것이다. 박사와 조수가 공장을 비운 사이에 부주의로 인한 실수가 있었던 게 분명했다. 산소를 담은 탱크와 수소를 담은 탱크가 어떻게 또는 왜 통했는지는 알려지지 않았다. 어쨌든 두 기체가 결합하여 폭발성 혼합물이 만들어졌고, 우연히 거기에 불이 붙은 것이다.

이것으로 모든 것이 바뀌었다. 하지만 군대가 다시 일어났을 때 옥스 박사와 그의 조수 이젠은 이미 사라진 뒤였다.

키캉돈 군대는 모두 땅바닥에 쓰러졌다.

16

현명한 독자는, 저자의 예방책에도 불구하고
자신의 추측이 옳았다는 것을 안다

폭발이 일어난 뒤 키캉돈은 당장 평화롭고 차분한 과거의 플랑드르 도시로 돌아갔다.

사실 폭발은 그렇게 강렬한 센세이션을 일으키지도 않았고, 폭발이 일어난 뒤 그들은 저마다 영문도 모른 채 습관적으로 집을 향해 걷기 시작했다. 시장은 고문의 팔에 의지한 채, 슈트 변호사는 쿠스토스 의사와 팔짱을 낀 채, 프란츠 니클로스는 연적인 시몬 콜라에르트와 다정하게 팔짱을 낀 채, 무슨 일이 일어났는지 의식하지도 못한 채, 비르가멘에 대한 선전포고에 대해서는 까맣게 잊은 채, 모두 차분하고 조용하게 걸어갔다. 장군은 과자 장수로 돌아갔고, 그의 전속부관은 물엿 제조업자로 돌아갔다.

그렇게 모든 것이 다시 차분해졌다. 인간과 동물과 식물은 과거의 생활을 되찾았다. 심지어는 오우데나르데 성문의 탑도 마찬가지였다. 폭발—이런 폭발은 종종 놀라운 작용을 한다—이 그 탑을 똑바로 세운 것이다!

그리고 그때부터 키캉돈 시에서는 어떤 말도 다른 말보다 더 큰 소리로 발음되지 않았고, 어떤 논쟁도 일어나지 않았다. 그곳에는 더 이상 정치도, 클럽도, 재판도, 경찰도 없었다! 파소프 보안관의 자리는 다시 한직으로 돌아갔다. 그럼에도 그의 봉급이 깎이지 않은 것은 시장과 고문이 그의 감봉을 결정할 결심을 하지 못했기 때문이다.

아무도 눈치채지 못했지만, 파소프는 이따금 슬픔에 잠긴 타타네망스의 꿈속에 나타났다.

프란츠의 연적에 대해 말하자면, 그는 매력적인 수젤을 그녀의 연인에게 너그럽게 양보했고, 프란츠는 이 사건이 일어난 지 5, 6년 뒤에 그녀와 서둘러 결혼했다.

그리고 트리카스 부인은 적당한 시기인 10년 뒤에 세상을 떠났고, 시장은—그의 후계자가 될 행복한 남자에게는 더없이 좋은 조건으로—사촌누이인 펠라지 반 트리카스와 결혼했다.

17

옥스 박사의 이론에 대한 설명

그렇다면 이 수수께끼 같은 옥스 박사가 한 일은 무엇인가? 그는 환상적인 실험을 했다. 그것뿐이다.

그는 가스관을 매설한 뒤, 우선 공공건물, 다음에는 개인 주택, 마지막으로 키캉돈의 거리를 순수한 산소로 가득 채웠다. 수소는 원자 하나도 내보내지 않았다.

맛도 없고 냄새도 없는 이 기체는 대기를 통해 대량으로 퍼져서, 그것을 들이마시면 인간의 신체 조직에 심각한 흥분을 일으킨다. 산소로 가득 찬 공기 속에서 사는 사람은 흥분하고 미치고 불탄다!

그러다가 보통 대기 속으로 돌아오면 당장 평소 상태로 돌아간다. 예를 들면 종탑 꼭대기에서 고문과 시장은 다시 본래의 자신으로 돌아갔다. 산소는 무거워서 대기층 아래쪽에 고여 있기 때문이다.

하지만 그런 상태에서 살면서, 몸을 생리학적으로 변화시킬 뿐 아니라 영혼까지 변화시키는 이 가스를 들이마시는 사람은 미친 사람처럼 빨리 죽는다.

그러므로 천우신조 같은 폭발로 이 위험한 실험이 끝나고 옥스 박사의 가스 공장이 완전히 파괴된 것은 키캉돈 사람들에게 행운이었다.

결론을 맺자면, 미덕 · 용기 · 재능 · 재치 · 상상력—이 모든 자질이나 능력—은 오로지 산소 문제에 지나지 않는 것일까?

옥스 박사의 이론은 그렇다. 하지만 우리가 반드시 그 이론을 받아들일 의무는 없다. 오랜 역사를 가진 훌륭한 도시 키캉돈이 무대가 된 이 기묘한 실험에도 불구하고, 우리는 우리 자신을 위해 그 이론을 전적으로 거부하는 바이다.

질 브랄타르

1

 그들은 적어도 700명 내지 800명은 되었다. 키는 중간이지만 강하고 민첩하고 유연하고 놀라운 도약을 할 수 있는 뼈대를 가진 그들은 지금 난바다의 정박지 서쪽에 빽빽이 늘어선 능선을 이룬 산들 너머로 가라앉고 있는 마지막 햇빛 속에서 뛰놀고 있었다. 붉은 태양은 곧 사라질 테고, 먼 사노레 산맥과 론다 산맥, 그리고 쿠에르보의 황량한 평원에 둘러싸인 그 분지 한복판에는 벌써 어둠이 내려앉고 있었다.

 갑자기 무리 전체가 움직이지 않게 되었다. 비쩍 마른 노새의 등처럼 생긴 산꼭대기에 방금 지도자가 나타난 것이다. '대왕바위'의 높은 꼭대기 위에 올라앉은 이 초소에서는 나무 밑에서 일어나고 있는 일이 전혀 보이지 않았다.

 "스잇…… 스잇." 그들은 지도자의 입에서 나오는 소리를 들었다. 암탉의 부리처럼 앞으로 튀어나온 지도자의 입술 때문에 그 휘파람 소리는 놀랄 만큼 강해졌다.

 "스잇…… 스잇." 이상한 군대는 완벽한 제창으로 그 소리를 복창했다.

 그 지도자는 남다른 인물이었다. 키가 크고 바깥쪽에 모피가 있는 원숭이 가죽을 입고 있었다. 빗질하지 않은 머리카락이 텁수룩했고, 얼굴에는 짧은 턱수염이 뻣뻣하게 나 있었고, 발은 맨발이었고, 발바닥은 말발굽처럼 딱딱했다.

 그는 손을 들어 더 낮은 꼭대기를 향해 팔을 뻗었다. 그들은 마치 같은 용수철로 움직이는 꼭두각시처럼 일제히 군인답게—아니, 그보다는 오히려 기계적으로—정확하게 그 몸짓을 흉내 냈다. 지도자가 팔을 내렸다. 그러자 그들도 팔을 내렸다. 지도자는 막대기를 집어 들고 이리저리 휘둘렀다. 그들도 지도자처럼 막대기를 풍차 돌리듯 휘둘렀다.

이어서 지도자가 돌아섰다. 그는 덤불 속으로 미끄러지듯 들어가 나무들 사이를 기어갔다. 군대도 그 뒤를 따라 기어갔다.

10분도 지나기 전에 그들은 비에 엉망이 된 산길을 내려가고 있었지만, 그 군대가 행진하고 있다는 것을 알려줄 돌멩이 하나조차도 움직이지 않았다.

15분 뒤, 지도자가 멈춰 섰다. 그들도 땅에 얼어붙은 것처럼 멈춰 섰다.

200미터 아래에 정박지를 따라 길게 뻗어 있는 도시가 나타났다. 수많은 불빛이 어지럽게 뒤섞여 있는 부두와 집들, 별장과 수비대 막사들의 존재를 드러내고 있었다. 그 너머에는 바다에 닻을 내린 전함과 상선들, 그리고 거룻배들의 정박등이 잔잔한 수면에 반사되고 있었다. 그 뒤로 보이는 유로파 곶* 끝에서는 등대가 불빛을 발사하고 있었다.

---

* 지브롤터 반도의 남쪽 끝. 지브롤터 반도는 이베리아 반도 서남쪽, 지브롤터 해협의 북쪽 해안에 있는 영국 식민지로, 스페인 왕위 계승 전쟁에 개입한 영국이 1704년에 점령했다. 면적은 6km². 지브롤터라는 지명은 아랍어 자발타리크('타리크 산')에서 유래했는데, 타리크란 711년에 이 반도를 점령한 타리크 이븐 지야드를 지칭한다.

그 순간, 대포 소리가 들렸다. 이 '최초의 포격'은 감추어진 포대에서 발사된 것이었다. 이어서 둥둥 울리는 북소리와 날카로운 피리 소리도 들을 수 있었다.

지금은 막사로 돌아갈 시간이었다. 실내로 들어갈 시간이었다. 이 후에는 어떤 이방인도 수비대 장교의 호위를 받지 않고는 시내를 돌아다닐 권리가 없었다. 그것은 선원들이 배에 타야 할 시간이었다. 15분마다 순찰대가 미처 배로 돌아가지 못한 지각자와 주정뱅이들을 영창으로 데려갔다. 그러면 사방이 조용해졌다.

매커크메일* 장군은 두 눈을 감고 잠들 수 있었다.

그날 밤은 지브롤터의 바위산†을 걱정할 필요가 전혀 없는 것 같았다.

2

그 당당한 바위산은 누구나 알고 있다. 그것은 머리를 스페인 쪽으로 향하고 꼬리를 바닷물 속에 담근 채 웅크리고 앉은 거대

---

* MacKackmale. '수컷 마카크'라는 뜻. 마카크는 물론 마카크원숭이를 말한다. 쥘 베른의 장기인 애너그램(말장난)이다.
† 지브롤터의 남북으로 길게 뻗어 반도의 중심을 이루는 바위산으로, 최고 높이는 426m이며, 이곳에는 바버리마카크(긴꼬리원숭이과에 속하지만 꼬리가 거의 없다)가 서식하고 있다.

한 사자와 비슷하다. 그 얼굴은 이빨—포대에서 밖을 겨누고 있는 700문의 대포—을 드러내고 있다. 그것은 '노파의 이빨'이라고 불리지만, 공격을 당하면 물어뜯을 수 있는 노파의 이빨이다.

그렇게 영국은, 아덴과 몰타와 홍콩*에서 그랬듯이 여기서도 절벽 위에 단단히 자리를 잡고 있다. 기계화의 발전 덕분에 영국은 언젠가는 그곳을 '회전하는 요새'로 바꿀 것이다.

그리고 그 사이 지브롤터는 아빌라와 칼페† 사이의 지중해 깊숙한 곳에서 헤라클레스‡가 열어놓은 15킬로미터 너비의 그 해협에 대한 명백한 지배권을 영국에 보장해줄 것이다.

스페인 사람들은 그들의 반도를 되찾겠다는 생각을 포기한 것일까? 확실히 그곳은 육지에서도 바다에서도 공격할 수 없는 난공불락의 요새로 보이기 때문이다.

하지만 수비와 공격에 유리한 이 반도를 되찾겠다는 생각을 품은 사람이 있었다. 그것은 이 무리의 지도자였다. 그는 이상한

---

* 아덴은 예멘의 수도. 영국은 1839년부터 이곳에 해군 기지를 두고 인도 지배를 위한 선박을 해적의 공격으로부터 지켰다. 몰타는 유럽 남부 지중해에 있는 섬나라. 1798년 나폴레옹에 의해 점령되었으나, 2년 후 영국이 빼앗았고, 1814년 파리 조약에서 정식으로 영국 영토가 되었다. 아편전쟁에서 승리한 영국은 난징조약(1842)에 따라 홍콩을 식민지로 삼았다.

† 지브롤터 해협 어귀의 양쪽 절벽에 있는 바위산을 '헤라클레스의 기둥'이라고 부르는데, 유럽 쪽에 있는 것이 칼페(지브롤터의 바위산)이고 아프리카 쪽에 있는 것이 아빌라(무사 산)이다.

‡ 그리스 신화에서 가장 힘이 센 영웅. 모험을 떠난 헤라클레스 앞에 아틀라스 산맥이 나타나자, 산을 오르는 대신 괴력을 써서 산줄기를 없애버렸다. 때문에 당시 바다를 막고 있던 산맥이 갈라지면서 대서양과 지중해가 생겨났고, 그 사이에 지브롤터 해협이 생겨나게 되었다고 한다.

존재―아니, 어쩌면 정신 나간 미치광이였다. 이 스페인 신사는 질 브랄타르*라는 이름을 갖고 있었는데, 그것은―적어도 그의 생각으로는―이 반도를 정복하는 애국자가 될 운명임을 예정한 이름이었다. 그의 이성은 그 운명에 저항할 수 없었고, 그가 있을 곳은 정신병원이었어야 했다. 그는 한때 잘 알려져 있었지만, 10년 동안은 그가 어떻게 됐는지 아무도 몰랐다. 그는 길을 잃고 바깥세상으로 스며든 것일까? 사실 그는 조상 대대로 살아온 고향을 떠나지 않았다. 그는 숲 속에서, 동굴에서, 특히 아무도 발을 들여놓은 적 없지만 바다로 곧장 이어져 있다고 알려진 산미겔 동굴† 깊숙한 곳에서 혈거인처럼 살았다. 그는 죽은 것으로 여겨졌다. 하지만 인간의 이성을 잃고 자신의 동물적 본능에만 복종하는 야만인의 방식에 따라 아직도 살고 있었다.

3

그는 잘 잤다. 매커크메일 장군은 규정이 허용한 것보다 더 오랫동안 두 눈을 감고 푹 잤다. 긴 팔, 불쑥 튀어나온 눈썹 밑에 깊숙이 박혀 있는 동그란 눈, 짧고 억센 턱수염으로 장식된 찡그린 얼굴, 유인원 같은 몸짓, 유난히 튀어나온 턱을 가진 그

---

* Gil Braltar. 지브롤터(Gibraltar)를 이용한 말장난이다.
† 성 미카엘 동굴. 지브롤터의 바위산 중턱에 있는 석회암 동굴로, 지금까지 150여 개가 발견되었다.

는 영국 장군으로서도 남달리 못생겼다. 하지만 그는 원숭이 같은 외모에도 불구하고 상당히 뛰어난 군인이었다.

그렇다. 그는 워터포트 성문에서 알라메다 성문까지 시내를 관통하는 그 꼬불꼬불한 워터포트 가에 있는 안락한 저택에서 잠을 잤다. 어쩌면 그는 영국이 이집트와 터키, 네덜란드, 아프가니스탄, 수단, 보어 공화국*—요컨대 지구의 모든 지역—을 편리한 때에 점령하는 꿈을 꾸지 않았을까? 그런데 지금은 영국이 지브롤터를 잃을 위험에 빠진 순간이다!

그의 침실 문이 요란한 소리와 함께 열렸다.

"무슨 일이야?" 장군은 단숨에 벌떡 일어나 앉으면서 외쳤다.

"장군님!" 방금 포탄처럼 뛰어 들어온 전속부관이 대답했다. "도시가 침략당했습니다!"

"스페인 놈들인가?"

"아마 그럴 겁니다."

"놈들이 감히……."

장군은 말을 끝맺지 않았다. 그는 일어나서 머리를 장식하고 있던 나이트캡을 잡아떼듯 벗어 던지고, 서둘러 바지를 입고, 망토를 입고, 장화를 신고, 투구를 쓰고, 칼을 차면서 말했다.

"내 귀에 들리는 저 소음은 뭐지?"

"그건 바윗덩어리가 산사태처럼 시내로 굴러떨어지고 있는

---

* 현재의 남아프리카 공화국 북서부 지역에서 네덜란드인의 후손들(보어인)이 세운 자치공화국. 18세기부터 20세기 초까지 존재했으나, 모두 남아프리카 연방에 병합되었다.

소리입니다."

"그럼 적군의 수가 많겠군?"

"예, 장군님. 틀림없이 많을 겁니다."

"그럼 해안의 모든 악당들이 우리를 기습하려고 작당한 게 분명해. 론다*의 밀수업자들, 산로크†의 어부들, 마을에 우글거리고 있는 난민들이 힘을 합쳤겠지?"

"예, 장군님. 그런 것 같습니다."

"총독께도 알렸나?"

"아니요. 우리는 유로파 곶에 있는 총독 관저까지 갈 수가 없습니다. 성문들이 다 점령되었고, 거리는 적으로 가득 차 있습니다."

"워터포트 성문에 있는 막사는 어떻게 됐나?"

"거기도 갈 수가 없습니다. 포병들은 막사에 갇힌 게 분명합니다."

"자네는 병력을 얼마나 갖고 있나?"

"약 스무 명입니다. 제3연대 병사들 중에서 도망칠 수 있었던 게 그것밖에 안 됩니다."

"맙소사!" 매커크메일 장군이 외쳤다. "그—그—놈의 오렌지 장사꾼들한테 지브롤터를 빼앗기다니! 있을 수 없는 일이야! 안 돼! 절대로 안 돼!"

---

* 스페인 남부, 지브롤터와 인접한 말라가 주에 있는 도시.
† 지브롤터 바로 북쪽에 인접한 마을.

바로 그 순간, 침실 문이 열리고 이상한 존재가 장군의 어깨 위로 뛰어올랐다.

4

"항복해라!" 그는 인간의 목소리라기보다는 짐승이 으르렁대는 것처럼 들리는 쉰 목소리로 외쳤다.

전속부관과 함께 들어와 있던 몇몇 병사들은 그 존재에게 막 덤벼들려다가, 불빛에 비친 그를 보고 놀라서 뒷걸음질을 쳤다.

"질 브랄타르!" 그들이 외쳤다.

그것은 정말로 오랫동안 아무도 보지 못했던 스페인 신사—산미겔 동굴에서 나온 그 야만인이었다.

"항복할 테냐?" 그가 으르렁거렸다.

"절대 못 한다!" 매커크메일 장군이 대답했다.

군인들이 그를 둘러싸고 있을 때, 갑자기 질 브랄타르가 길고 날카로운 '스잇' 소리를 냈다. 그러자 당장 저택 안마당이 침략군으로 가득 찼다.

세상에! 그들은 원숭이였다. 수백 마리의 원숭이였다. 원숭이들은 자기들이 진정한 주인인 그 바위산, 스페인 사람들이 오기 선부터 그들이 살았고, 크롬웰*이 영국을 위해 그곳을 정복할

---

* 올리버 크롬웰(1599~1658): 영국의 정치가이자 군인으로, 1642~1651년의 청교도혁명에서 왕당파를 물리치고 공화국을 세우는 데 공을 세웠다.

이상한 존재가 장군의 어깨 위로 뛰어올랐다.

꿈을 꾸기 오래전부터 살았던 그 언덕을 영국인들로부터 빼앗으러 온 것일까?

그렇다. 그들은 분명 그 언덕을 빼앗으러 왔다! 그리고 그들은 수적으로 만만찮은 적이었다. 이 꼬리 없는 원숭이*들과 사이좋게 지내려면 그들의 도둑질을 너그럽게 보아주어야 했다. 그 교활하고 뻔뻔스러운 짐승들은 시내에 거대한 바위를 굴려서 복수했기 때문에—실제로 그런 일이 이따금 일어났다—사람들은 원숭이들을 방해하지 않으려고 조심했다.

그런데 이제 이 원숭이들이 그들만큼이나 흉포한 미치광이의 지휘를 받는 군대가 된 것이다. 그들이 아는 이 질 브랄타르라는 인물은 원숭이들의 독립적인 생활을 공유했고, 한 가지 생각—스페인 땅에서 외국인을 몰아내겠다는 생각—에 자신의 모든 존재를 바친 네 발 달린 윌리엄 텔†이었다!

그 시도가 성공한다면 영국에는 얼마나 큰 치욕인가! 인도 사람들, 아비시니아‡ 사람들, 오스트레일리아 원주민, 호텐토트족#, 그리고 그 밖의 많은 민족을 정복한 영국인들이 겨우 원숭이 따위한테 정복당하다니!

그런 이변이 일어나면, 매커크메일 장군이 할 수 있는 일은

---

* 유인원을 말한다.
† 스위스 건국의 전설적 영웅. 14세기 초 봉건 영주의 질곡에서 벗어나기 위해 합스부르크 가에 저항했으며, 총독의 모자에 경례하지 않았다는 이유로 붙잡힌 뒤 아들의 머리 위에 놓인 사과를 활로 쏘아 떨어뜨린 이야기가 유명하다.
‡ 에티오피아의 옛 이름.
\# 아프리카 남서부에 사는 원주민. 부시먼과 비슷하다.

제 머리에 총을 쏘아서 뇌를 날려버리는 것뿐이다! 그런 치욕을 당하고도 살아남을 수는 없을 테니까.

하지만 지도자의 휘파람 소리를 들은 원숭이들이 방으로 들어오기 전에 몇몇 병사들은 질 브랄타르에게 덤벼들 수 있었다. 초인 같은 힘을 타고난 이 미치광이는 몸부림을 치며 저항했고, 병사들은 한참 애를 쓴 뒤에야 간신히 그를 제압할 수 있었다. 병사들은 그가 빌려 입은 원숭이 가죽을 벗겨내고, 거의 알몸이 된 그가 몸을 움직이거나 소리를 지르지 못하도록 입에 재갈을 물리고 꽁꽁 묶어서 방구석으로 밀어 넣었다. 잠시 후, 매커크메일 장군은 최고의 군사적 전통에 따라 적을 물리치거나 아니면 죽기로 결심하고 집에서 뛰쳐나갔다.

바깥도 위험하기는 마찬가지였다. 그러나 몇몇 병사들은 워터포트 성문에 모일 수 있었고, 이제 장군의 집을 향해 전진하고 있었다. 워터포트 가와 시장에서 몇 발의 총성이 들려왔다. 그럼에도 불구하고 원숭이의 수가 너무 많았기 때문에 지브롤터 수비대는 진지를 포기해야 하는 위험에 빠졌다. 만약 그때 스페인 사람들이 원숭이들과 공동 전선을 폈다면, 영국군은 요새와 포대를 버리고 달아났을 테고 요새를 지키는 사람은 하나도 남지 않았을 것이다.

하지만 상황은 완전히 바뀌었다.

원숭이들이 후퇴하고 있는 것을 불빛으로 분명히 볼 수 있었다. 그들의 지도자는 선두에서 막대기를 휘두르며 행진하고 있었다. 그리고 원숭이들은 모두 그의 팔과 다리의 움직임을 흉내

지도자는 선두에서 막대기를 휘두르며 행진하고 있었다.

내며 그와 같은 속도로 그를 따라가고 있었다.

그러면 질 브랄타르가 결박을 풀고, 갇혀 있던 방에서 탈출할 수 있었던 것일까? 그것은 의심할 여지가 없었다. 하지만 그는 지금 어디로 가고 있는 것일까? 총독을 공격하여 항복을 받아 내기 위해 유로파 곶의 총독 관저로 가고 있을까?

아니다! 그 미치광이와 그의 군대는 워터포트 가를 따라 내려 갔다. 그리고 알라메다 성문을 지나자, 공원을 비스듬히 가로질 러 비탈을 올라가기 시작했다.

그 결과 한 시간 뒤에는 지브롤터 침략군이 하나도 남아 있지 않았다.

도대체 무슨 일이 일어난 것일까?

이것은 나중에 매커크메일 장군이 공원에 나타났을 때 밝혀 졌다. 미치광이 사내를 대신하여 원숭이 가죽을 몸에 두르고 침 략군의 퇴각을 지휘한 것은 바로 매커크메일 장군이었다. 그는 그 미치광이 전사와 굉장히 비슷했기 때문에 원숭이들을 감쪽 같이 속일 수 있었고, 그래서 원숭이들 앞에 나타나 자기를 따 라오도록 앞장서기만 하면 되었다.

그것은 실로 천재적인 발상이었고, 세인트 조지 십자훈장을 받고도 남을 만한 책략이었다.

그럼 질 브랄타르는 어떻게 되었을까? 영국은 돈을 받고 그 를 바넘*이라는 자에게 넘겼고, 바넘은 구세계와 신세계의 여러

---

* 피니어스 테일러 바넘(1810~1891): 미국의 유명한 흥행사.

도시를 돌아다니며 그를 전시하여 큰돈을 벌었다. 전시된 동물은 산미겔의 야만인이 아니라 바로 매커크메일 장군이라는 소문도 있었지만, 바넘이라는 자는 그 소문이 퍼지는 것을 그냥 내버려두기까지 했다.

이 사건은 여왕* 폐하의 정부에 확실히 교훈이 되었다. 영국인들은 인간이 지브롤터를 차지하지 못하면 원숭이들이 그곳을 마음대로 지배한다는 것을 깨달았다. 그리고 여차한 경우엔 원숭이들을 속일 수 있도록, 앞으로는 영국 장군들 중에서 제일 못생긴 장군만 그곳에 파견하기로 결정했다.

이 간단한 예방책으로 영국은 영원히 지브롤터의 영유권을 확보할 수 있게 되었다.

---

* 빅토리아 여왕(재위 1837~1901)을 말한다.

■ 해설

> "쥘 베른은 과거의 낭만주의와
> 미래의 사실주의가 만나는
> 문학의 교차로에 서 있었다."
> 빅터 코헨, 〈컨템퍼러리 리뷰〉(1966년)에서

1. 쥘 베른과 그의 시대

쥘 베른(Jules Verne)은 과학의 시대가 시작될까 말까 한 1828년에 태어나 20세기가 막 시작된 1905년에 세상을 떠났다. 그러니 그는 19세기 사람이었다. 게다가 그는 기술자도 아니고 과학자도 아니었다. 그런데도 그는 20세기에 이룩된 놀라운 과학기술의 진보에 실질적으로 참여했다. 그는 영감을 받은 몽상가, 앞으로 인류에게 일어날 일을 오래전에 미리 '보고' 글로 쓴 예언자였기 때문이다.

베른의 주요 업적은 분명 동시대인들의 과학적·낭만적 열망을 표출한 것이었다. 그는 언뜻 보기에 불가능해 보일 수도 있는 것에다 기존 지식과 그럴듯한 추론을 적용하여, 독자 대중이 미래를 미리 맛볼 수 있게 해주었다. 하지만 그는 거기에서 그치지 않았다. 베른은 진보와 과학과 산업주의에 대한 믿음을 자극하는 한편, 산업 시대와 불가피하게 결부될 것으로 여겨진 비인간성과 비참한 사회 현실에서 벗어날 수 있는 탈출구를 제공했다.

하지만 무엇보다도 그는 뛰어난 몽상가였다. 그는 내면의 눈으로 본 장면들을 놀랄 만큼 정확하고 생생하게 묘사했기 때문에, 수많은 독자들도 저자만큼 또렷하게 그 장면들을 볼 수 있을 정도였다. '경이의 여행'(Voyages extraordinaires) 시리즈를 이루고 있는 60여 편(중편과 작가 사후에 발표된 작품을 포함하면 80편에 이른다)의 책을 보면, 지상이나 지하나 하늘에 그가 묘사하지 않은 곳이 한 군데도 없고, 실제 과학에서 이루어진 발전들 가운데 그가 풍부한 상상력으로 미래의 상황을 정확하게 예측하고 과감하게 이용하지 않은 것이 하나도 없었다.

간단히 말해서 쥘 베른은 이 세상에 'SF'(Science Fiction)를 가져다주었다. 물론 신기한 이야기는 오래전부터 존재해왔다. 베른이 한 일은 당시의 과학적 성취를 넘어서지만 인간의 꿈을 이루는 아이디어를 진지하게 다루고 체계적으로 개발한 것이었다. 그는 정보와 이야기를 결합했고, 이 새로운 공식을 근대 테크놀로지의 테두리 안에 도입함으로써 모험과 판타지를 과학소설로 변화시켰다.

하지만 베른이 문학에 이바지한 것이 과학소설뿐이라고 생각하는 것은 잘못이다. 좀 더 자세히 살펴보면, 모험소설 작가들도 모두 베른에게 큰 빚을 지고 있다는 것을 알 수 있기 때문이다. 베른의 소설을 읽다 보면 작가는 동시대의 과학자나 탐험가들을 실명 그대로 등장시켜, 그들의 현재진행형 업적을 끊임없이 독자들에게 일깨운다. 그럼으로써 베른이 만들어낸 허구의 과학자들과 그들의 장래 계획도 독자들이 믿지 않을 수 없게 한다. 현재의 과학을 언급함으로써 미래의 과학을 '실재'시킨다고나 할까. 베른 연구의 권위자인 I.O.에번스는 이런 기법의 소설을 일컬어 '테크니컬 픽션'이라고 불렀다.

이렇게 놀라운 상상력과 천재적인 통찰력을 가진 작가 쥘 베른은 어떤 사람이었는가? 그는 어떤 인생을 살았을까? 사실은 놀랄 만큼 평범하다.

쥘 베른은 1828년 2월 8일에 프랑스 북서부의 항구 도시 낭트의 페이도 섬에서 태어났다. 낭트는 1598년에 앙리 4세가 '낭트 칙령'을 발표하여 36년간에 걸친 종교전쟁에 마침표를 찍은 곳으로 유명하지만, 대서양으로 흘러드는 루아르 강 연안에 위치한 지리적 여건 때문에 예로부터 해외무역 기지로 발달한 도시다. 특히 18세기 초에는 프랑스의 잡화와 아프리카의 노예와 아메리카 대륙의 산물을 교환하는 이른바 '삼각무역'으로 프랑스 제1의 무역항이 되어 번영을 누렸다.

쥘 베른의 외가는 15세기에 귀족의 지위를 얻은 지방 명문 집안이지만, 일찍부터 낭트로 나와 해운업과 무역업에 종사하고 있었다. 쥘의 어머니 소피 드 라 퓌의 친할아버지는 유복한 선주였고 외할아버지는 항해사였다고 한다. 한편 베른 집안은 대대로 법관을 배출한 법률가 가문인데, 원래 낭트에 연고가 있었던 것은 아니지만 1825년에 쥘의 아버지 피에르가 낭트에 법률 사무소를 차리고 이곳으로 이주했다. 이렇게 낭트에서 두 집안이 인연을 맺어, 이윽고 쥘이 태어나게 된 것이다.

그 무렵 낭트는 혁명기의 내란과 동인도회사의 폐지 등의 영향으로 100년 전의 활기는 잃어버렸지만, 이국정서가 풍부한 항구 도시로서 번영의 흔적을 간직하고 있었다. 그런 환경 속에서 태어나 자란 덕에 쥘 소년의 마음에도 일찍부터 바다와 이국에 대한 동경이 싹튼 모양이다.

그의 생애를 이야기할 때면 반드시 인용되는 에피소드가 하나 있다. 열한 살 때인 1839년, 동갑내기 사촌 누이에게 연정을 품고 있던 쥘은 산호목걸이를 구해다 선물하려고 인도로 가는 원양선에 몰래 탔다가 배가 프랑스 해안을 벗어나기 직전에 루아르 강어귀에서 아버지에게 붙잡혀 호된 꾸지람을 들었다. 그때 소년은 "앞으로는 상상 속에서만 여행하겠다"고 맹세했다고 한다. 이 유명한 '전설'이 사실인지 아닌지는 알 수 없지만, 낭만적인 꿈을 좇아 미지의 나라로 여행을 떠나려는 소년의 모습은 과연 쥘 베른답다는 생각이 든다.

현실의 여행을 금지당한 쥘은 집안의 전통과 아버지의 뜻에 따라 법조계에 진출하려고, 파리로 나와 법률 공부를 시작한다. 베른 집안처럼 법조계와 관계가 깊은 가문이 아니더라도 19세기 부르주아 집안의 자제들은 법률가가 되는 것이 일반적인 진로의 하나였다. 유명한 작가들 중에도 발자크, 메리메, 플로베르, 모파상 등이 젊은 시절에 법률을 공부했다.

파리로 나온 베른은 샤토브리앙(프랑스 낭만주의의 선구적 작가)의 누나와 결혼한 삼촌의 소개로 문학 살롱에 드나들게 되었고, 거기서 알렉상드르 뒤마(아버지)와 사귀게 되었다. 뒤마는 《삼총사》와 《몬테 크리스토 백작》의 작가로 유명하지만, 무엇보다도 연극계의 거물이었다. 소년 시절부터 문학(특히 극작)에 관심을 가지고 있었던 베른은 1849년에 법학사 학위를 받았지만, 낭트로 돌아가지 않고 문학의 길을 걷기로 결심한다. 20대 초반부터 30대 초반까지 그는 희극이나 중편소설, 특히 오페레타의 대본을 쓰고, 셰익스피어와 에드거 앨런 포의 작품, 여행기, 과학서 등 많은 책을 읽었다. 베른에게는 화려한 비약을 앞둔 수련기였다.

  1857년에 베른은 두 아이가 딸린 젊은 과부 오노린과 결혼했다. 이 결혼에는 수수께끼 같은 부분이 많고, 그 후의 생활에 대해서도 베른 자신은 거의 언급하지 않았다. 이윽고 아들도 태어나고, 겉보기에는 죽을 때까지 평온한 가정생활이 계속되지만, 여러 가지 점으로 보아 그에게는 여성과 결혼을 혐오하는 경향이 있었던 것 같다. 작품의 등장인물을 보아도 독신 남자가 압도적으로 많고, 여성 등장인물은 거의 판에 박힌 조역에 머물러 있다.

  어쨌든 이 결혼으로 베른의 생활은 가정 밖에서도 크게 달라지게 되었다. '생계를 위해' 처남의 소개로 증권거래소에 취직한 것이다. 베른과 주식은 전혀 어울리지 않는 듯 보이지만, 19세기 후반부터 20세기 초까지 주식시장의 발전과 함께 투자는 대중적으로 널리 보급되어 있었고, 당시 문인들 중에도 주식에 관여한 사람이 많았다. 베른도 주식거래를 통해 과학기술과 산업의 발전 및 사회생활의 변화를 실감하고, 전 세계의 정보를 간접적으로 얻고 있었다. 그런 관점에서 생각하면 당시 문인과 주식의 관계는 재미있는 연구 과제가 될지도 모른다.

증권거래소에 드나들면서도 베른의 문학 활동은 계속되었다. 작품은 역시 가벼운 희곡이 중심이었지만, 〈가정박물관〉이라는 잡지가 그의 주된 활동 무대였다. 이 월간지는 가족용 교양오락 잡지로서, 문학 이외에 과학이나 지리적 발견을 삽화와 함께 게재하고 있었다. 베른은 나중에 소설의 원형이나 소재가 될 만한 이야기를 이 잡지에 많이 발표했다.

1862년, 베른은 기구를 타고 아프리카를 탐험하는 이야기를 썼다. 기구는 당시 사람들의 관심을 모으고 있었고, 특히 유명한 사진작가이자 소설가·저널리스트·평론가·만화가로도 활약한 나다르(Nadar, 1820~1910)가 1863년에 기구 '거인호'로 시험 비행을 한 것은 엄청난 센세이션을 불러일으켰다. 베른과 나다르는 기구에 대한 열정을 계기로 의기투합하여 평생 친구가 되었지만, 나다르의 비행 계획은 유럽 전역에서 큰 반향을 얻은 반면 베른의 소설은 출판할 전망조차 보이지 않았다. 그는 원고를 들고 여기저기 출판사를 찾아다니는 형편이었다. 그 무렵, 베른의 생애에서 가장 중요한 만남이 이루어진다. 피에르-쥘 에첼(Pierre-Jules Hetzel, 1814~1886)과의 만남이었다.

에첼은 단순한 출판업자가 아니었다. 직접 펜을 들고 많은 작품을 쓴 작가였고, 철저한 공화주의자로서 2월혁명 이후 수립된 임시정부에서는 각료급 요직을 맡기도 했다. 출판에서는 빅토르 위고나 조르주 상드 같은 위대한 낭만주의 작가들의 보급판 책을 펴내고 있었지만, 나폴레옹 3세의 제2제정이 시작되자 벨기에로 잠시 망명했다가 파리로 돌아온 뒤에는 아동도서 출판에 힘을 쏟게 된다. 당시 프랑스에서는 교회가 아동 교육을 지배하고 있었다. 프랑스의 미래는 교육에 달려 있다고 생각한 에첼은 젊은 두뇌가 시대에 뒤떨어진 교육에 묶여 있는 현실을 개탄하고, '재미있고 유익한 책', 특히 당시의 교회 교육에서는 무시되고 있던 유용한 과학 지식을 알기 쉽게 가르치는 서적을 출판하여 새 시대에 어울리는 아이들을 키우려고 한 것이다.

1862년 당시, 에첼은 청소년용 잡지인 〈교육과 오락〉을 창간할 계획을 세우고 집필자를 찾고 있었다. 따라서 두 사람의 만남은 양쪽에 결정적인 사건이 되었다. 에첼은 아직 다듬어지지 않은 베른의 원고를 읽고 그 재능을 간파하여 장기 계약을 제의했다. 베른은 물론 크게 기뻐하며 승낙하고, 이리하여 소설가 베른이 탄생하게 된 것이다.

베른의 원고는 에첼의 조언에 따라 수정된 뒤, 1863년에 《기구를 타고 5주간》이라는 제목으로 출판되어 대성공을 거두었다. 그 후 풍부한 결실을 맺은 2인3각의 활동이 시작된다. 베른은 쌓여 있던 것을 토해내듯 차례로 작품을 써냈고, 그의 작품은 대부분 〈교육과 오락〉을 비롯한 잡지나 신문에 연재된 뒤 에첼의 출판사에서 단행본으로 간행되고, 다시 삽화를 넣은 선물용

호화장정본으로 재출간된다. 수많은 판화로 장식된 호화장정본은 당시 선물용으로 인기를 끌었을 뿐 아니라 지금도 애호가들이 군침을 흘리는 대상이고, 파리에는 '쥘 베른'이라는 전문 고서점까지 있을 정도다.

이리하여 '경이의 여행' 시리즈로 지금도 전 세계 독자들에게 사랑받고 있는 걸작들이 1년에 두세 권이라는 놀랄 만한 속도로 잇따라 태어났다. '알려져 있는 세계와 알려지지 않은 세계'라는 부제로도 알 수 있듯이 '경이의 여행'은 인간이 아직 발을 들여놓지 않은 미개지, 망망대해에 떠 있는 무인도로의 여행으로 끝나는 것은 아니다. 지구의 중심으로 들어가거나, 극지방으로 가거나, 공중으로 떠오르거나, 바다 밑바닥으로 내려가거나, 지구의 대기권을 뚫고 우주로 날아가는 등 웅장한 규모를 갖는 모험 여행이다. '경이의 여행'에는 지리학·천문학·동물학·식물학·고생물학 등 많은 정보와 지식이 들어 있기 때문에 '백과사전 여행'으로도 볼 수 있다. 또한 인간 형성의 통과의례가 아니라 유럽인의 근저에 숨어 있는 신화나 종교에 도달하기 위한 '통과의례 여행'이기도 하다.

'경이의 여행'은 요즘 말하는 SF의 선구이기도 했다. 실제로 잠수함, 포탄에 의한 우주여행, 비행기계, 입체 영상 장치, 움직이는 해상 도시 등 현실보다 앞선 작품 속에서 '발명'되거나 실용화된 기계와 장치도 많다. 그런 것이 등장하지 않는 경우에도 베른의 작품은 언제나 학문적인 지식이나 기술적인 정보를 많이 담고 있어서, 계몽적 과학소설의 면모를 갖추고 있다.

이런 작품들이 태어난 배경에는 물론 당시의 과학기술이나 산업의 발달, 그에 수반되는 세계의 확대, 정보량의 증가 등의 현상이 있다. 19세기 후반에는 전기를 중심으로 하는 온갖 발명과 발견이 잇따랐을 뿐 아니라, 철도와 기선이 눈부시게 발달했고 전신망이 전 세계로 뻗어갔으며, 증권거래소는 활기에 넘쳤고, 신문 발행 부수는 크게 늘어났다. 런던과 파리에서는 세계박람회가 열려, 최신 과학기술과 전 세계의 문물을 전시하여 사람들의 꿈을 자극했다. 인류는 지식을 통해 커다란 힘을 얻고 끝없이 진보할 거라고 당시 사람들은 믿었다. 베른은 그런 낙관적인 미래를 작품 속에 끌어들여 소년의 꿈과 결부시킨다. 그의 작품에 자주 등장하는 만물박사는 그런 세계에서의 이상적인 인물상이라고 할 수 있다.

물론 현대의 관점에서 보면 과학기술의 진보가 좋은 결과만 가져온 것은 아니다. 산업의 발달은 한편으로는 빈부격차와 생활환경 악화를 낳았고, 과학의 발달은 전쟁 기술의 진보를 가져왔다. 유럽인의 세계 진출은 인종차별과 결부된 식민지 지배가 되어, 이윽고 20세기에 일어난 두 차례의 세계대전으로 이어진다.

베른이 평화사상과 인도주의의 입장에 선 작가였다는 것은 작품에 묘사된 이상사회의 모습과 전쟁 비판, 노예제 폐지, 민족해방 등의 메시지를 보아도 분명하지만, 한편으로는 졸라나 디킨스와는 달리 현실의 사회적 모순에는 별로 눈을 돌리지 않았음도 인정해야 한다. 또한 그의 작품에 되풀이 묘사되는 탐험이나 건설의 꿈이 당시 제국주의적인 식민지 확대 경쟁과 보조를 맞춘 것도 부인할 수 없다. 휴머니즘을 호소하면서 식민지 지배를 긍정하는 것은 모순된 태도지만, 당시 사람들에게는 그런 의식이 거의 없었다. 베른도 미개지에 문명을 가져다주는 한 식민지 지배도 나쁘지 않다고 생각한 것 같다. 문학에 과학기술을 도입하고 소년 독자층을 개척했다는 면만이 아니라 그런 면에서도 베른은 시류를 탄 작가, 또는 시류보다 한 걸음 앞서 나아간 작가였다고 말할 수 있다.

1869년에 《해저 2만리》를 발표한 뒤, 1872년에는 전쟁(1870년의 프랑스-프로이센 전쟁)과 혁명(1871년의 파리 코뮌)으로 불안정해진 파리를 떠나 아내의 고향인 아미앵으로 이주한다. 이 무렵부터 그는 국민적, 아니 세계적인 명성을 얻게 되었다. 《80일간의 세계일주》 연재가 유럽과 미국의 독자들까지 들끓게 한 것을 비롯하여 《신비의 섬》과 《황제의 밀사》 등이 차례로 베스트셀러가 되었고, 연극으로 각색되어 대성공을 거두었다. 레지옹도뇌르 훈장, 아카데미 프랑세즈 문학상 등의 영예도 얻었고, 사교계에서도 인기를 얻게 된다.

하지만 만년에 가까워질수록 베른의 사상은 차츰 염세적인 색채를 띠기 시작한다. 진보에 대한 의문, 미래에 대한 회의, 나아가서는 인간에 대한 불신이 작품 속에 감돌게 된다. 물론 《해저 2만리》의 네모 선장의 모습에서 볼 수 있듯이, 그의 작품에는 원래 수수께끼 같은 어두운 정념이 숨어 있었다. 하지만 《카르파티아 성》과 《깃발을 바라보며》 등 후기로 갈수록 회의적인 분위기가 짙어지는 것도 분명하다.

이런 작풍 변화에 대해서는 베른의 사생활에 일어난 불행이 영향을 미쳤다는 설도 있다. 1886년 3월, 정신장애를 가진 조카의 총에 맞아 상처를 입었고, 그로부터 일주일 뒤에는 그의 문학적 아버지라고 해야 할 에첼이 여행지인 몬테카를로에서 죽는다. 그의 시신은 파리로 운구되어 장례식이 치러지지만 베른은 참석하지 않았다. 에첼의 죽음은 베른에게 깊은 슬픔을 안겨주었을 뿐 아니라, 그의 몽상의 어두운 면을 억제하는 역할을 맡아온 인물이 없어진 것을 의미하기도 했다. 다시 이듬해에는 어머니가 세상을 떠난다. 부와 명예가 늘어나면서 세 번이나 바꾼 호화 요트도 처분하고, 그 후로는 여행도 떠나지 않게 되었다.

1888년에 그는 아미앵 시의회 의원에 당선되었다. 하지만 사생활에서는 인간혐오증이 더욱 심해져, 사교를 좋아하는 아내가 아무리 부탁해도 좀처럼 사람을 만나려 하지 않은 모양이다. 그런 가운데서도 창작에 대한 정열만은 결코 잃지 않았다. 백내장으로 말미암은 시력 저하와 싸우면서도 규칙적인 집필 생활을 계속하여 해마다 꾸준히 작품을 발표했다.

1905년, 전부터 앓고 있던 당뇨병이 악화했다. 증상이 시시각각 전 세계에 보도되는 가운데, 3월 24일 베른은 가족에게 둘러싸여 숨을 거둔다. 향년 77세. 장례식에는 수많은 사람들이 모여들었고, 전 세계에서 조사(弔詞)가 밀려들었다고 한다.

최근 유네스코(UNESCO)가 조사한 바에 따르면, 쥘 베른은 외국어로 가장 많이 번역된 작가 순위에서 다섯 손가락 안에 꼽히는 것으로 밝혀졌다.* 이처럼 그는 상당히 널리 알려져 있는 작가지만, 좀 더 들여다보면 상당히 잘못 알려져 있는 작가이기도 하다. 많은 사람들이 베른을 아동용 판타지의 작가로만 알고 있는데, 이렇게 된 데에는 물론 그만한 이유가 있다. 그가 성공을 거둔 것은 아동도서 출판업자와 손잡은 결과였고, 베른의 작품 중에는 아동도서 시장을 겨냥한 것도 여럿 있었다. 또한 그의 작품에 나오는 발명품들은 그것을 난생처음 접하는 19세기 독자들에게는 경탄할 만한 것이었지만, 과학 발전의 현실은 곧 그것을 능가해버렸기 때문에 그 후의 세대에게는 시시하고 평범해 보였을 것이다.

하지만 이제 그는 더 이상 아동문학가로 여겨지지 않는다. 오히려 과학기술 전문 잡지가 그의 작품을 연구 분석하는 일이 점점 늘어나고 있다. 사실 베른만큼 독특하고 다양한 작품을 창작했거나 교양과 오락을 겸비한 소설을 쓴 작가는 거의 없었다.

이 고독하고 부지런하고 창의적인 작가가 불멸의 존재가 된 이유를 프랑스의 평론가인 장 셰노는 이렇게 설명하고 있다.

"쥘 베른과 '경이의 여행'이 아직도 살아 있다면, 그것은 그 작품들이 20세기가 피하지 못했고, 앞으로도 피하지 못할 문제

---

* 유네스코에서 펴내는 《번역서 연감》(Index Translationum)에는 해마다 전 세계에서 출간된 번역서의 총수가 실려 있다. 이 통계 조사가 실시되기 시작한 1949년 이래 쥘 베른은 'Top 10'의 자리를 벗어난 적이 없는데, 21세기에 들어선 이후에는 순위가 더욱 높아져 줄곧 수위를 차지하고 있다. 가장 최근(2014년)의 자료에 따르면 쥘 베른을 앞선 저자는 애거사 크리스티뿐이고, 셰익스피어가 베른의 뒤를 잇고 있다.

들을 일찌감치 제기하고 있었기 때문이다."

2. 작품 해설

쥘 베른의 작품들은 통상 '과학소설(SF)'이라는 장르로 구분된다. 하지만 그의 소설들을 하나하나 들여다보면, 그 안에는 모험, 괴기, 정치 풍자, 사회 코미디 등 다양한 얼굴과 성격이 담겨 있음을 알 수 있다. 이런 면모는 그의 문학성을 보여주는 측면인데, 쥘 베른을 평가할 때—'과학소설의 아버지'라는 칭호 때문에—간과하기 쉬운 점이다.

그리고 쥘 베른에게는 《지구 속 여행》《해저 2만리》《80일간의 세계일주》같은 장편소설 외에도 읽는 즐거움과 생각할 거리를 주는 주옥같은 단편들도 있다는 것을 잊지 말아야 한다. 더구나 그의 문학적 다양성은 그가 반세기에 걸친 문필 생활에서 이따금 집필한 단편소설에 개성적으로(쥘 베른답게) 반영되어 있음도 알아둘 필요가 있다.

그는 22편의 단편(우리식 구분으로 중편까지 포함)을 썼고, 이 작품들은 2권의 작품집으로 출간되었는데, 《옥스 박사》(Le Docteur Ox)는 생전에 나왔고(1874년), 《어제와 내일》(Hier et demain)은 사후에 나왔다(1910년).

'쥘 베른 걸작선' 시리즈의 마지막을 장식하는 책으로 그의 단편집을 택한 것은 이 문학적 거장에 대한 존경과 예의의 표현이기도 하다. 이 단편집을 빼놓고는 그의 문학적 전모를 살필 수 없겠기 때문이다. 이 책에는 초기에 쓴 2편, 원숙기에 쓴 1편, 만년에 쓴 1편, 죽음을 앞두고 쓴 1편 등 모두 다섯 편의 중·단편을 실었다.

앞에서도 말했듯이 쥘 베른은 1847년(19세 때)에 파리로 나온 뒤, 법률을 공부하는 한편 문학 살롱에 드나들면서 당대 문단의 거장인 알렉상드르 뒤마를 만나 사귀게 되었고(1949년), 그의 아들인 알렉상드르 뒤마 피스와도 가까운 친구가 되었으며, 그 덕분에 베른의 단막극인 〈부러진 지푸라기〉가 뒤마가 운영하던 '역사 극장'에서 공연되기도 했다(1850년).

1851년에 베른은 고향인 낭트 출신의 작가이자 〈가정박물관〉이라는 잡지의 편집장인 피에르-미셸-프랑수아 슈발리에('피트르-슈발리에'로 알려짐)를 우연히 만나게 되었다. 피트르-슈발리에는 지리와 역사, 과학과 기술에 대한 기사를 찾고 있었고, 특히 산문이나 소설을 이용하여 대중에게 교양을 전파하려고 애썼는데, 쥘 베른이야말로 그 일에 적임자였다. 그 무렵 베른은 과학과 지리적 발견에 흥미를 가지고 파리의 국립도서관에 틀어박힌 채 소설을 쓰기 위한 정보와 자료를 조사하고 있었기 때문이다.

피트르-슈발리에의 청탁을 받고 베른이 최초로 쓴 소설이 〈멕시코의 드라마〉(Un drame au Mexique)라는 단편이다. 이 작품은 〈가정박물관〉 7월 호에 발표되었고, 8월 호에는 두 번째 단편인 〈기구 여행〉(Un voyage en ballon)이 발표되었다. 이 작품은 나중에 단편집 《옥스 박사》에 수록될 때 제목이 〈공중의 비극〉(Un Drame dans les airs)으로 바뀌었는데, 기구를 발명한 탑승자가 바구니에 몰래 숨어든 미치광이와 공중에서 싸우는 이야기로, 이 미치광이 승객의 의도는 자신과 탑승자의 목숨을 희생시켜서라도 기구를 최대한 높은 곳까지 띄우는 것이다. 기구 여행이 전개되는 동안 열기구의 발달과 그로 인한 사건·사고의 역사가 언급되기도 한다. 모험 여행이라는 주제와 역사 연구를 결합한 〈공중의 비극〉에 대해 베른 자신은 "내가 추구할 운명이었던 소설의 방향을 처음 보여준 작품"이라고 말했다.

이 단편은 베른의 첫 장편소설로서 '경이의 여행'을 출범시킨 《기구를 타고 5주간》(1863년)의 전조가 되기도 했다.

〈시계 장인 자카리우스〉(Maître Zacharius)—'영혼을 잃어버린 시계공'이라는 부제가 붙어 있다—는 1854년 4~5월에 〈가정박물관〉에 발표되었고, 단편집 《옥스 박사》에 수록되었다.

당시 쥘 베른은 파리의 '서정 극장' 지배인의 비서로 일하면서 단막극이나 오페레타 같은 것을 쓰고 있었는데, 〈시계 장인 자카리우스〉를 집필한 1854년에는 모시고 있던 지배인이 사망하는 바람에 본누벨 가의 작은 방에 틀어박혀 조용히 지내고 있었다. 〈시계 장인 자카리우스〉의 분위기가 어둡고 괴이한 것도 그 불우한 시절의 반영일지 모른다. 그런 만큼 사물을 보는 베른의 눈은 더욱 날카롭고 냉소적으로 작용하고 있는 것처럼 여겨진다.

이 소설은 베른 자신이 회중시계를 잃어버린 뒤 경찰관과 문답을 나눈 일에서 힌트를 얻어 쓴 작품이다. 베른은 이 과학 만능 주의자에게 시계의 탈진기와 톱니바퀴 장치를 발명하게 했지만, 신을 두려워하지 않는 이 잘난 체하는 악덕 과학자는 결국 영겁의 벌을 받고 죽는다. 이 소설은 독일의 판타지 작가인 E.T.A. 호프만(1776~1822)의 이야기에서 영향을 받았다고 하는데, 환상적이고 괴이한 것에 대한 베른의 관심은 결국 '경이의 여행'을 이끌어 나간 원동력의 하나였다.

〈옥스 박사의 환상〉(Une fantaisie du Docteur Ox)은 1872년 3~5월에 〈가정박물관〉에 발표되었고, 1874년에 단편집 《옥스 박사》에 수록되었다. 이 무렵은 《80일간의 세계일주》가 폭발적인 인기를 얻고, 이 소설이 연극으로 만들어져 대성공을 거두고, 《신비의 섬》이 인기리에 연재된 기간이기도 하다. 그러므로 〈옥스 박사의 환상〉은 쥘 베른이 작가로서 원숙기에 쓴 작품이며, 또한 단편작가로서의 재능을 유감없이 발휘한 작품이라고 말할 수 있다.

이 소설은 옥스 박사와 그의 조수인 기드온 이젠의 실험을 묘사하고 있다. 유복한 과학자인 옥스 박사는 유난히 케케묵은 플랑드르의 도시 키캉돈에 새로운 가스 조명 설비를 해주겠다고 제의한다. 도시가 부담해야 할 비용이 전혀 없기 때문에 키캉돈 사람들은 그 제의를 기꺼이 받아들인다. 하지만 옥스 박사의 은밀한 관심은 조명이 아니라 산소가 식물과 동물과 인간에게 미치는 영향에 대한 대규모 실험이다. 그는 전기분해를 이용하여 물을 수소와 산소로 분리한다. 산소는 가스관을 통해 도시로 보내져서 식물의 성장을 가속화하고 동물과 인간에게 흥분과 공격성을 불러일으킨다. 평화롭던 키캉돈의 주민들은 환상에 사로잡힌 옥스 박사의 욕망 때문에 어떻게 해볼 수도 없는 불안과 혼란에 빠져버린다.

여기서 우리는 과학의 오만함이 빚은 비극을 보지 않을 수 없다. 휴머니스트인 베른은 옥스 박사의 산소 공장을 파괴시켜 그의 실험이 실패로 끝나도록 함으로써 키캉돈 주민들을 다시금 원래의 평온한 상태로 돌려놓았지만, 우리는 지금 어떤 상황에 몰려 있는가? 특히 원자력으로 시작된 급속한 과학 발전 시대에 살아야 하는 우리에게는 이 문제가 더욱 절실하게 다가온다.

이 소설에는 키득거리는 웃음이나 폭소를 유발하는 대목이 많다. 익살스러운 시민들과 그들이 가스에 반응하는 방식은 물론, 옥스 박사와 이젠조차도 웃음을 준다. 베른은 이 작품에서도 그의 장기인 애너그램(말장난)을 보여준다. 박사(Ox)와 조수(Ygène)의 이름을 합치면 '옥시젠(oxygen, 산소)'이라는 낱말이 되기 때문이다. 그러나 베른이 소설가로 출세하기 전에 희가극을 쓰면서 습작기를 보낸 사실을 알면 그리 놀랄 일도 아니다.

〈질 브랄타르〉(Gil Braltar)는 1887년 1월 2일에 일간지 〈프티 주르날〉(일요일 증보판)에 발표되었고, 같은 해 10월에 출간된 모험소설 《프랑스로 가는 길》에 '부록'으로 실렸다. 쥘 베른은

1878년 7월과 1884년 5월에 자신의 요트를 타고 지브롤터를 방문한 적이 있는데, 이때의 인상과 추억에 영감을 받아서 쓴 작품이다.

이야기의 무대는 영국 식민지인 지브롤터. 질 브랄타르(지브롤터의 애너그램)라는 이름의 스페인 남자가 원숭이처럼 차려입고 그곳에 사는 원숭이 무리(바버리마카크)의 지도자가 된다. 그는 원숭이들을 선동하여 영국 요새에 대한 공격을 감행한다. 처음에는 공격이 성공하는 듯하지만, 수비대 사령관의 책략 때문에 실패로 끝나고 마는데, 그 책략이 그야말로 기상천외하다.

영국의 제국주의를 패러디한 이 짧은 풍자소설에서도 우리는 쥘 베른의 아나키즘을 읽을 수 있다.

표제작인 〈영원한 아담〉(L'Éternel Adam)은 이 책의 맨 앞에 실렸지만, 쥘 베른이 타계하기 직전인 1905년 2월에 집필한 그의 마지막 작품이다. 초고의 제목은 〈에돔〉(Edom)이었으나, 1910년 10월에 문학지 〈레뷔 드 파리〉에 발표되면서 제목이 바뀌었다.

1905년 3월 24일 쥘 베른이 세상을 떠났을 때 상당한 분량의 원고가 미발표 상태로 남아 있었다(장편 10편, 단편 5편). 하지만 이 작품들을 세상에 내놓는 과정에 아들 미셸이 편집상의 역할을 맡았는데, 〈영원한 아담〉도 〈에돔〉에 미셸의 손길이 더해진 결과물이다. 때문에 미셸은 아버지의 작품을 검열했다는(심지어 자신의 작품을 아버지의 작품으로 속여 넘겼다는) 비난을 받았다. 그러나 미셸은 해명하기를, 자기는 아버지의 조력자일 뿐이고, 자신을 독립적인 작가로 생각한 적이 없으며, 자기가 한 일도 작가나 출판업자들이 통상 하는 일—최대한 좋은 작품을 대중에게 보여주는 것—에 지나지 않는다고 말했다.

실제로 쥘 베른은 초고가 최종 원고인 작가는 아니었다. 그는 작품을 고치기 위해 교정쇄를 무려 여덟 번이나 요구한 적도 있었다. 원고는 단순히 그가 얻으려 애쓰는 최종적인 아이디어의 밑그림일 뿐이었다. 그렇게 원고를 고치는 과정에 출판업자의 조언을 받아들여 내용에 변화를 주는 경우도 적지 않았다. 그가 말년에 병들고 눈이 멀게 되자, 미셸은 타이피스트를 고용하여 아버지의 구술을 받아쓰게 하기도 했다. 그렇게, 베른이 일을 하는 데에는 그들의 협력이 절대 필요했던 것이다.

그리고 보면 〈영원한 아담〉에 담긴 정치적·사상적 견해도 쥘 베른의 입장과 의도를 충실하게 보여주고 있음을 알 수 있다. 왜냐하면 베른은 1848년의 2월혁명 이래 무정부주의에 공감하는 급진주의자였고(1888년에 아미앵에서 시의회 의원 선거에 출마했을 때에도 그는 '극좌파'인 공화파였다), 만년에는 독일의 철학자 프리드리히 니체(1844~1900)의 '초인' 사상과 '영원 회귀' 사상에 공감하는 페시미스트였기 때문이다.

특히 니체와 베른의 영향 관계는 널리 알려진 사실인데, 《해저 2만리》의 네모 선장은 쥘 베른이 꿈꾼 '초인'의 한 모습이며, 〈영원한 아담〉의 주인공도 그런 작가의 분신이 아닐 수 없다. '차르토크 조프르-아이-스르'라는 이름부터가 베른의 장기인 애너그램이다. 이 이름은 니체의 '차라투스트라'를 연상시킨다.

〈영원한 아담〉은 세상의 종말이 온 뒤 한 무리의 생존자들이 차츰 야만 상태로 전락하는 과정을 이야기하고 있다. 소설의 시대적 배경은 먼 미래다. 고고학자인 차르토크 조프르-아이-스르('닥터 조프르 101세')는 문명이 완전히 파괴된 뒤 살아남은 한 생존자의 일기를 발견하고 해독한다. 이 일기가 발견된 것은 인류의 기원에 대해 유일무이한 조상의 존재를 믿는 사람들과 믿지 않는 사람들 사이에 철학적 논쟁이 한창 벌어지고 있을 때였다. 일기는 작은 집단의 생존을 위한 투쟁과 집단 속에 축적된 지식의 무익함을 묘사하고 있다. 소설의 결론은 유일무이한 조상이 바로 나중에 발견된 그 일기를 쓴 생존자라는 것, 인류의 문명은 멸망과 부활을 끊임없이 되풀이할 수밖에 없는 운명이라는 것을 암시한다.

소설의 결말부에서 베른은 이렇게 쓰고 있다.

무덤 저편에서 나온 듯한 이 이야기를 읽고 박사는 우주에서 영원히 되풀이되는 무서운 극적 사건을 생각하고, 연민의 정으로 가슴이 가득 찼다. 조프르 박사는 자기보다 먼저 살았던 사람들의 고뇌에 스스로 상처를 입고, 끝없는 시간에 낭비된 헛수고의 무게에 짓눌리면서, 세상 만물은 영원히 회귀한다는 깊은 확신에 전전히 고롱스럽게 도달하기에 이르렀다.

참으로 '유고(遺稿)'에 어울리는 작품이라고 말할 수 있을 것이다. 휴머니스트의 일면을 갖고 있으면서도 페시미스트로 일관했던 쥘 베른은 죽음에 임하여 '영원 회귀'에서 구원을 발견한 것이다.

본문 중에서 〈영원한 아담〉의 삽화는 레옹 브네(Léon Benett, 1839~1917), 〈공중의 비극〉의 삽화는 에밀 바야르(Émile Bayard, 1837~1891), 〈시계 장인 자카리우스〉의 삽화는 테오필 쉴러(Théophile Schuler, 1821~1878), 〈옥스 박사의 환상〉의 삽화는 로렌츠 프룀리히(Lorenz Froelich, 1820~1908), 〈질 브랄타르〉의 삽화는 조르주 루(George Roux, 1850~1929)가 맡았다.

끝으로 한마디—
'쥘 베른 걸작선'이라는 이름의 대장정이 마침내 끝났다. 2002년 초, 60여 작품에 달하는 '경이의 여행' 시리즈에서 괜찮은 작품들을 골라 20권으로 펴낸다는 계획을 세우고 작업에 착수할 때만 해도 이 거장의 작품을 이제야 제대로 번역한다는 자부심과 책임감으로 가슴이 설레고 벅찼던 기억이 새롭다. 원래는 쥘 베른 사망 100주기인 2005년까지 작업을 마치려고 했다. 그러나 초반에는 제대로 진척되었지만, 역자의 타고난 게으름과 불가피한 사정이 겹치는 바람에 도중에 걸음이 느려졌고, 때로는 오래 주저앉기도 했다. 그러다가 작년에 다시금 신발 끈을 조여 매고 분발한 결과, 이제 《영원한 아담—단편집》을 끝으로 작업을 마무리하게 되었다. 14년 만이다.

아무리 역자가 열성을 가지고 있다 해도 독자들의 성원이 없었다면 이 작업은 중도에 주저앉은 채 끝나고 말았을 것이다. 저자나 역자에게 독자들의 성원만큼 힘이 되는 것은 없다. 그들이 책을 사서 읽어준다는 차원만이 아니다. 책을 꼼꼼히 읽고 잘못을 찾아내어 알려준 독자들은 물론, 책이 나오고 나면 벌써 다음 책이 언제 나오느냐고 성화(?)를 부렸던 독자들도 있었다. 그들에게 깊은 감사를 드린다.

14년에 걸쳐 20권(13작품)의 책을 진행하는 동안 편집자들의 수고도 적지 않았다. 이 시리즈를 기획할 때 머리를 맞대었던 이영희 씨(당시 열림원 주간), 처음엔 편집 실무를 맡았고 나중엔 편집장을 맡아 작업을 관장해준 박은경 씨, 작년에 작업이 재개된 이후 실무를 맡아 편집에 만전을 기해준 김정래 씨와 한나비 씨 등의 이름도 여기에 덧붙여 그들의 노고에 감사를 드리고 싶다.

영원한 아담—단편집

초판 1쇄 인쇄 2015년 4월 17일
초판 1쇄 발행 2015년 4월 27일

지은이 쥘 베른
옮긴이 김석희
펴낸이 정중모
펴낸곳 도서출판 열림원

편집장 박은경 | **책임편집** 김정래 한나비 | **디자인** 박소희 이명옥 | **홍보** 김계향
제작 윤준수 | **마케팅** 남기성 이수현 | **관리** 박지희 김은성 조아라

등록 1980년 5월 19일 (제406-2003-026호)
주소 경기도 파주시 회동길 121(문발동)
전화 031-955-0700 | **팩스** 031-955-0661~2
홈페이지 www.yolimwon.com | **이메일** editor@yolimwon.com

© 김석희, 2015

ISBN 978-89-7063-866-9 04860
　　　 978-89-7063-326-8 (세트)

● 책값은 뒤표지에 있습니다.

이 도서의 국립중앙도서관 출판예정도서목록(CIP)은 서지정보유통지원시스템 홈페이지(http://seoji.nl.go.kr)와
국가자료공동목록시스템(http://www.nl.go.kr/kolisnet)에서 이용하실 수 있습니다.(CIP제어번호: CIP2015010210)